Assassinato Como Obra de Arte Total

Murder Considered as One of the Fine Arts; Cuentos; Jack, l'Éventreur
Copyright © 2019 Editora Perspectiva

Coleção Paralelos

Coordenação de texto: Luiz Henrique Soares e Elen Durando
Preparação: Luiz Henrique Soares
Revisão de texto: Geisa Mathias de Oliveira
Capa e projeto gráfico: Sergio Kon
Produção: Ricardo Neves e Sergio Kon

Dados Internacionais de Catalogação na Publicação (CIP)
(Câmara Brasileira do Livro, SP, Brasil)

    O Assassinato como obra de arte total / Thomas De Quincey ... [et al.] ; organização AlcebiadesDiniz Miguel ; tradução Alcebiades Diniz Miguel. – 1. ed. – São Paulo : Perspectiva, 2021. – (Paralelos ; 37)

    Outros autores: José Fernández Bremón, Guillaume Apollinaire, Robert Desnos
    Título original: *Murder in literature*
    ISBN 978-65-5505-058-5

    1. Assassinato na literatura 2. de Quincey, Thomas, 1785-1859 3. de Quincey, Thomas, 1785-1859 - Crítica e interpretação 4. Literatura inglesa I. Quincey, Thomas de. II. Bremón, José Fernández. III. Apollinaire, Guillaume. IV. Desnos, Robert. V. Miguel, Alcebiades Diniz. VI. Série

21-61266   CDD-824

Índices para catálogo sistemático:
1. Ensaios : Literatura inglesa 824

Maria Alice Ferreira - Bibliotecária - CRB-8/7964

1ª edição.
Direitos reservados em língua portuguesa à

EDITORA PERSPECTIVA LTDA.

Av. Brigadeiro Luís Antônio, 3025
01401-000 São Paulo SP Brasil
Telefax: (011) 3885-8388
www.editoraperspectiva.com.br

2021

De Quincey
Bremón
Apollinaire
Desnos

O ASSASSINATO COMO **OBRA DE ARTE** TOTAL

ORGANIZAÇÃO, TRADUÇÃO E POSFÁCIO
ALCEBIADES DINIZ MIGUEL

SUMÁRIO

I. A TEORIA
DOS PRINCÍPIOS DO ASSASSINATO
Thomas De Quincey

- 11   Prefácio
- 15   Do Assassinato Considerado uma das Belas-Artes
- 51   Segundo Artigo Acerca do Assassinato Considerado uma das Belas-Artes
- 71   Pós-Escrito de 1854

II. A PRÁTICA
NUANCES HOMICIDAS

- 135   *José Fernández Bremón:* Um Crime Científico
- 169   *Guillaume Apollinaire:* O Marinheiro de Amsterdã
- 175   *Robert Desnos*: Jack, o Estripador

POSFÁCIO
A ENCENAÇÃO SANGRENTA
De Quincey e a Estética/Narrativa do Assassinato
Alcebiades Diniz Miguel

201

NOTAS SOBRE OS TEXTOS

235

A TEORIA

DOS PRINCÍPIOS DO ASSASSINATO:

THOMAS DE QUINCEY

PREFÁCIO

A o editor da *Blackwood's Magazine*.
Caro senhor,

Todos já ouviram falar da tal Sociedade Pela Promoção do Vício, do Clube Infernal etc. Foi em Brighton, creio, que se formou uma Sociedade Para a Supressão da Virtude. Tal sociedade foi, ela própria, suprimida – lamento informar, no entanto, que outra surgiu, de caráter ainda mais atroz, em Londres. Seguindo a tendência, ela poderia ser batizada Sociedade Para o Encorajamento do Assassinato; porém, segundo um delicado ευφημισμός (eufemismo), a fórmula final foi estilizada – Sociedade dos *Connoisseurs* do Assassinato. Tal grupo professa a curiosidade em torno do assassínio; são amadores e diletantes nos mais variados tipos de carnificinas; em suma, apreciadores do assassínio. Cada atrocidade fresca nessa categoria, trazida à tona pelos anais policialescos da Europa, são coligidos e analisados criticamente, como se faria com uma pintura, escultura ou qualquer outro objeto artístico. Não terei, entretanto, a necessidade de me preocupar em expor e descrever o espírito de tais colóquios, uma vez que provavelmente o senhor considerará muito mais instrutiva uma das conferências mensais apresentadas para essa sociedade, ano passado. Esse material caiu em minhas mãos de forma acidental, a despeito de todos os esforços de vigilância empregados para manter os registros distantes dos olhos dos não iniciados. A publicação do achado decerto criará entre os membros da sociedade algum alarde; meu objetivo justamente é este. Pois prefiro exercer meus ataques de forma silenciosa a uma exposição pública de nomes e tudo o que se segue a isso, em Bow Street[1]; é evidente que me reservo-me o último recurso caso todos os outros falhem. Pois é um escândalo que coisas assim ocorram em uma terra cristã. Mesmo em regiões dominadas pelo paganismo, a tolerância generalizada pelo assassinato seria percebida por um escritor cristão como a mais evidente crítica a ser feita dos padrões de moralidade pública. Esse escritor foi Lactâncio; de fato, a conclusão mais evidente é de que as palavras dele são aplicadas de modo notável à situação atual[2]:

> Quid tam horribile, tam tetrum, quam hominis trucidatio? Ideo severissimis legibus vita nostra munitur; ideo bella exsecrabilia sunt. Invenit tamen consuetudo, quatenus homicidium sine bello ac sine legibus faciat: et hoc sibi voluptas quod scelus vindicavit. Quod si interesse homicidio sceleris conscientia est, et eidem facinori spectator obstrictus est cui et admissor; ergo et in his gladiatorum cædibus non minus cruore perfunditur qui spectat, quam ille qui facit: nec potest esse immunis a sanguine qui voluit effundi; aut videri non interfecisse, qui interfectori et favit et præmium postulavit.

Há algo que seja tão horrível, tétrico, quanto matar seres humanos? "A vida humana", dizia o autor[3], "é protegida por leis severíssimas, ainda que seja comum evadir-se delas em favor do assassinato; e as demandas do gosto (*voluptas*) tornam-se as mesmas da culpa abandonada." Vejamos a reação da Sociedade dos Cavalheiros

[1] A chefatura da polícia, em Londres, teve sua sede na mencionada Bow Street por muitos anos. (N. da T.)
[2] Thomas De Quincey cita a Epítome 58 da obra *Epitome institutionum divinarum*. (N. da T.)
[3] Thomas De Quincey – ao menos na edição que empregamos – opta por não traduzir a primeira parte da citação de Lactâncio: "Que coisa mais horrível e tétrica que aniquilar seres humanos?" Ao deixar de fazê-lo, ele estiliza a citação, distorcendo seu significado original. (N. da T.)

Apreciadores diante disso; mas deixe-me destacar a última sentença, tão equilibrada que busquei reproduzir em nossa língua:

> Portanto, se apenas o fato de estar presente a uma cena de assassinato faz de uma pessoa cúmplice – se basta atuar como espectador para nos aproximarmos da culpa inegável do perpetrador, torna-se nítido que, no caso desses crimes de anfiteatro, a mão responsável pelo golpe fatal não está mais embebida em sangue do que aquela do indivíduo, sentado a contemplar tudo; da mesma forma, este não está limpo do sangue que foi derramado; igualmente, tal indivíduo que parece não participar diretamente do assassinato, fornecendo ao assassino apenas seu aplauso, chama para si os prêmios da ação do perpetrador.

Desconheço se a acusação de *præmia postulavit* (exigência de recompensas) já foi feita pelos membros aos Cavalheiros Apreciadores de Londres, mas é inegável que suas ações tendam a isso; de qualquer forma, *interfectori et favit* (favorecimento à ação [do assassino]) está implícita no nome de tal agremiação, expressa em cada linha da conferência apresentada em anexo. Do seu etc.

X.Y.Z.

Nota dos Editores

Agradecemos ao nosso correspondente pelo envio desse material, igualmente pela citação de Lactâncio, bastante pertinente para a visão dele do caso. A nossa, necessitamos confessar, é bem diferente. Não podemos supor que o conferente seja tomado a sério, não mais do que Erasmo de Roterdã, em seu *Elogio da Loucura*, ou o decano Jonathan Swift, em sua modesta proposta de se devorar crianças. De qualquer forma, contando como verdadeira a nossa visão ou a dele, a conferência necessita ser tornada pública.

DO ASSASSINATO CONSIDERADO UMA DAS BELAS-ARTES

Cavalheiros, tive a honra de ser indicado pelo comitê para a dura tarefa de realizar uma conferência crítica sobre os assassínios, do ponto de vista artístico, do caso Williams – uma tarefa que poderia ser consideravelmente mais fácil se realizada três ou quatro séculos no passado, quando tal arte era menos reconhecida e havia apenas alguns poucos modelos dignos de uma exposição; em nossa época, contudo, há tantas obras-primas surgidas das mãos de profissionais que o estilo da crítica aplicada a elas deve se sofisticar, pois é isso que o público espera. Teoria e prática devem avançar *pari passu*. O público começa a perceber a diferença, e que há mais em jogo na composição de um assassinato bem executado que a mera existência de dois imbecis, um para matar e outro para ser morto, além de uma faca, uma bolsa e um beco escuro. Planejamento, meus senhores, estruturação, luz e sombra, poesia, sentimento, todos esses elementos são considerados indispensáveis para tentativas dessa natureza. John Williams foi um cavalheiro que exaltou a todos o ideal do assassinato. Destaco, em particular, que ele tornou extremamente árdua minha tarefa como conferencista. Como Ésquilo ou John Milton no campo da poesia, ou Michelangelo na pintura, ele levou sua arte ao ponto da excelência colossal. Trata--se daquilo que William Wordsworth observou: de certa forma, ele "criou o gosto com o qual deve ser desfrutado". Esboçar a história da arte, que tanto apreciamos, assim como examinar seus princípios de forma crítica, torna-se um dever para o *connoisseur*, um tipo de juiz algo diferente daquele que se senta nos bancos da Suprema Corte de Sua Majestade.

Antes de começar, permitam-me dizer algo a respeito de certos tipos pedantes que se referem à nossa sociedade como se ela fosse, no íntimo, em algum nível imoral. Imoral! Deus seja louvado, cavalheiros, mas o que essas pessoas querem dizer com isso? Sou pela moralidade, sempre serei, assim como sou pela virtude, e tudo mais. Posso afirmar, e sempre o farei (independentemente de qualquer consequência), que o assassinato é uma linha de conduta inadequada – o mais alto grau de inadequação, aliás. Portanto, não posso deixar de acrescentar que um sujeito que cometa assassinatos raciocina de maneira muito equivocada e possui princípios, no mínimo, questionáveis. Assim, a última coisa que devemos fazer é oferecer ao assassino abrigo ou cumplicidade – por exemplo, indicando a ele onde sua vítima está escondida, atitude defendida por um grande moralista alemão[1] –, seguindo o dever de qualquer homem de princípios corretos. Eu, inclusive, faria doações no valor de um xelim e seis pence para a captura de um criminoso desse tipo, muito mais que os meros dezoito pence que os mais eminentes moralistas doaram para essa finalidade. Mas e daí? Tudo neste mundo têm duas mãos. O assassinato, por exemplo, deve ser conduzido pela mão em que está situada a moral (como em geral concebemos quando temos em vista o púlpito ou o tribunal), e *esse*, devo confessar, parece-me o lado frágil; ou pode ser tratado *esteticamente*, como os alemães costumam dizer, ou seja, em relação ao bom gosto.

Para ilustrar essas elocubrações, evocarei a autoridade de três insignes personalidades, que enumero a seguir: S. T. Coleridge, Aristóteles e

---

[1] Immanuel Kant – que defendia com tal zelo extravagante seus postulados de veracidade incondicional que chegou a afirmar que, se um homem visse uma vítima inocente escapar de seu algoz, ele deveria por dever, ao ser questionado pelo assassino, dizer a verdade e indicar o esconderijo da vítima, mesmo diante da certeza de que seria responsável por um assassinato. Diante da especulação de que essa doutrina teria lhe escapado no calor de uma disputa, pois fora confrontado por um célebre escritor francês que apoiava essa hipótese, Kant solenemente reafirmou o que dissera, inclusive elencando suas razões.

o sr. John Howship. Comecemos com S.T.C. Certa noite, muitos anos atrás, estávamos ele e eu desfrutando de nosso chá, em Berners' Street (que, aliás, é estranhamente fértil em homens de gênio, levando-se em conta suas exíguas dimensões). Além de nós, havia outros conhecidos em tal ocasião e, em meio a algumas considerações hedonistas a respeito do chá e das torradas, saboreávamos uma dissertação sobre Plotino recitada pelos lábios atenienses de S.T.C. De repente, ouvimos um grito de "Fogo! Fogo!" – todos nós, mestres e discípulos, Platão e οι περι τον Πλατωνα [*hoi peri ton Platona*, todos aqueles ao redor de Platão] corremos, sedentos pelo espetáculo. O incêndio era na Oxford Street, no fabricante de pianos, e como o cenário prometia uma conflagração de grandeza considerável, fiquei desolado pelo fato de meus compromissos me obrigarem a abandonar o encontro organizado por Coleridge antes do auge da crise. Alguns dias depois, reencontrei meu anfitrião platônico e fiz questão de lembrá-lo do caso, pois gostaria de saber como terminou aquela promissora exibição. "Oh, meu caro", disse ele, "aquilo terminou por ser tão frustrante que, de modo unânime, nós o condenamos." Assim, algum homem fará suposições a respeito do caráter de Coleridge – pois, apesar de sua obesidade indicar que não se trata de pessoa dedicada às virtudes de uma vida ativa, trata-se indubitavelmente de um homem piedoso, digno e cristão – ou de que nosso bom S.T.C. seria, ao fim e ao cabo, um incendiário ou alguém que desejasse algum mal ao pobre dono da fábrica de pianos (muitos deles, de fato, munidos de teclas adicionais)? Ao contrário, pois o conheço bem e posso apostar que, em caso de necessidade, ele chegaria a manipular uma bomba de água para controlar um incêndio, ainda que sua compleição pesada, encorpada, o tornasse menos propenso a tais provas de fogo da virtude. De qualquer forma, o que estaria em jogo? Pois não se trata de provas incontestes da virtude. Com a chegada do Corpo de Bombeiros e de suas mangueiras e bombas, a moralidade acabou devolvida ao seu lugar, na firma de seguros. Sendo esse o caso, restava ao nosso cavalheiro, Coleridge, a satisfação de seus gostos. Afinal, ele abandonara seu chá. Não deveria receber algo em troca?

Sustento que o mais virtuoso dos homens, nas condições definidas anteriormente, estará autorizado a tirar certo prazer de um incêndio, chegando até a expressar sua insatisfação por meio de vaias, se o espetáculo testemunhado, que elevara as expectativas do público, falhar em realizá-las. Evoquemos, agora, outro pensador de grande autoridade: o que diria o Estagirita? Ele (no quinto livro, creio eu, de sua *Metafísica*) descreveu o que denomina χλεπτην τελειου (*kleptaen teleion*), ou seja, um ladrão perfeito. Por sua vez, o sr. Howship, em um trabalho a respeito da indigestão, não tem escrúpulos de falar com grande admiração de uma úlcera que havia visto, designando-a "uma linda úlcera". Neste ponto, é justo questionar se alguém, mesmo que do ponto de vista abstrato, acreditaria que um ladrão seria uma personagem perfeita para Aristóteles ou que o sr. Howship estivesse enamorado de uma úlcera. Aristóteles – aliás, trata-se de assunto bem conhecido – era um cavalheiro que tinha a moralidade em alta conta, pois, não contente em escrever sua *Ética a Nicômaco*, em um volume *in-octavo*, também escreveu outro complexo sistema, a *Magna Moralia* ou "grande moral". Assim, seria impossível para alguém que concebeu tratados de moral e ética, pequenos ou grandes, admirar um ladrão *per se*. Isso vale, igualmente, para o sr. Howship, que é sabido ser um grande inimigo das úlceras e que, sem deixar-se seduzir por seus encantos, faz o possível para expulsá-las do condado de Middlesex. A verdade é que, embora questionáveis *per se*, ainda assim haveria em relação a outros de sua espécie infinitos graus de mérito tanto no caso do ladrão quanto da úlcera. Pois ambos são, de fato, imperfeitos; mas sendo a natureza imperfeita sua essência, a grandeza de tal imperfeição torna-se sua perfeição. *Spartam nactus es, hunc exorna* (Esparta é o teu quinhão: embeleze-o). Ladrões como Autólico, o célebre George Barrington ou uma impiedosa úlcera fagedênica extraordinariamente bem definida e percorrendo todos os seus estágios naturais podem ser vistos, com justiça, como tão ideais entre os seus quanto a mais impecável rosa de musgo entre as flores, notadamente em seu percurso de botão a "magnífica flor consumada". Ou, entre as flores humanas, a sublime jovem, de posse de toda a pompa da feminilidade. Assim, não é apenas o tinteiro ideal que pode ser imaginado (como Coleridge demonstrou, em sua célebre correspondência com o sr. Blackwood), o que, aliás, não é nada demais, uma vez que o tinteiro é uma coisa louvável, um valioso membro da sociedade. Portanto, inclusive a imperfeição em si mesma pode ter seu ideal, seu estado de perfeição.

Por favor, cavalheiros, peço desculpas por essa saraivada concentrada de filosofia. Deixem-me aplicá-la, agora. Quando um assassino está no tempo *paulo-post-futurum* – ou seja, quando é algo que está para acontecer – e tenhamos notícia disso, tratemos do problema moralmente. Mas suponham que o fato já tenha acontecido e tudo o que podemos dizer do ocorrido é τετελεσται (*tetelesai*), está consumado, ou, naquele duríssimo molosso de Medeia, ειργασται (*eirzasai*), está feito, *fait accompli*. Suponha que a pobre vítima já não esteja mais sofrendo e que o miserável assassino tenha desaparecido, como que tragado pela terra. Suponhamos, por fim, que fizemos tudo o que podíamos, que colocamos o pé para que o vilão tropeçasse em sua fuga, mas baldados foram nossos esforços – *abiit, evasit* etc. [Ou seja, como dizia Cícero: "Se foi, deixou-nos, desapareceu etc."] Nesse caso, qual seria a necessidade de invocar a virtude? Muito já foi concedido à moralidade; chegou a vez do bom gosto e das belas-artes. Trata-se, no fim das contas, de um fato tristíssimo, não tenhamos dúvidas disso. Mas um fato que não podemos corrigir. Assim, resta-nos tirar o melhor de algo tão terrível. Por outro lado, como não chegaremos a lugar algum com a aplicação de sistemas moralizantes, tratemos o caso esteticamente e vejamos o que conseguimos seguindo esse caminho. Tal é a lógica de um homem sensato. E o que tiramos disso? Enxugamos nossas lágrimas e temos a possível satisfação de que certos fatos, do ponto de vista moral, são atrozes e indefensáveis; contudo, de outra perspectiva, estética, tornam-se um espetáculo de méritos deveras inquestionáveis. Dessa forma, o mundo todo encontra seu quinhão de contentamento e se confirma o velho provérbio de que há males que vêm para o bem. O apreciador, assim, pode erguer sua cabeça, justo no momento em que ganhava um ar algo bilioso e ranzinza face à estrita observância da moral, e a hilaridade geral prevalece. A virtude teve seu dia, mas o fato é que tanto a *vertu* quanto a arte do apreciador devem buscar os próprios meios de sobrevivência. Sob tal princípio, cavalheiros, coloco-me à disposição para guiar seus estudos, de Caim ao sr. John Thurtell. Assim, através da imensa galeria do assassinato, caminhemos juntos de mãos dadas, em deleitável admiração, enquanto me esforçarei por chamar sua atenção a certos elementos cuja análise se revelará proveitosa.

Creio que o primeiro assassinato é do conhecimento de todos. Como inventor desse tipo de crime e pai dessa forma específica de arte, Caim provavelmente foi um homem de gênio extraordinário. Todos os Cains, aliás, foram homens de gênio. Penso que Tubal Caim inventou a trombeta ou coisa assim. Ainda que levando em consideração toda a originalidade e gênio de um artista, cada uma das artes estava, então, em sua infância – de forma que essas obras precisam ser analisadas tendo em vista tal limitação. Mesmo os trabalhos com metais de Tubal é possível que não fossem entusiasticamente aprovados pela Sheffield moderna. Dessa forma, no caso de Caim (refiro-me a Caim pai), não seria um ato de menosprezo afirmar que sua atuação foi apenas mediana. Milton, por sua vez, parece ter outras ideias a respeito do assunto. Pela maneira como aborda o caso todo, parece que se tratava de seu assassino preferido, uma vez que dota suas conquistas de um apressado e pitoresco efeito:

> Raiva de ciúme – e, co'o pastor falando,
> Ao peito lhe atirou traidora pedra
> Que momentânea o despojou da vida:
> Coa palidez da morte o triste cai;
> De sangue entre bolhões a alma lhe foge.[2]

A respeito desse trecho, Richardson, o pintor, que tem um excelente olho para esse tipo de efeito, faz o seguinte comentário em suas notas a respeito de *Paraíso Perdido*: "Acreditava-se" – observa – "que Caim abateu (como é usual se dizer) seu irmão com uma grande pedra. Milton aceita essa versão, mas acrescenta também uma enorme ferida."[3] Trata-se de um acréscimo realmente sensato: diante da rudeza da arma, apenas o detalhe ornamental de natureza cálida, sanguinariamente colorida, para não tornar óbvio o ar em excesso tosco da escola selvagem – como se atos de um Polifemo perpetrados sem conhecimento, premeditação ou nada além do que um osso de carneiro. De qualquer forma, posso dizer que estou satisfeito com a melhoria promovida por Milton, pois implica que tal poeta também foi um apreciador. Nesse sentido, nunca houve igual a William Shakespeare – suas descrições do assassinato do duque de Gloucester, em *Henrique VI*, de Duncan, de Banquo etc. são demonstração mais que suficiente.

Desde sua fundação, tal arte passou por sucessivas eras de desenvolvimento quase nulo, algo realmente lamentável. De fato, devo realizar um salto em minha exposição, ignorando todos os assassinatos movidos por razões sagradas ou profanas, todos eles indignos de nossa atenção, até um momento bastante avançado da Era Cristã.

---

2 John Milton, *Paraíso Perdido*, livro IX; trecho extraído da tradução de António José de Lima Leitão (1787-1856), uma das primeiras em língua portuguesa. (N. da T.)

3 Jonathan Richardson, Father and Son, *Explanatory Notes and Remarks on Milton's Paradise Lost*, London: James, John and Paul Knapton, 1734, p. 497.

A Grécia, inclusive na era de Péricles, não produziu um assassinato de mérito que fosse. E Roma dispunha de pouca originalidade e engenho no campo de nossa arte para triunfar onde seu modelo falhou. Na verdade, a língua latina sequer possibilitava a ideia do assassinato. "O sujeito foi assassinado": como seria essa frase em latim? *Interfectus est, interemptus est* – expressões que exprimem apenas a ideia de homicídio. Foi por isso que a latinidade cristã da Idade Média foi obrigada a introduzir uma nova palavra para superar a debilidade dos conceitos clássicos. *Murdratus est*, dizia o dialeto mais sublime das eras góticas. Enquanto isso, a escola do assassínio entre os judeus manteve vivo tudo o que se conhecia em termos de arte, transferindo tais conhecimentos para o mundo ocidental. É necessário destacar que a escola judaica sempre foi respeitável em tal matéria, inclusive nos tempos de trevas medievais, como demonstrado no célebre caso Hugo de Lincoln, honrado por Geoffrey Chaucer durante outra atuação dessa escola, que o insigne poeta medieval, em *Os Contos de Canterbury*, contou pela boca da abadessa.

Retornemos, contudo, por um instante, para a Antiguidade clássica. Sempre penso que Catilina, Clódio e outros da mesma *coterie* teriam sido artistas de primeira linha e é algo a se lamentar sob qualquer ponto de vista que o tom pretensioso de Cícero tenha roubado de sua nação a única chance que ela teve de obter certa distinção nesse campo artístico. Não consigo imaginar alguém que fosse mais adequado ao papel de vítima de um assassinato. Pelo Senhor! Como ele teria uivado, dominado pelo pânico mais pavoroso, se tivesse percebido a presença de [Caio] Cetego debaixo de sua cama. Seria, com toda a certeza, divertidíssimo ouvir tais aulidos e tenho a convicção, cavalheiros, de que Cícero teria preferido o *utile*, deslizando para dentro de um armário ou pela cloaca, ao *honestum* de confrontar o audacioso artista.

Devemos, agora, encaminhar-nos para a Era das Trevas – por esse termo devemos entender, com mais precisão, o século X par *excellence*, incluindo períodos mais ou menos próximos –, um tempo particularmente favorável à arte do assassinato, tanto como foi fértil na construção de catedrais, criação de vitrais etc. Da mesma forma, por volta do fim desse período, surgira uma personagem com singularidade expressiva em nossa arte: o assim chamado "Velho da Montanha". Ele representou um novo e brilhante patamar, pois a própria expressão "assassino" faz parte de seu legado. Era tão apreciador da arte que, certa ocasião, foi vítima de um atentado perpetrado por um de seus assassinos favoritos. A qualidade e o talento dessa tentativa o agradaram tanto que, a despeito do evidente fracasso do artista, concedeu-lhe no ato um título de duque, com direito à sucessão pela linha feminina, além de pensão completa por três vidas. O assassinato de grandes personagens é um ramo da arte que requer atenção minuciosa – e talvez eu faça a esse respeito uma nova conferência. Por ora, limitar-me-ei a destacar que, por mais estranho que possa parecer, esse ramo da arte floresce de forma intermitente. Não são tempestades, mas pequenas chuvas. Nossa era teve seus grandes momentos nesse sentido – cerca de dois séculos atrás, aliás, ocorreu uma constelação especialmente brilhante de assassinatos do tipo. Não é necessário esforço da memória para descobrir que aludo a casos esplêndidos, como os de Guilherme I, de Orange, de Henrique IV, da França, do duque de Buckingham (descrito de forma exemplar, nas cartas publicadas por Henry Ellis, do Museu Britânico), de Gustavo Adolfo II e de Albrecht von Wallenstein. O caso do rei da Suécia, por sua vez, foi colocado em dúvida por vários autores, notadamente Walter Harte. Todavia, tais questionamentos são equivocados. O rei foi, sim, assassinado e considero o caso único em seu nível de excelência, pois ele foi assassinado ao meio-dia, em pleno campo de batalha – um toque de originalidade, se minha memória estiver correta, inédito nos anais da arte que aqui abordamos. De fato, todos esses assassinatos políticos poderiam ser estudados com grande proveito pelo apreciador. Todos eles são *exemplaria*, e deles poder-se-ia dizer o seguinte: *Nocturnâ versatâ manu, versate diurne*[4].

Nesse caso, com ênfase em *nocturnâ*.

Nos assassínios de príncipes e estadistas, não há nada que excite nosso maravilhamento — mudanças importantes muitas vezes dependem de certas mortes para acontecer. Além disso, são figuras públicas de proeminência, particularmente expostas aos desígnios de um artista de nossa arte que, porventura, tenha preferência pelo elaborado efeito cênico. Contudo, há outro tipo bastante usual de atentado, visando figuras públicas de poder e prestígio — um tipo que, devo confessar, surpreendeu-me. Refiro-me ao assassinato de filósofos. Caros cavalheiros — e o que afirmarei a seguir nada mais é que um fato consumado —, é necessário reconhecer que todo filósofo de alguma relevância nos dois últimos séculos ou foi assassinado, ou esteve bem perto de sê-lo. Desse modo, um autodenominado filósofo que nunca teve sua vida ameaçada provavelmente não deve ter grande valor. Contra a filosofia de John Locke, em particular, penso que uma questão muito difícil de responder (como se precisássemos de alguma) é esta: o filósofo citado ostentou a garganta pelo mundo por 72 anos e não encontrou ninguém que se dispusesse a cortá-la. Como esses casos relacionados com filósofos são pouco conhecidos, embora em geral constituam excelentes exemplos em suas circunstâncias, farei uma breve digressão a respeito do tópico, utilizando meu aprendizado como fio condutor.

O primeiro grande filósofo do século XVII — se excetuarmos Galileu — foi Descartes. E se alguma vez se chegou a afirmar que alguém foi quase assassinado, que escapou por pouco, esse alguém foi ele. O caso, conforme descrito por Adrien Baillet aborda acontecimentos que ocorreram no ano de 1621, quando Descartes contava 26 anos e estava viajando, como era de seu costume (ele era incansável como uma hiena!)[5]. Chegando ao Elba, fosse em Glückstadt ou Hamburgo,

[4] "Tenha [os exemplos] à mão, noite e dia." Adaptado de Horácio, *Ars Poetica*. (N. da T.)
[5] Adrien Baillet, *La Vie de M. Des Cartes*, tomo I, p. 102-103.

embarcou visando atingir a Frísia Oriental. Resulta impossível determinar o que o filósofo pretendia na Frísia Oriental, e talvez o próprio Descartes tivesse em conta tal problema, uma vez que, ao alcançar Emden, optou subitamente por tomar outra embarcação, desta vez para a Frísia Ocidental. Impaciente com o atraso pela mudança de rota, alugou um pequeno barco, de reduzida tripulação, para realizar o novo percurso. Logo que o barco começou a navegar, uma agradável descoberta veio à tona: Descartes havia alugado um verdadeiro covil de assassinos. A tripulação, nas palavras de Baillet, era composta *des scélérats* – não *amateurs*, cavalheiros, não eram gente como nós, mas profissionais – cuja ambição máxima, naquele momento, era cortar a garganta de nosso filósofo. Mas eis que a narrativa sofreu um feliz encurtamento, algo que posso concluir sem qualquer dúvida a partir do texto original em francês do já mencionado biógrafo:

> Descartes estava acompanhado apenas de seu criado, com o qual conversava em francês. Os marujos, que o tomaram por um rico comerciante vindo de alhures, em vez de um cavalheiro, concluíram que ele deveria ter muito dinheiro. Assim, tramaram um plano para arrancar a bolsa supostamente bem recheada daquele estrangeiro. Contudo, precisamos destacar a existência de uma nítida diferença entre os salteadores do mar e de terra firme – das florestas, notadamente –, que se encontra no fato de que os últimos costumam, eventualmente, poupar suas vítimas. No caso dos primeiros, seria impossível liberar o passageiro aliviado de suas riquezas em um porto qualquer, sob o risco de prisão imediata. A tripulação do barco em que Descartes estava era notória por sua conduta cautelosa nesse sentido, evitando quaisquer riscos desnecessários. À distância, perceberam que se tratava de um estrangeiro sem conhecidos no local e que ninguém se daria o trabalho de verificar seu paradeiro, caso desaparecesse sem deixar vestígios (*quand il viendrait à manquer*).

Imaginem, meus caros, esse bando de cães frísios em seus debates a respeito do filósofo, como se ele fosse um barril de rum.

O temperamento de Descartes, eles observaram, era suave a paciente, de forma que tomaram a gentileza de sua conduta e a cortesia com a qual os tratava como o comportamento de um jovem inexperiente. Concluíram, portanto, que seria uma tarefa extremamente fácil tirar-lhe a vida. Abandonaram todos os escrúpulos e começaram a discutir os acertos do que pretendiam levar a cabo na presença dele, não imaginando que ele entendesse outro idioma além daquele empregado nos diálogos com seu criado. E as deliberações foram, a saber, matá-lo, jogá-lo ao mar e dividir o espólio obtido.

Peço perdão por minhas risadas, cavalheiros, mas o fato é que eu sempre me entrego à hilaridade quando penso calmamente no caso – dois elementos nele me parecem muito divertidos. O primeiro deles, o hórrido pânico ou frouxidão (*funk*), como dizem em Eton, que deve ter assaltado Descartes ao ouvir todo o minucioso drama que se desdobrava diante dele e que levava a sua morte, funeral, sucessão e administração de seus bens materiais imediatos. Mas há um segundo elemento nesse caso, para mim ainda mais gracioso, que está no fato de que, tivessem esses animais frísios executado à perfeição sua caçada, não haveria filosofia cartesiana. E como poderíamos ficar sem ela, tendo em vista a imensa produção de livros em torno de tal modelo de pensamento, é uma questão cuja resposta deixo para algum respeitável fabricante de baús.

Entretanto, sigamos em frente: a despeito de sua compreensível e imensa frouxidão, Descartes demonstrou vigor na luta, amedrontando aqueles canalhas anticartesianos. "Percebendo", nas palavras de Baillet, "que a situação não era para brincadeiras, o sr. Descartes pôs-se de pé, adotou uma expressão severa que os canalhas ainda não conheciam e, dirigindo-se a eles no próprio idioma, ameaçou colocá-los para correr de imediato, caso ousassem insultá-lo de alguma forma." Decerto, cavalheiros, essa seria uma honra muito acima dos méritos desses canalhas insignificantes – serem empalados como passarinhos pela espada cartesiana. De qualquer forma, folgo em dizer que o sr. Descartes não teve de cumprir sua ameaça, roubando à forca alguns frutos potenciais, até porque penso que seria difícil, depois de executar toda a tripulação, voltar com segurança para o porto mais próximo; ele teria continuado por rumo incerto, no mar, nesse seu Zuyder Zee e, provavelmente, seria confundido com o "Holandês Voador" em seu regresso ao lar. "Esse espírito valoroso demonstrado por Descartes", diz-nos seu biógrafo, "teve um efeito mágico naqueles miseráveis. A rapidez de toda essa consternação lançou as mentes deles na mais brutal confusão, que os cegou a respeito de qualquer vantagem que pudessem dispor. Ao fim e ao cabo, conduziram seu passageiro ao destino combinado o mais pacificamente possível."

É bem possível, os senhores devem imaginar – da mesma forma como Cesar se dirigiu ao pobre barqueiro, "Cæsarem vehis et fortunas eius" ("Você carregará Cesar e sua fortuna") –, Descartes poderia apenas dizer: "Cães, vocês não podem cortar a minha garganta, que, para vocês, carrega Descartes e sua filosofia", podendo depois desafiar a tal tripulação a realizar o crime que planejavam. Um imperador germânico era da igual opinião; certa vez, foi aconselhado a permanecer longe de um canhoneio, ao que replicou: "Cale-se, homem! Já ouviu alguma vez que uma bala de canhão tenha vitimado um imperador?" Nada posso dizer no caso de um imperador, mas coisas menores foram suficientes para liquidar um filósofo. Bem, o próximo grande filósofo de nossa lista foi, para além de qualquer dúvida, assassinado. Foi Barukh Spinoza.

Sei que a opinião mais usual acerca desse filósofo estabelece que ele morreu na cama. Talvez tenha, realmente, mas foi

[*De Quincey*]

assassinado de qualquer forma; provarei essa minha tese por meio de um livro publicado em Bruxelas, no ano de 1731, intitulado *La Vie de Spinoza*, obra de Jean Colerus[6] que inclui várias partes adicionais tomadas do manuscrito de uma biografia a respeito do filósofo, realizada por um de seus amigos. Spinoza morreu em 21 de fevereiro de 1677, com pouco mais de quarenta e quatro anos. Esse fato, por si só, já parece algo suspeito e o autor da biografia admite que certa passagem do manuscrito ao qual teve acesso dá a entender "que sa mort n'a pas été tout-à-fait naturelle" ("que tal morte não foi um fato inteiramente natural"). Como vivia na Holanda, país conhecido pela umidade e por seus marinheiros, seria possível supor que nossa personagem fosse chegada aos *grogs*, sobretudo ao ponche[7], que acabara de ser descoberto. Sem dúvida, esse seria o caso, é provável, mas o fato é que ele não era. Jean Colerus afirma que ele era "extrêmement sobre en son boire et en son manger" ("extremamente sóbrio na comida e na bebida"). Embora algumas histórias fantásticas circulassem a respeito de seu apreço pelo sumo da mandrágora (p. 140) e pelo ópio (p. 144), nenhum desses artigos aparece em sua lista de compras do boticário. Se a existência desse filósofo era marcada por tal sobriedade, como foi possível que sua morte acontecesse, por causas naturais, quando tinha apenas 44 anos? Ouçam o depoimento de seu biógrafo a esse respeito: "Na manhã de domingo do dia 21 de fevereiro, antes da hora destinada à igreja, Spinoza desceu as escadas e conversou com o senhorio e a mulher deste". É evidente que, nesse momento – ou seja, em torno das dez horas da manhã –, Spinoza estava vivo e muito bem.

6 Esse texto pode ser encontrado em português, em *Spinoza Obra Completa II: Correspondência Completa e Vida*, São Paulo: Perspectiva, 2014, p. 319s. (N. da E.)

7 "Primeiro de junho de 1675: bebi, parcialmente, três jarras de ponche – bebida nova para mim", afirmou o reverendo Henry Teonge, em seu diário, publicado por C. Knight. Em uma nota à citação, é feita uma referência às viagens de John Fryer ao território das Índias Orientais, em 1672, que fala de um "enervante licor chamado *paunch* (em indostânico, cinco), preparado com cinco ingredientes". Sendo esse seu modo de fabricação, parece que os médicos o chamaram diapente. Se forem quatro, não cinco, os ingredientes, diatessarão (ambos termos musicais). Sem dúvida, foi o nome evangélico que atraiu o reverendo Teonge.

Segundo o biógrafo, parece que

> ele chamou certo médico de Amsterdã, que indicarei apenas com estas duas letras: L.M. O tal médico, L.M., ordenou a compra por parte das pessoas da casa de um galo velho, que deveria ser colocado na fervura de imediato, com o caldo obtido servido a Spinoza ao meio-dia, o que de fato aconteceu, pois ele comeu com excelente apetite, após o dono da casa e sua esposa retornarem da igreja.
> Pela tarde, L.M. ficou a sós com Spinoza, uma vez que as pessoas da casa voltaram para a igreja. Quando de seu regresso definitivo, descobriram, cheios de surpresa, que Spinoza falecera por volta das três horas, na presença de L.M., que retornou para Amsterdã naquela mesma noite, na barca noturna, sem dar a menor atenção ao defunto. Sem dúvida, omitiu por completo o cumprimento de seus deveres, uma vez que se apropriou de um ducado, de uma pequena quantidade de prata e de uma faca com o cabo desse metal, antes de desparecer, carregando seu butim.

Vejam só, caríssimos cavalheiros, como o assassinato e seu método se estabelecem com clareza. L.M. matou Spinoza para ficar com seu dinheiro. O pobre filósofo era frágil, débil e inválido. Como não havia marcas de sangue, o mais provável foi que L.M. atirou-se sobre Spinoza e o asfixiou com travesseiros, uma vez que o pobre homem já estava razoavelmente sufocado pela refeição infernal que lhe fora servida. Mas quem era L.M.? Com certeza, não deve ser Lindley Murray, o gramático, uma vez que eu o encontrei em York, no ano de 1825. Além disso, não penso que ele fosse capaz de perpetrar esse tipo de ato. Pelo menos não contra um irmão no campo da gramática; caso não saibam, meus caros, Spinoza escreveu uma bastante respeitável gramática do hebraico.

Thomas Hobbes nunca foi assassinado, o que não consegui ainda compreender nem disso depreender algum princípio.

Trata-se de uma omissão capital dos profissionais em ação no século XVII, porque, sob todos os ângulos, tratava-se de um belo espécime, talhado para o assassinato, ainda que, na verdade, fosse excessivamente magro e ossudo. Nesse sentido, posso provar que ele tinha posses e que (e isso é bastante cômico) não tinha nenhum direito de oferecer a menor resistência, pois, segundo as teses que desenvolvera, o poder irresistível forjaria a espécie mais elevada de direito, de modo que seria um tipo de rebelião – das mais sombrias, aliás – resistir ao assassinato quando diante de uma força dotada de qualidades e competência indubitáveis. Contudo, cavalheiros, embora Hobbes não tenha sido assassinado, folgo em garantir que, ao menos, esteve por três vezes (segundo as próprias contas) perto de ser morto. A primeira vez aconteceu na primavera de 1640, quando afetou ter feito circular um pequeno manuscrito em defesa do rei e contra o Parlamento. O tal documento, diga-se de passagem, nunca foi encontrado. Mas Hobbes alegou que "se o Parlamento não fosse dissolvido [em maio], haveria o perigo de atentado contra a vida do rei." A dissolução do Parlamento, entretanto, não lhe teve qualquer efeito; em novembro daquele ano, o Longo Parlamento foi reunido e Hobbes, sentindo estar de novo com a vida em risco, fugiu para a França. A coisa toda era semelhante à loucura de John Dennis, cuja crença estabelecia firmemente que Luís XIV jamais selaria a paz com a rainha Ana [da Grã-Bretanha], a não ser que ele (Dennis) se oferecesse à vingança francesa, tendo até mesmo fugido para a costa, dominado pelo pânico, tão verossímil lhe parecia tal hipótese. Na França, Hobbes conseguiu defender sua garganta com brio por dez longos anos. Entretanto, ao final do período, como homenagem a Oliver Cromwell, escreveu seu *Leviatã*. O velho covarde estava morto de medo pela terceira vez: imaginava que as espadas dos cavaleiros estavam prestes a lhe ceifar a vida, ao recordar-se do destino dos embaixadores do Parlamento, em Haia e Madri. "*Tum*", disse de si em sua biografia, escrita em um peculiar latim doméstico: "Tum venit in mentem mihi Dorislaus et Ascham; Tanquam proscripto terror ubique aderat."[8]

Seguindo essa linha de pensamento, ele então fugiu de volta para a Inglaterra. De fato, é inegável que qualquer um que tenha escrito algo como *Leviatã* mereceria uma surra bem dada. E mais duas ou três surras igualmente bem administradas por ter escrito um pentâmetro com uma conclusão tão atroz quanto "terror ubique aderat"! Mas o fato é que ninguém pensou que ele fosse digno de algo além de uma surra. Toda a história e as fugas não passaram de invenções suas. Em uma carta, em tudo mentirosa, que escreveu "para uma pessoa ilustrada" (na verdade, tratava-se de John Wallis, o matemático), forneceu outra versão dos acontecimentos ao dizer (p. 8) que fugiu "por não confiar sua segurança ao clero francês", insinuando que temia ser morto por causa de sua religião – em verdade, uma piada de boa qualidade, imaginem: Thomas na fogueira por causa de sua religião.

De qualquer forma, sendo tais histórias verídicas ou não, o certo é que, até o final de sua vida, Hobbes temeu que alguém viesse a assassiná-lo. Tal asserção será facilmente provada pela narrativa que contarei. Ela não está em nenhum manuscrito, mas (como costuma afirmar Coleridge) é tão boa que poderia estar registrada em um desses. Na verdade, ela procede de um livro que, nos dias de hoje, encontra-se completamente esquecido, *O Credo do Sr. Hobbes Examinado: Um Diálogo Entre Ele e um Estudante de Teologia*, publicado dez anos antes sua morte. Tal obra é de autor anônimo, mas foi escrita por Thomas Tennison, o sujeito que, trinta anos depois, sucederia a John Tillotson como arcebispo de Canterbury [Cantuária]. A anedota introdutória é a seguinte:

> Um clérigo [sem dúvida, o próprio Tennison] costumava realizar viagem anual, com a duração de um mês, pelas diferentes partes da ilha. Em uma dessas excursões [1670], visitou um local em Derbyshire, chamado Peak District, em parte por causa

[8] "Então, Dorislaus e Ascham [embaixadores assassinados em Haia e Madri, respectivamente] me vêm à mente / pois o terror é onipresente para aquele que foi proscrito." (Ver Thomas Hobbes, *Vita Carmine Expressa*.)

da descrição feita por Hobbes do local. Estando na vizinhança, não pôde deixar de ir a Buxton. No momento de sua chegada, teve a felicidade de encontrar um grupo de cavaleiros que desmontavam, à porta de uma hospedaria – entre eles, um homem alto e magro que se revelou ser o próprio Hobbes, provavelmente cavalgando desde Chattsworth. Em encontro com alguém tão renomado, o mais adequado a um turista em busca do pitoresco seria não se apresentar como alguém inconveniente. Para a sua sorte, dois dos companheiros de Hobbes receberam um súbito aviso de que deviam partir com urgência; logo, pelo restante de sua estadia em Buxton, ele teve o Leviatã apenas para si, guardando igualmente o privilégio de tomar alguns tragos noturnos na companhia de tal celebridade. Hobbes, em um primeiro instante, esteve bastante reservado, pois era desconfiado diante de clérigos, mas essa atitude logo se alterou e ele se tornou bastante sociável e divertido, concordando inclusive em fazer companhia ao novo conhecido nos banhos.

Como Tennison conseguiu saltar e dar cambalhotas na mesma água que o Leviatã é algo que não consigo explicar, mas a coisa aconteceu, no final das contas; divertiram-se como dois golfinhos, embora Hobbes tivesse a idade das montanhas que os cercavam.

Assim, "nos intervalos, quando não nadavam ou mergulhavam", com suas cambalhotas,

> discutiram muitas coisas a respeito dos banhos entre os antigos e sobre a origem das fontes. Após uma hora de tais atividades, saíram da água, secaram seus corpos e se vestiram, à espera do jantar disponível naquele local, pois pretendiam recuperar suas forças ao modo dos *deipnosophilæ*[9], e também seguir conversando e bebendo o máximo possível.
> Mas os planos inocentes foram perturbados pelos ruídos de

[9] Grafado incorretamente pelo impressor (pois o erro foi apontado pelo próprio De Quincey) – o correto seria *deipnosophistæ* –, a expressão designa uma obra de Ateneu de Náucratis, descrevendo certos banquetes de Roma. (N. da T.)

uma disputa, de pouca monta, que por algum tempo envolveu as personagens mais grosseiras que circulavam pelo local. Diante disso, o sr. Hobbes pareceu bastante preocupado, embora estando a certa distância da confusão.

Portanto, faço-lhes a pergunta, cavalheiros: por que ele estava preocupado? Talvez fosse possível imaginar que se tratava de um apego bastante razoável, benigno e desinteressado à paz e à harmonia, digno de um ancião e de um filósofo. Mas prossigamos: "Por algum tempo, esteve assim inquieto e contou uma ou duas vezes, como que falando consigo em voz baixa, como Sexto Róscio foi assassinado depois de jantar, perto dos banhos do Palatino. Isso recordava o comentário de Cícero a respeito de Epicuro, o ateu, de como, de todos os homens, era ele que mais temia aquilo que mais desprezava: a morte e os deuses." Apenas porque estavam à hora do jantar e nas vizinhanças dos banhos públicos, Hobbes acreditava que teria o destino de Sexto Róscio. Que lógica haveria em tudo isso a não ser aquela de um homem que sonhava com assassinatos? E aqui temos o Leviatã, que já não teme as adagas dos cavaleiros ingleses ou do clero francês, mas se assusta "até a perda da compostura", porque, em uma taberna de Derbyshire, alguns mandriões brigavam do alto de sua impoluta honestidade, aos quais aquela figura de espantalho filosófico, vinda de outro século, daria calafrios de pavor.

Sobre Nicolas Malebranche, e creio que lhes dará prazer ouvir tal informação, podemos afirmar que foi assassinado. O homem que o assassinou é bem conhecido: o bispo George Berkeley. Toda essa história é bastante conhecida, embora ainda não tenha sido apreciada pelo ângulo adequado. Quando jovem, Berkeley esteve em Paris e visitou Malebranche. Encontrou-o em sua residência, cozinhando. É sabido que os cozinheiros são *genus irritabile* e os autores idem, em grau ainda maior. Malebranche era as duas coisas. Uma discussão principiou, o velho, que já estava alterado, ficou ainda pior; as irritações culinárias e metafísicas se uniram para atacar-lhe o fígado e arrastá-lo para a cama. Pouco tempo depois, estava morto. Essa é a versão mais conhecida da história e com ela "se engana grosseiramente o ouvido de toda a Dinamarca", como dizia o fantasma para Hamlet. O certo é que não houve uma análise objetiva do acontecido, é muito provável que por consideração a Berkeley, que (como bem observado por Alexander Pope) possuía "todas as virtudes abaixo do firmamento". Berkeley, espicaçado com a falta de educação do velho francês, levantou sua guarda. O que se seguiu foi um breve combate, no qual Malebranche foi ao solo logo no primeiro *round*. Talvez a luta pudesse encontrar seu término nesse ponto – mas o sangue de Berkeley estava fervente e ele insistiu que o velho francês se retratasse de sua "doutrina das causas ocasionais". A vaidade do derrotado era grande demais para isso, e ele tombou em sacrifício diante da impetuosidade do jovem irlandês e de sua absurda obstinação.

Poderia se supor, *a fortiori*, que Gottfried Leibniz, em tudo superior a Malebranche, fora assassinado, mas isso não foi, de fato, o que ocorreu. Creio que essa eventual negligência causou-lhe indignação e que ele se sentia insultado pela tranquilidade de seus dias na Terra. Não consigo explicar de outra forma sua conduta, no período final de vida, quando decidiu se tornar extremamente avarento, acumulando ampla quantidade de ouro, que mantinha em sua casa. Isso aconteceu em Viena, onde faleceu, e ainda há várias de suas cartas descrevendo a terrível ansiedade que lhe inspirava a manutenção da própria garganta intacta. Apesar disso, sua ambição em ser ao menos *vítima de um atentado* era tão grande que não fazia muito caso em evitar os perigos mais evidentes. Um pedagogo inglês vindo de Birmingham, de nome dr. Samuel Parr, adotou um método bem mais egoísta em circunstâncias semelhantes. Ele conseguiu guardar quantidade considerável de ouro e prata, que, por certo tempo, armazenou no dormitório de sua casa, em Hatton. Como a cada dia aumentava seu medo de ser assassinado – algo que seguramente não poderia suportar, pois, aliás, nunca nutrira qualquer pretensão nesse sentido –, transferiu seus bens para o ferreiro de Hatton, imaginando que a morte de um ferreiro pesaria menos para a *salus republicæ* que a morte de um pedagogo. A esse respeito, houve muita discussão, parecendo haver agora o consenso de que uma ferradura bem colocada vale bem uns dois quartos dos *spital sermons*[10] do bom doutor.

Leibniz pode não ter sido assassinado, mas vale dizer que, em parte, morreu por consequência de seu medo de ser morto, em parte, pelo aborrecimento de não o ter sido. Immanuel Kant, por sua vez, que nunca teve qualquer ambição do tipo, escapou por pouco de ser vítima de um assassinato e se viu bem próximo da morte, sendo superado, quem sabe, apenas por Descartes. É incrível como a fortuna esteve ao seu favor! O caso foi contado, ao que parece, em uma biografia anônima desse grande homem. Por questões de saúde, Kant impôs a si mesmo uma rotina de caminhadas – cerca de dez quilômetros diários pela estrada mais próxima. O fato chegou ao conhecimento de um sujeito que tinha suas razões pessoais para cometer um assassinato e que se sentou na metade do trajeto, a partir de Königsberg, à espera de seu "objetivo", que costumava ser pontual como o malote de entrega dos correios. Kant seria um homem morto, se não houvesse qualquer acidente, pois, quiçá por questões de "moralidade", o assassino preferiu se ocupar de uma criança que brincava na estrada, deixando de lado o velho transcendentalista. Assim, assassinou a criança e deixou escapar Kant. Essa foi a abordagem alemã da questão; no entanto, em minha opinião, aquele assassino era um apreciador que compreendeu o quão pouco ganharia a causa do bom gosto com o assassinato de um metafísico velho, árido e

---

10 Tradição que deriva seu nome dos sermões anuais que visavam atrair a atenção, e obter donativos, para o St. Mary Spital (corruptela de "hospital"), fundado em 1197. O político e pedagogo Samuel Parr (1747-1825) foi o pregador de um dos mais notórios sermões de sua época, feito diante do lorde prefeito de Londres, em 1800, no qual combateu as ideias expressas pelo filósofo William Godwin, em seu *Enquiry Concerning Political Justice* (1793), que argumentava ser o governo uma força corruptora na sociedade. (N. da T.)

adusto, que forneceria reduzidas oportunidades de reconhecimento, uma vez que, morto, este não ganharia aspecto diferente do de uma múmia, o qual já possuía em vida.

Bem, cavalheiros, creio que consegui traçar certas conexões perceptíveis entre a filosofia e nosso ramo específico de arte, chegando, sem me dar conta disso, à nossa época. Logo, não tratarei de realizar uma distinção entre nossa época e as demais, pois, certo é, ela ainda não adquiriu um caráter distintivo. Os séculos XVII e XVIII, em conjunto com a parte do século XIX que já conhecemos, constituem a era augusta do assassinato. O melhor trabalho, nessa perspectiva, realizado no século XVII, foi, sem sombra de dúvida, o assassínio de *sir* Edmondbury Godfrey, que aprovo de modo integral. Igualmente, devemos destacar que, em termos de quantidade, o século citado não teve tanto destaque, ao menos no que tange aos cultores de nossa arte, algo que, talvez, deva ser atribuído às necessidades do mecenato iluminista da época. *Sint Mæcenates, non deerunt, Flacce, Marones*[11]. Ao consultar uma obra como *Observations on the Bills of Mortality*[12], de Londres, percebi que das 229.250 mortes ocorridas na cidade em um período de vinte anos do século XVII, não mais que 86 foram resultantes de assassinatos; ou seja, seriam 0,75% ao ano. Um número bem minguado, cavalheiros, para fundar uma verdadeira academia. Por outro lado, de uma quantidade tão baixa, sempre se costuma esperar a mais alta qualidade, à guisa de compensação. Pode ter sido exatamente isso o que ocorreu; ainda assim, sustento a opinião de que o melhor artista daquele período não se igualava aos que o sucederam no século posterior. Em primeiro lugar, por mais digno de elogio que seja o caso de *sir* Edmondbury Godfrey (e poucos estão mais atentos aos méritos dessa realização que eu), não posso concordar em colocá-lo no mesmo patamar de excelência do trabalho realizado com a sra.

11 Epigrama de Marcial: "Que haja muitos como Mecenas, muitos como Maro e outros tantos como Flaco, que não falham, e mesmo os seus campos darão um Virgílio." Nele, Marcial se refere a Caio Cílnio Mecenas (68 a.C.-8 a.C.), político romano cujo nome se tornou sinônimo de patrono das artes. (N. da T.)
12 4. edição, Oxford, 1665.

Frances Ruscombe, de Bristol, tanto na originalidade do projeto quanto em termos de audácia e amplitude da execução. O assassinato dessa boa senhora aconteceu logo no início do reinado de George III, conhecido por ser um período favorável às artes de modo geral. Ela vivia em College Green, em companhia de uma única criada, que, como a própria Ruscombe, não tinha qualquer pretensão ao reconhecimento da história que acabou advindo, justamente, mediante a intervenção de uma criação artística soberba, que descreverei a partir de agora. Uma bela manhã, quando toda Bristol estava desperta e em movimento, certa suspeita motivou alguns vizinhos a forçarem a porta de entrada da casa da sra. Ruscombe. Encontraram-na morta em seu leito, enquanto o cadáver da criada se encontrava nas escadas. Isso ocorreu ao meio-dia, mas, apenas duas horas antes, ambas ainda foram vistas vivas. Se não me falha a memória, isto ocorreu em 1764 – portanto, mais de sessenta anos se passaram e até então esse grande artista não foi identificado. As suspeitas da posteridade recaíram em dois possíveis autores: um padeiro e um limpador de chaminés. Mas a posteridade está equivocada, pois nenhum artista inexperiente poderia conceber uma ideia tão arriscada como essa, cometer seu assassínio em pleno dia e no coração de uma grande cidade. Com toda a certeza, cavalheiros, não seria um obscuro padeiro ou um limpador de chaminés anônimo a executar um trabalho de tal magnitude. Eu sei quem foi. (*Neste momento, surgiu um burburinho generalizado no auditório, que logo se converteu em aplausos; o orador corou e prosseguiu, com certa gravidade.*) Pelo amor de Deus, cavalheiros, não me interpretem mal: não sou eu o perpetrador. Não tenho vaidades, nesse ponto, de considerar-me igual ao verdadeiro responsável por essa obra-prima – creio que os senhores exageram meus talentos, considerando que o caso da sra. Ruscombe excede, e muito, minhas pobres habilidades. Mas eu vim a saber quem era o verdadeiro autor da boca de um célebre cirurgião, que ajudou em sua autópsia. O cavalheiro em

[*De Quincey*]

questão dispunha de um museu privado de sua profissão e, em um de seus nichos, era possível ver o molde de um homem de proporções notavelmente belas.

Disse o cirurgião:

> Este é o molde em gesso do famoso bandido de Lancashire, que durante algum tempo ocultou suas atividades dos vizinhos ao colocar meias de lã nas patas de seu cavalo, abafando o ruído de sua passagem pela rua de pedras que conduzia ao estábulo. Quando foi executado por assaltos nas estradas, eu estudava com Cruickshank e os traços do homem eram tão extraordinariamente belos que não poupamos esforços e dinheiro para obter o cadáver, o quanto antes. Com a conivência do ajudante do xerife, tiraram-no da forca antes do tempo regulamentar e o colocaram em uma carruagem, de modo que, ao chegar às mãos de Cruickshank, ainda estava bem vivo. Ao sr...., um jovem estudante à época, coube a honra do *coup de grâce* que finalizaria a sentença da lei.

Essa notável anedota, que parece sugerir serem os ilustres senhores nas salas de dissecação apreciadores de nossa matéria, impressionou-me de maneira considerável. Certa feita, estava repetindo a narrativa para uma senhora de Lancashire que, posteriormente, informou-me viver nas imediações da residência daquele salteador, de quem trazia na memória duas circunstâncias que permitiriam atribuir-lhe o ocorrido na casa de Ruscombe. A primeira delas, a ausência do sujeito por toda uma quinzena quando do crime. A outra: pouco tempo após a descoberta dos corpos, a vizinhança do salteador foi inundada de dólares; soube-se ali que a sra. Ruscombe acumulara um valor de dois mil nessa moeda. De qualquer forma, seja quem for o artista, o caso segue até hoje um indelével monumento de seu gênio; tal foi a sensação de terror e de poderio deixada por tão magnífica concepção, concretizada no assassinato, que nenhum inquilino (e digo que verifiquei esse fato, em 1810) habitou a casa que foi da sra. Ruscombe desde então.

Pois, se fiz um amplo elogio ao feito ruscombiano, não imaginem que com isso esteja negligenciando os muitos outros esplêndidos exemplos cujo mérito extraordinário espalhou-se pela face deste século. É evidente que não defenderei, nesse sentido, os casos da srta. Bland, do capitão John Donnellan ou de *sir* Theophilus Boughton. Abaixo com esses traficantes de veneno, essa é minha opinião sincera: por que não mantiveram a honesta e ancestral tradição de cortar gargantas, preferindo as abomináveis inovações oriundas da Itália? Considero que todos esses casos de envenenamento, comparados aos exemplares mais legítimos, possuem valor semelhante ao de figuras de cera diante de esculturas, de uma cópia litográfica diante de um magnífico Giovanni Volpato. Contudo, inclusive deixando de lado tão deletérios exemplos, ainda sobram muitas obras de arte excepcionais, executadas dentro de parâmetros perfeitos e esbanjando um estilo puro, de tal forma que qualquer apreciador de boa-fé não teria vergonha em reivindicá-las para si. De boa-fé, destaco, porque certa indulgência é necessária em alguns desses casos; não existe artista que esteja plenamente seguro e consciente ao converter em realidade a própria concepção. Incômodas perturbações podem surgir: por exemplo, pessoas que não oferecem suas gargantas sem resistência – elas tentam fugir, elas se debatem, elas mordem. Enquanto um retratista costuma reclamar do excessivo torpor de seu modelo, o artista em nossa linha de criação, em geral, não aprova ou tolera a animação em grau superlativo. Ao mesmo tempo, e embora seja desagradável ao artista, a tendência do assassínio em irritar e excitar seu objeto constitui, visivelmente, uma de suas vantagens, e não devemos tão só ignorá-la, pois favorece o desenvolvimento de talentos latentes. O clérigo Jeremy Taylor destacou, com admiração, os saltos extraordinários que as pessoas davam sob o domínio do medo. Há um exemplo notável desse fato no caso recente dos M'Kean: o garoto realizou um salto cuja distância dificilmente ultrapassará em sua vida. Certos talentos especiais também tiveram seus avanços graças aos nossos mais insignes artistas, como é o caso dos murros e de toda a sorte de exercícios e ginástica. Talentos escondidos, ocultos por um denso véu, desconhecidos tanto de seus donos quanto de seus amigos. Recordo, nesse aspecto, um curioso exemplo de que tive notícia em minha estadia na Alemanha.

Cavalgando pelos arredores de Munique, encontrei um distinto cavalheiro, apreciador de nossa sociedade, cujo nome, por razões evidentes, devo preservar. Esse homem informou-me que, estando farto dos prazeres frios (como os denominava) da contemplação amadora, havia trocado a Inglaterra pelo continente com o objetivo da prática profissional de nossa arte. Para isso, escolheu a Alemanha, imaginando que a polícia nesta parte do mundo era mais pesada e sonolenta que todas as demais. Seu *début* como praticante ocorreu em Mannhein; sabendo que eu era um colega de preferências e gostos, contou-me com toda a franqueza sua primeira aventura:

> Do lado oposto ao local em que estava hospedado vivia um padeiro; tratava-se de um sujeito avarento, que vivia sozinho. Não sei se pela impressão causada pela ampla extensão da cara de lua cheia do sujeito, ou qualquer que fosse o motivo, o certo é que me despertou o "desejo" e resolvi realizar o trabalho em sua garganta, que ele aliás sempre mantinha nua, algo que provocava meus anseios. Percebi, observando-o com regularidade, que ele fechava as janelas precisamente às oito da noite. Uma noite em que ele estava ocupado nesses afazeres, entrei de súbito, tranquei a porta e, dirigindo-me ao padeiro de forma bastante calma, informei-lhe da natureza de minha tarefa, aconselhando-o também a não oferecer resistência, o que causaria dissabores a nós dois. Após essa breve explanação, saquei meus instrumentos disposto a iniciar o

trabalho. Mas, diante do espetáculo, o padeiro, que parecia vitimado por catalepsia diante do meu primeiro anúncio, despertou presa da mais viva agitação. "Não quero ser assassinado!", gritou bem alto. "Por que eu devo perder minha preciosa garganta?" "Por que?", respondi, "à falta de outra razão, porque você coloca alúmen no seu pão. Mas isso não importa: com ou sem alúmen, não tenho a menor intenção de me deixar arrastar em uma discussão dessa natureza. Saiba que eu sou um virtuose na arte do assassínio, em cujos detalhes desejo me aprofundar e que estou enamorado por sua garganta, para a qual estou prestes a me converter em cliente." "Não diga", respondeu o padeiro, "pois vou lhe dar outro tipo de cliente", disse isso enquanto colocava-se em guarda, ao estilo do pugilismo. A ideia daquela postura de luta me pareceu ridícula. De fato, um padeiro de Londres se destacou no ringue, ganhando notoriedade com a alcunha de Mestre dos *Rolls*. No entanto, ele era jovem e saudável, mas o homem que estava diante de mim era um monstruoso colchão de plumas de cerca de cinquenta anos, totalmente fora de forma. Apesar de tudo isso, diante de meus ataques – ou seja, diante de um mestre em nossa arte – ele fez uma defesa tão desesperada que algumas vezes temi que o jogo pudesse ser invertido e que eu, o apreciador, pudesse ser assassinado por aquele padeiro miserável. Que situação! Qualquer espírito de refinada sensibilidade compreenderia minha angústia. A gravidade da situação poderá ser mais bem compreendida diante do fato de que, nos treze primeiros *rounds*, o padeiro levou visível vantagem. No décimo quarto, levei um soco no olho direito tão violento que ele se fechou com o inchaço. Ao fim e ao cabo, creio, esse último ferimento foi minha salvação: a raiva que a agressão despertou em mim foi tal que consegui superar o padeiro em cada um dos três *rounds* seguintes. No décimo oitavo, o padeiro demonstrava evidentes sinais de cansaço em sua respiração, indicando o castigo que sofrera. O uso que fizera das possibilidades geométricas nos últimos quatro *rounds* havia piorado sua condição de combate. Contudo, ele demonstrou alguma habilidade ao deter uma mensagem minha que tinha destino certo em sua pretensa carcaça. No processo de entregar a mensagem, acabei por escorregar e ir ao chão. No décimo nono *round*, observei meu adversário com atenção: senti certa vergonha por tal massa informe de farinha. Saltei sobre ele e, furiosamente, apliquei-lhe castigo bastante intenso. Houve um duelo a curta distância e ambos caíram, o padeiro primeiro, ficando por baixo. Dez a três para o apreciador. No vigésimo *round*, o padeiro deu um salto de extraordinária agilidade. E mais: lutava de forma notável, utilizando um magnífico jogo de pernas. Estava, porém, empapado de suor e boa parte de sua coragem e resistência advinha do pânico. Era claro que ele não poderia suportar o ritmo por muito tempo. Nesse assalto, utilizei a técnica de reduzir a distância, agachando-me, o que ampliou minha vantagem, pois facilitou meus golpes aplicados no nariz do adversário. A razão disso, é preciso explicar, era o fato de que o nariz estava coberto de furúnculos e pensei que o fustigaria ao tomar esse tipo de liberdade com o dito cujo, o que realmente ocorreu. Nos próximos três *rounds*, o mestre dos *rolls* em questão cambaleou como uma vaca sobre o gelo. Vendo como as coisas estavam se encaminhando, no vigésimo quarto, murmurei algo em seu ouvido que o atingiu como o disparo de uma arma. Na verdade, apenas teci um comentário pessoal sobre o valor que teria sua garganta em uma agência de seguros. Esse pequeno sussurro confidencial o afetou bastante – até mesmo o suor pareceu congelado em seu rosto e os próximos dois *rounds* foram inteiramente meus. Quando o chamei para o vigésimo sétimo *round*, ele estava estendido no chão como um tronco.

Depois dessa narração, fiz o seguinte comentário ao apreciador: "Suponho que, então, alcançou seu objetivo". "Sim, correto", respondeu, suavemente, "alcancei e posso dizer, com grande satisfação, que matei dois coelhos com uma só cajadada", querendo dizer, dessa forma, que havia derrotado o padeiro antes de assassiná-lo. Apesar de meus esforços, não logrei enxergar as coisas dessa maneira; ao contrário, pareceu-me fizeram falta duas boas pedras para derrubar um só pássaro, pois primeiro teve de levá-lo a nocaute com seus punhos para depois matá-lo com suas ferramentas. Mas o que menos importa, nesse caso, era sua lógica. A moral da história toda era das boas, pois mostrava como um estímulo razoável, aplicado a um talento latente, gerava resultados consideráveis. Um padeiro de Mannheim, torpe, obeso e meio cataléptico lutou de igual para igual durante 27 *rounds* com um exímio boxeador inglês, movido apenas por essa singela motivação; até que ponto o gênio natural é exaltado e tornado sublime pela presença estimulante de um brilhante assassino.

Em verdade, cavalheiros, ao ouvir uma história como a que acabei de narrar torna-se um dever, talvez, suavizar o tom de extremo rigor com que a maioria comumente se refere ao assassinato. Se dermos ouvidos a tais discursos, seria de se supor que todos os inconvenientes e desvantagens se situam no lado do assassinado e que não haveria nenhum problema em não ser assassinado. Mas homens prudentes provavelmente são de outra opinião. "Certamente", disse Jeremy Taylor, "ser vítima do fio da espada é um mal temporal menor que morrer em função da violência de uma febre; e o machado" (o autor deveria incluir esse instrumento ao lado de outros de igual natureza, como o malho de carpintaria e a barra de ferro) "traz muito menos aflições que a estrangularia." Muito verdadeiro; nosso bom bispo fala como um homem sábio e um verdadeiro apreciador, que ele era, de fato. Outro grande filósofo, Marco Aurélio, que estava igualmente acima dos preconceitos vulgares a respeito desse tema, declarou que "uma das mais nobres funções da razão é saber quando é o momento de irmos deste mundo" (*Meditações*, livro III). Como se trata do mais raro dos conhecimentos, é evidente que não há pessoa de natureza mais filantrópica do que aquele que se esforça, gratuitamente, por instruir os demais neste ramo específico do conhecimento, ainda mais levando-se em conta que há considerável risco nessa atitude. Tudo isso, porém, lanço às mãos dos futuros moralistas, à guisa de especulação – mas aproveito para declarar minha convicção íntima de que poucos assassinam por princípios filantrópicos ou até patrióticos, reiterando o que eu disse a princípio: a saber, que a maior parte dos assassinos são pessoas de caráter extremamente duvidoso e incorreto.

No que diz respeito ao caso dos assassinatos de John Williams, os mais sublimes, detentores da mais completa excelência em qualquer época, não posso me permitir um tratamento superficial. Tomando uma conferência inteira, ou mesmo uma sequência de conferências, ainda assim não seria possível a exposição de todos os méritos do caso. Mas necessito mencionar um fato curioso e relacionado, que, em minha opinião, parece demonstrar que o resplandecer do gênio de Williams ofuscou por completo a justiça penal. Todos aqui devem se lembrar, tenho certeza, que os instrumentos empregados em sua primeira grande obra (o assassinato dos Marr) foram um malho de carpintaria naval e uma faca. Na verdade, o malho pertencia a um velho sueco, certo John Petersen, e carregava as iniciais de seu dono. Williams esquecera esse instrumento na casa dos Marr e a ferramenta acabou nas mãos das autoridades. A publicação do detalhe das iniciais teve, por consequência imediata, a prisão de Williams; mas, se tivesse sido feita de forma antecipada, teria evitado a segunda grande obra (o assassinato dos Williamsons) desse notável autor, pois a ação policial ocorreu exatamente doze dias mais tarde: os magistrados mantiveram a informação confidencial por todo esse período, permitindo a feitura da segunda obra. Após mais esta realização, publicaram a tal informação, talvez percebendo que ele já fizera mais que o suficiente para garantir sua fama, e que a glória de seus feitos estava fora do alcance de todo acaso, de todo o acidente.

Quanto ao caso do sr. Thurtell, não sei bem o que dizer. Naturalmente, tenho por inclinação natural a melhor opinião possível sobre o meu predecessor na cátedra desta sociedade e penso que suas conferências foram irrepreensíveis. Entretanto, falando com franqueza, creio que ele exagerou sobremaneira o valor de sua principal contribuição artística. Admito, outrossim, que eu mesmo fui levado pela onda de entusiasmo geral. Na manhã em que o crime foi divulgado por toda Londres, houve uma reunião de entusiastas e apreciadores como não acontecia desde a época de Williams; *connoisseurs* anciãos que dificilmente deixavam suas camas e cuja existência se resumia a queixumes, com ar de desprezo, ao estilo "nada acontece", vieram claudicando até o salão de nosso clube: poucas vezes testemunhei tal alegria, tal expressão benigna de satisfação geral. Por todos os lados, havia pessoas que se davam as mãos em gesto de felicitação, surgindo grupos para alegres ceias comemorativas. Ouviam-se apenas vozes que, em tom triunfante, lançavam certos questionamentos, como: "Bem, o que me diz?", "Pareceu-lhe válido tudo isso?", "Está satisfeito, afinal?" Mas, em meio às falas, lembro-me do silêncio geral feito para ouvir o velho e cínico apreciador, L. S..., aquele *laudator temporis acti* ["um elogio dos tempos passados", como dizia Horácio] que golpeava com sua perna de madeira. Ao adentrar no recinto, tinha a expressão feroz que lhe era característica e, enquanto avançava em nossa direção, rosnava e tartamudeava: "Nenhuma originalidade. Apenas um plágio, do tipo mais vulgar, das sugestões que eu dei. E seu estilo é duro como o de Dürer, grosseiro como o de Fuseli." No momento, muitos atribuíram aquela reação a nada além de inveja e impertinência. Confesso que, passado o calor do entusiasmo inicial, percebi os sinais daquilo que os críticos mais sensatos diziam ser um elemento *falsetto* no estilo de Thurtell. O fato é que nossa tendência foi, sendo ele um membro de nossa sociedade, dotar nosso julgamento de um viés bastante favorável; ademais, era um sujeito familiar em toda Londres, algo que facilitou a obtenção perante o público de imensa popularidade, o que ele, contudo, não foi capaz de justificar, a despeito de suas elevadas pretensões, uma vez que "opinionum commenta delet dies, naturæ judicia, confirmat"[13]. Nesse sentido, havia um projeto de Thurtell para um assassínio, não realizado, no qual as ferramentas empregadas seriam um par de halteres, o que admiro sobremaneira; trata-se apenas de um esboço nunca executado, mas muito superior ao mais famoso trabalho desse autor aos meus olhos. Lembro-me que houve grande pesar entre os apreciadores pelo fato de nunca ter saído do papel, mas não posso concordar com eles a respeito, pois, na verdade, os fragmentos e esboços iniciais de artistas originais possuem, em geral, um brilho que desaparece quando é necessário se ocupar dos detalhes.

Assim, considero que o caso dos M'Kean excede a incensada composição de Thurtell – de fato, creio que esteja acima do elogio vulgar e que tal obra guarda com os feitos imortais de Williams a mesma relação que a *Eneida* tem com a *Ilíada*.

Outrossim, é chegado o momento de declarar algo a respeito dos princípios do assassinato, não tendo por meta regular a prática, e sim esclarecer o julgamento. Para as velhas senhoras e a massa que consome jornais, qualquer coisa que forneça uma quantidade abundante de sangue está de bom tamanho. Mas o homem de sensibilidade exige algo mais. Então, primeiro, falemos do tipo de pessoa que melhor se adapta à prática do assassinato; em segundo lugar, do local apropriado; em terceiro, do instante mais conveniente para a execução da obra, além de outros detalhes menores.

Para o primeiro elemento, a pessoa, creio que seja evidente que a escolha deva recair em um bom homem, caso contrário, nosso escolhido estaria em face da morte muito provavelmente com certa constância. Esse tipo de atrito, "diamante que corta diamante", pode até fornecer resultados interessantes, caso não haja nada melhor disponível, mas

[13] "Os anos obliteram as invenções da imaginação, mas confirmam os julgamentos da natureza." (Ver Cícero, *De natura deorum*.)

um crítico exigente jamais chamaria tais exercícios de assassinato. Posso mencionar algumas pessoas (não seus nomes) que foram mortas por outras em ruelas escuras – sem que tenhamos qualquer objeção. Porém, observando o ocorrido a uma distância menor, o público logo percebe que os fatos apontam para uma vítima que pretendia roubar seu assassino, pelo menos, e, se possível, matá-lo, se o sobrepujasse no quesito força física. Fosse esse o caso ou a suposição dele, todos os genuínos efeitos de nossa arte acabariam por ser aniquilados. Para os propósitos decisivos do assassinato, considerado uma das belas-artes, vale aquilo que Aristóteles propôs para a tragédia: "purgar o coração através do terror e da compaixão". Quanto a isso, o terror está sempre garantido, mas como haveria compaixão se o caso envolvesse um tigre destruído por outro tigre?

Dessa forma, torna-se evidente que a pessoa selecionada não deve ser publicamente reconhecida. Se pensarmos em um exemplo, poderíamos afirmar que nenhum assassino judicioso faria um atentado contra a vida de Abraham Newland. Pois todos leram tanto a respeito de Abraham Newland e tão poucos o viram de fato que a ideia geral que se desenvolveu é que ele nada mais é que uma ideia abstrata. Lembro-me que, certa feita, quando por acaso jantei em um café, tendo por companhia justamente Abraham Newland, todos me olharam com expressão de desdém, como se eu estivesse em uma partida de bilhar com Preste João ou envolvido em algum assunto específico em honra ao papa. Nesse sentido, é necessário esclarecer que o papa seria uma personagem pouco indicada para o assassinato: ele é dono de imensa ubiquidade virtual por seu papel como pai da cristandade, fora – como o cuco – ser mais ouvido e comentado do que visto. Como resultado dessa combinação, penso eu, temos igualmente alguém que passou a ser encarado como uma ideia abstrata aos olhos do senso comum. Por outro lado, se uma pessoa pública nutre o costume de oferecer jantares "com as melhores iguarias da estação", o caso é bem outro: todos estão seguros de que tal indivíduo não é uma ideia abstrata. Assim, não haveria qualquer problema em matar um sujeito do tipo, apenas o assassino cairia na classe dos atentados mortais a pessoas públicas, categoria que ainda não cheguei a tratar.

Além disso, o sujeito escolhido deverá gozar de boa saúde; é sinal de absoluta barbárie assassinar uma pessoa doente, uma vez que, de modo geral, alguém que está nessas condições dificilmente fornecerá resistência. Dentro desse princípio, não seria possível escolher um tipo acima dos vinte e cinco anos, já que passada essa idade ele será, com quase toda a certeza, dispéptico. Pelo menos, se alguém se empenhar na caça dessa presa, estará obrigado a matar uma dupla ou casal por vez; se os tipos escolhidos forem alfaiates, deverá seguir a antiga equação e assassinar os que tenham seus dezoito anos. Aqui, ao comentarmos a necessidade de se dar atenção e conforto aos doentes, é possível observar de novo o efeito usualmente benéfico das belas-artes de refinar e sofisticar o gosto. O público, de modo geral, é bastante suscetível ao sangue, cavalheiros; tudo o que desejam é a copiosa efusão de sangue; uma exibição vistosa, do ponto de vista sangrento, basta para eles. O esclarecido apreciador, por sua vez, possui gosto muito mais refinado, o que resulta para nossa arte – bem como para todas as artes liberais cultivadas com tanto esmero – na melhoria e no abrandamento do coração humano.

Assim, é tão certo que

> Ingenuas didicisse fideliter artes,
> Emollit mores, nec sinit esse feros.[14]

Um amigo filósofo, bastante conhecido por sua filantropia e decência, sugeriu que o sujeito escolhido também devesse ter uma família e crianças pequenas totalmente dependentes de seus esforços, detalhe que aprofundaria o *páthos* da ação. De fato, trata-se de

---

14 "Um estudo fidedigno das artes liberais humaniza o caráter e impossibilita o ser cruel." (Ovídio, *Epistulæ ex ponto*, 47.)

um conselho sensato, embora eu não insista em sua necessidade absoluta. O gosto mais elaborado, é inquestionável, exigiria tal condição, mas, mesmo que o sujeito escolhido não fira os princípios de moral e boa saúde, tal imposição acabaria por limitar excessivamente o campo de atuação do artista.

O que disse até aqui vale, portanto, para a pessoa escolhida. No que tange ao momento, local e instrumentos, eu teria muito a dizer, mas não disponho de tempo suficiente. O bom senso do praticante de nossa arte, em geral, indica que o melhor momento é a noite e que a atividade deve ser realizada com discrição. Outrossim, não são poucos os exemplos de que não seguir essa regra resultou em efeitos excepcionais, alguns dos quais já mencionei em minha exposição; aliás, a respeito do lugar e do momento, existe um belíssimo exemplo do potencial das exceções à regra nos anais de Edimburgo (no ano de 1805), conhecido por todas as crianças daquela cidade, mas que permanece, injusta e inexplicavelmente, pouco conhecido entre os apreciadores ingleses. O caso a que me refiro é de um porteiro de banco que foi morto enquanto carregava um saco de dinheiro, em pleno dia, ao virar a High Street, uma das mais conhecidas ruas da Europa, cujo assassino permanece até hoje impune.

> Sed fugit interea, fugit irreparabile tempus,
> Singula dum capti circumvectamur amore.[15]

Agora, cavalheiros, concluirei minha exposição renunciando com solenidade, uma vez mais, a toda pretensão de minha parte em me considerar um profissional. Nunca tentei, em toda minha vida, assassinar quem quer que fosse, com exceção de certa ocorrência, em 1801, quando tentei matar um gato – embora esse episódio tivesse uma conclusão muito distinta daquela planejada. Admito que meu propósito, nessa ocorrência felina em particular, era pura e simplesmente o assassínio. "Semper ego auditor tantum?", disse para

---

15 "Mas o tempo, a despeito de tudo, corre, corre sem possibilidade de voltar, enquanto nós, encantados pelo amor que devotamos ao nosso tema, contemplamos demoradamente cada detalhe." (Virgílio, *Geórgicas*.)

mim mesmo, "nunquamne reponam?"[16] Desci as escadas em busca de Tom, o gato, a uma da manhã de uma madrugada sinistra, com o *animus* assassino e, provavelmente, o aspecto feroz de um criminoso. Quando o encontrei, ele estava em pleno ato de roubar um pão, além de outras atividades desse jaez, típicas da espécie. Ao observar isso, ocorreu uma mudança significativa: como eram tempos de escassez em que até um bom cristão estava reduzido ao consumo de pão de batata, pão de arroz ou pão misturado com enorme variedade de materiais disponíveis, aquele gato, que estava desperdiçando excelente pão de trigo, converteu-se em um criminoso, culpado da mais alta traição. Em um piscar de olhos, a execução se converteu em um dever patriótico e, enquanto brandia o aço cintilante, imaginei ser um novo Brutus que surgia, fulgurante, em meio à multidão de patriotas. Ao baixar o punhal:

> Clamei pelo nome de Cícero e
> saudei o nome do pai da pátria![17]

Desde então, qualquer vaga ideia ocasional que pudesse ocorrer envolvendo atentados contra a vida de um carneiro velho, de uma vetusta galinha e de uma ou outra "presa menor" terminou encerrada à chave nos recônditos mais secretos de meu coração. Assim, só posso declarar que sou completamente incapaz de abordar as mais elevadas atmosferas de nossa arte. De forma alguma, cavalheiros. Ou, nas palavras de Horácio:

> Ergo fungar vice cotis, acutum
> Reddere quæ ferrum valet, exsors ipsa secandi.[18]

---

16 "O quê? Devo ser apenas um ouvinte até o fim de meus dias? E nunca terei minha palavra nisso?" (Juvenal, *Sátiras*, I, 1-2.)
17 Verso retirado de *The Pleasures of Imagination*, de Mark Akenside (1721-1770).
18 "Bem, utilizarei uma pedra de amolar, que torna o aço afiado, mas que não corta por si mesma." (*Ars Poetica*, 304.)

SEGUNDO ARTIGO ACERCA DO ASSASSINATO CONSIDERADO UMA DAS BELAS-ARTES

Dr. North,

O senhor é um homem ponderado, liberal no sentido clássico do termo, não nos termos do jargão de políticos e educadores modernos. Sendo assim, estou certo de que terá simpatia pelo meu caso em particular. Sou um homem incompreendido, dr. North – particularmente incompreendido. Assim, se me permitir, explicarei como isso se deu. Uma cena manchada pela mais negra calúnia se descortinará, mas acredito que sua equanimidade tornará tudo mais claro. Um cenho franzido de sua pessoa, na direção certa, ou um gesto de alerta com sua bengala bastaria para me reabilitar perante à opinião pública, que, no momento, é totalmente desfavorável à minha pessoa – resultado das artes vis dos caluniadores. Antes, porém, escute o que tenho a dizer.

Alguns anos atrás, talvez isso esteja em sua memória, vim à público na qualidade de um diletante do assassinato. Creio que diletante seja uma palavra muito forte. *Connoisseur* é mais adequada aos escrúpulos e fraquezas de gosto do público. Suponho, outrossim, que não haja nada de ofensivo em tal expressão, ao menos. Ninguém é obrigado a meter os olhos, ouvidos e inteligência no bolso das calças quando diante de um assassinato.

Acredito que, se não estiver em estado comatoso, qualquer um pode observar que um assassinato é melhor ou pior que outro em termos de bom gosto. Os assassinatos possuem suas sutis diferenças e matizes de mérito, da mesma forma que estátuas, pinturas, oratórios, camafeus, gravuras e outras produções de igual fatura. É possível se enraivecer diante de um sujeito que fale demais ou que seja muito indiscreto (de minha parte, coloco-me contra essa questão – o excesso não combina com bom gosto), mas, em todo caso, ainda lhe será permitido pensar. Creio que vossa senhoria, caro doutor, deve pensar profunda e corretamente a respeito desse tema. Acredite ou não, todos se interessaram pelo pequeno ensaio de estética que publiquei mediante vossa editora, mas, por desgraça, souberam, na época, tanto do clube em que estive associado quanto do jantar que presidi – ambos relacionados com o tema do ensaio, ou seja, a difusão do gosto adequado entre os súditos de Sua Majestade. Por isso, elaboraram as mais bárbaras calúnias contra a minha pessoa. Em particular, afirmaram que eu ou o clube, o que vem a dar no mesmo, teria oferecido recompensas aos homicídios mais bem realizados – inclusive com uma escala de descontos para eventuais imperfeições e falhas, de acordo com uma tabela estabelecida em privado, entre amigos. Bem, doutor, é chegado o momento de falar toda a verdade a respeito do já citado jantar e do clube, para que seja visível o quão malicioso pode ser nosso mundo. Em primeiro lugar, porém, deixe-me contar, em confiança, meus verdadeiros princípios a respeito de toda essa questão.

Não cometi, em toda a vida, um único assassinato. Trata-se de algo bem conhecido entre meus amigos. Posso, inclusive, obter um certificado atestando minha declaração, assinado por muita gente. Já que estamos tratando do tema, duvido que uma quantidade razoável de pessoas possa apresentar um certificado desse tipo tão sólido quanto o meu, que teria o tamanho de uma toalha de mesa. Há, inclusive, um membro do clube que supostamente me surpreendeu, tomando liberdades com sua garganta, certa noite, quando os outros membros não estavam presentes. Observe, entretanto, como a história se altera conforme o grau de consciência de nossa personagem. Se a bebedeira é moderada, ele se limita a dizer que lancei olhares ansiosos na direção de sua garganta, que depois adotei um ar melancólico por algumas semanas e que minha voz passou a expressar, aos ouvidos sensíveis de um *connoisseur*, o sentido de uma oportunidade perdida – embora todos os membros do clube tivessem consciência de que esse sujeito era dado a ter visões ilusórias e que, muitas vezes, sua voz falhava quando afirmava que viajar ao estrangeiro, sem as ferramentas de nosso tipo de arte, seria um descuido fatal. Além disso, trata-se de uma querela entre dois apreciadores, e deve-se perdoar certas asperezas e exageros nesse caso. "Mas", alguém poderia objetar, "ainda que não seja assassino, é bem provável que tenha fomentado e, quem sabe, ordenado algum crime desse tipo." Não: palavra de honra que não, nada nem perto disso. E esse é o ponto que desejo discutir e apresentar. A verdade é que sou um homem de posturas bastante particulares no que tange ao assassinato – e talvez exagere em meu refinamento nesse campo. O Estagirita, com toda a justiça e, provavelmente, tendo em vista casos como o meu, colocava a virtude em το μεσον (*to méson*, "no meio"), o ponto médio entre dois extremos. Esse meio-termo de ouro, decerto, é algo que todo o homem deveria buscar. No entanto, nesse como em outros casos, é mais fácil falar do que fazer – e minha fraqueza mais notória poderia ser caracterizada como excessiva doçura do coração, algo que dificulta colocar-me na invariável linha equatorial entre os dois polos do excesso em termos de assassinato, de um lado, e da escassez, do outro. Sou extremamente suave, caro doutor; as pessoas se aproveitam disso e escapam – levando uma vida tranquila, sem um único atentado –, o que jamais deveria ser perdoado. Se tudo dependesse só da minha vontade, teríamos quando muito um ou outro assassinato por ano. Pois, de fato, sou pela virtude, bondade e tudo o que está relacionado com esse universo. Darei dois exemplos da forma extrema como encaro a necessidade de virtude. O primeiro pode parecer, à primeira vista, um fato corriqueiro, impressão que logo se desfaria se conhecesse meu sobrinho – que, é possível, nasceu para encontrar o patíbulo ao fim e ao cabo, algo que teria acontecido muito tempo antes, não fosse minha firme autoridade educativa. Terrivelmente ambicioso, gaba-se de ser um homem cultivado nos diversos ramos do assassinato, embora, na verdade, sequer tenha uma ideia vaga a respeito do assunto, tendo tomado de empréstimo minhas ideias dizendo que eram dele. Isso era de conhecimento público, de tal forma que o clube o baniu, por duas vezes, ainda que certa condescendência fosse demonstrada, uma vez que se tratava de um parente meu. Um dia, camaradas do clube se aproximaram de mim e disseram:

> De fato, caro presidente, optamos por atender seu parente no que nos for possível. Mas o que podemos dizer? Creio que esteja plenamente consciente de que ele é uma desgraça para nós. Se tivéssemos de elegê-lo para algum de nossos quadros, ouvir-se--ia em seguida a respeito de algum terrível assassinato, que ele entenderia como forma de justificar nossa escolha. E quantas preocupações não teríamos? Como é de seu conhecimento, creio, teríamos em mãos uma tragédia, merecedora antes de um matadouro que do atelier de um artista. Ele se jogaria sobre alguém corpulento, um fazendeiro que voltasse bêbado de uma feira. Haveria enorme derramamento de sangue e seria isso o que ele nos ofereceria, em vez de bom gosto, finalização, arranjo cênico. Nesse sentido, que ferramenta ele empregaria? Com certeza, um cutelo e um par de paralelepípedos, o que resultaria em um efeito de *coup d'oeil* que traria à mente do espectador a ferocidade de um ogro ou de um ciclope, não a delicadeza de um artista do século XIX.

O quadro me foi pintado com as tintas da verdade; diante disso, nada pude fazer além de aquiescer, e, acrescentando sentimentos à questão, ignorar inicialmente meus colegas. Na manhã seguinte, conversei com meu sobrinho – tratava-se de uma situação de visível delicadeza, e eu estava determinado a não fazer concessões que pudessem interferir nos meus deveres. "John", comecei,

> a meu ver, você tomou um rumo equivocado para a vida e suas obrigações. Impulsionado pela ambição desmedida, mergulha nos domínios do sonho daquilo que seriam gloriosas conquistas, não do que seria possível obter. Acredite em minha palavra: o assassinato não é uma obrigação para a respeitabilidade de um cavalheiro. Muitos tiveram uma vida exemplar em termos de respeitabilidade sem que tivessem de cometer um único homicídio – bom, mau ou indiferente, em termos estéticos. Seu primeiro dever, portanto, é se perguntar: *quid valeant humeri, quid ferre recusent?*[1] Nem todos podem ser homens brilhantes nesta vida e creio ser do seu interesse contentar-se com uma posição mais humilde – mas adequada – do que sofrer os impactos impiedosos resultantes dos fracassos, notáveis pelo contraste com a ostentação de suas promessas.

Diante de minha exposição, John nada disse, mas pareceu bastante vexado, o que me fez manter as esperanças de ter salvo um parente próximo de se fazer de tolo ao proceder na criação de algo muito além de suas capacidades, ao feitio de um poema épico. Por sua vez, havia aqueles que diziam estar o rapaz preparando uma vingança contra a minha pessoa, e contra o clube como um todo. Pensei em deixar as coisas como estavam, *liberavi animam meam*[2]; como é possível perceber, optei por assumir certos riscos para evitar um aumento abrupto na taxa de homicídios. No entanto, creio que o segundo caso deverá ilustrar de forma mais patente minhas virtudes. Um homem veio a mim para se candidatar à vaga de criado

---

1 "Pondere por longo tempo sobre o que seus ombros recusam e o que podem carregar." (Adaptado de Horácio, *Ars Poetica*, 39-40.)
2 "Liberei minha alma." (*Cartas*, de São Bernardo de Clairvaux.)

que, naquele momento, estava vaga. Ele era conhecido por ter praticado, aqui e ali, algo de nossa arte, inclusive – pelo crivo de outros – com certo mérito. Para minha surpresa, o sujeito acreditava que esse conhecimento na arte seria empregado, regularmente, em seus afazeres cotidianos sob minhas ordens. Tratava-se de algo que considerei inconcebível, de modo que disse no mesmo instante:

> Richard (ou James, qualquer que fosse o nome em questão), devo dizer que está em tudo equivocado a respeito de meu caráter. Caso alguém queira ou deva exercer esse difícil (e devo acrescentar, perigoso) ramo da arte, especialmente se a isso for impulsionado por um gênio avassalador, alerto que isso poderá ocorrer sob minhas ordens tanto como de qualquer outro. Em suma, devo destacar que não será de mal alvitre, nem ao nosso praticante ou à sua vítima, que o primeiro seja guiado por alguém que demonstre superioridade em termos de gosto. O gênio nos impulsiona adiante, mas o prolongado estudo da arte outorga sempre o direito a oferecer conselhos. Só posso chegar a esse ponto: apenas me atreveria a sugerir princípios gerais. Todavia, no que tange a casos particulares, declaro de uma vez por todas que não desejo ter nenhuma relação com eles. Não me conte nunca detalhes a respeito das obras de arte que esteja planejando – virarei meu rosto diante disso *in toto*. Pois se um homem se permitir certa aproximação, ainda que superficial, com o assassinato, logo começará a pensar nas possibilidades do roubo. A seguir, a bebedeira, a inobservância do dia do Senhor; depois, a perda das noções de boa educação; por fim, a procrastinação. Uma vez nesse caminho abismal, nunca se sabe qual será o ponto de chegada. Muitos planificaram a própria ruína sem o saber a partir de um assassinato fortuito, por falta da devida reflexão prévia. *Principiis obsta*[3] – esta é a minha regra.

Esse foi meu discurso para o candidato à vaga, que bem expressa minha firme vontade; se isso não for virtude, ficaria

---

3 "Permanecer firme diante do aparecimento [de uma doença]." (Ovídio, *Remedia amoris*, 91.)

feliz em saber o que seria. Agora, devemos tratar do jantar e do clube. O segundo está longe de ser, em última instância, uma criação minha; surgiu, como tantas agremiações semelhantes, pela propagação de noções adequadas e pela comunicação de novas ideias – ou seja, mais das necessidades reais que das opiniões e ideias de uma única pessoa. Quanto ao jantar, se a responsabilidade tivesse de recair sobre os ombros de alguém, deveria ser o membro conhecido entre nós como Sapo-no-poço [*Toad-in-the-hole*, em inglês]. Ganhou essa alcunha por sua disposição sombria e melancólica, que o levava a classificar todos os assassinatos modernos de abortos viciosos, sem qualquer ligação com nenhuma verdadeira escola da arte. Sua reação às mais belas criações de nossa época era um grunhido cínico; tal disposição intratável acabou por dominá-lo de tal forma que ele se tornou *laudator tentporis acti*, uma figura evitada por todos. Isso fez com que o comportamento dele se tornasse ainda mais feroz e truculento. Resmungava sem cessar, macerando as palavras entre os dentes, perdido em seu solilóquio, repetindo as palavras onde quer que estivesse: "charlatão desprezível – nenhuma composição – nem sinal de uma ideia que seja para a execução – nenhuma" e assim por diante. Após algum tempo, a própria existência parecia um fardo para ele: tornou-se silencioso, raramente dizia palavra que fosse e quando o fazia, parecia dialogar com algum fantasma invisível. Sua governanta revelou a nós, membros do clube, que a leitura dele se limitava a um único volume: *God's Revenge upon Murder*, de John Reynolds, além de um volume ainda mais antigo com igual título, mencionado por *sir* Walter Scott em seu *Fortunes of Nigel*. Às vezes, folheava o *Newgate Calendar* até o ano de 1788, mas não se dignava a ler tomos mais recentes. De fato, ele sustentava uma teoria pessoal a respeito da Revolução Francesa, a de que ela foi a causa da grande degeneração do assassínio. "Dentro de pouco tempo, meu caro senhor", costumava dizer, "até estratagema a arte de matar galinhas estará perdida; os mais toscos rudimentos de nossa arte estarão perdidos." No ano de 1811, afastou-se completamente da sociedade. Sapo-no-poço desapareceu de vista em todos os locais públicos conhecidos. Sentimos falta de sua presença assombrosa — já não estava no jardim nem na floresta. Residindo ao lado de um canal, recostava-se ao meio-dia, observando, meditabundo, o lodo que escorria: "mesmo os cães já não são o que eram, caro senhor, nem o que deveriam ser. Lembro-me que, nos tempos de meu avô, alguns cães também tinham a ideia do assassinato. Conheci um mastim que preparou uma emboscada para seu rival, assassinando-o com detalhes requintados, adequados ao bom gosto. Sim, caro senhor, também conheci um gato que era um perfeito assassino, mas agora..." Nesse momento, o tema tornava-se demasiado penoso, de forma que ele levava as mãos à fronte e se distanciava sem dizer mais nada, em busca de seu canal preferido, no qual algum eventual entusiasta o veria em um estado tão melancólico que julgaria perigoso dirigir-lhe a palavra. Pouco depois, encerrou-se em definitivo; compreendemos que ele optou por se retirar para mergulhar nos recessos de sua melancolia e a ideia que ganhou força à época era que Sapo-no-poço provavelmente se enforcara na solidão de seu lar.

Mas todos se equivocaram a esse respeito, como no que tange a outras questões. Sapo-no-poço podia estar adormecido, mas morto ele não estava, algo de que logo tive provas oculares. Certa manhã, em 1812, um entusiasta nos surpreendeu com inesperadas novidades: ele vira Sapo-no-poço caminhando rapidamente em meio ao orvalho matutino para ir ao encontro de um mensageiro, próximo àquele seu canal favorito. Tratava-se de algo novo, e havia mais: ele também se barbeara, além de ter deixado de lado suas roupas de cores tristes, estando adornado como um noivo às vésperas do casamento, nos tempos de outrora. O que poderia significar tudo isso? Teria Sapo-no-poço enlouquecido? Como isso se deu? Logo mais, o segredo seria revelado — em um sentido que ultrapassava o figurado, "o assassino estava à solta". De fato, pouco tempo depois, ao recebermos os periódicos londrinos da manhã, anunciou-se que apenas três dias antes fora cometido, em pleno coração de Londres, o mais soberbo assassinato do século. Nem preciso dizer que se tratava da esplêndida *chef-d'œuvre* em extermínio, realizada por Williams na casa do sr. Marr, no número 29 da Ratcliff Highway. Esse foi o *début* do artista, ao menos em termos de conhecimento público. O que ocorreu na residência do sr. Williamson, doze noites mais tarde – a segunda obra, fruto do mesmo cinzel –, alguns chegam a considerar superior. Mas o incansável Sapo-no-poço estava sempre reclamando de algo e ia ao extremo de irritação com tais comparações. "Esse vulgar *goût de comparaison*, como dizia La Bruyère", ele sempre fazia questão de destacar esse fato, "será nossa ruína; cada obra possui seu conjunto de características únicas, que são por si sós incomparáveis. Alguém, talvez, pudesse preferir a *Ilíada*, outro, a *Odisseia*, e o que conseguimos desse tipo de comparação? Nenhuma delas foi ou será ultrapassada e, mesmo discutindo por horas a fio, o resultado será sempre o retorno ao fato." Apesar da vacuidade da crítica nos termos por ele postulados, afirmava, por outro lado, que volumes e mais volumes poderiam ser escritos sobre casos em separado; aliás, ele pretendia publicar um livro *in quarto* a respeito do tema.

Contudo, precisamos, antes de mais nada, entender como Sapo-no-poço ouviu falar dessa magnífica obra de arte pela manhã tão cedo. Ele recebera uma mensagem urgente, enviada por um correspondente em Londres, que investigava para ele os avanços da arte, tendo instruções específicas para o envio de relatos imediatos, ao custo que fosse necessário, diante do surgimento de um evento de proporções consideráveis. E não é que uma emergência desse tipo, uma ocasião *ne plus ultra* nos termos de nossa arte, surgiu? A mensagem chegou tarde da noite; Sapo já estava na cama – dedicado a uma atividade que lhe tomava horas, resmungar e lamuriar – quando foi chamado. Ao ler a mensagem, lançou seus braços sobre o pescoço do mensageiro, abraçando-o como se fosse seu irmão e salvador e já estava disposto a fornecer-lhe uma pensão por três gerações, lamentando a impossibilidade de não ser possível conceder-lhe o título de cavaleiro. Nós, de nossa parte – os *amateurs* –, quando soubemos que ele já não estava mais recluso e que, igualmente, não havia se enforcado, tivemos a certeza de que logo o veríamos. Pouco tempo depois, ele realmente apareceu, transbordante de um entusiasmo que logo faria uma vítima, pois, de modo inadvertido, derrubou o porteiro em seu caminho para a sala de leitura, apertando a mão de todos – em um estado que se aproximava do frenesi – e repetindo: "Enfim, enfim, algo que se pareça com um assassinato, algo autêntico, algo que merece aprovação e recomendação a um amigo – isto, algo que será dito por todos após breve reflexão, é como deve ser!" Depois, olhando para seus amigos mais próximos, disse: "Ora, Jack, como vai? E você, Tom, como está? Nossa, vocês me parecem dez anos mais jovens do que da última vez que os vi.""Não, caro senhor", respondi, "na verdade, é você quem parece dez anos mais moço.""Deveras? Bem, disso não duvido; o surgimento de obras dessa monta é um grande estímulo ao rejuvenescimento." A opinião geral, como mencionado, era que Sapo-no-poço estava morto, mas fomos testemunhas de uma regeneração que se deu por meio da arte e que ele denominou segunda era de Leão x. Portanto, ainda segundo ele, era nosso dever comemorar tal portento. Naquele momento e *en attendant*, sugeriu que o clube se reunisse em um jantar aos membros. Foi assim que surgiu a ideia do jantar que foi oferecido pelo clube, com a distribuição de convites aos entusiastas, inclusive aqueles que vivam a dezenas de quilômetros da sede.

A respeito desse jantar, há amplo registro taquigráfico nos arquivos do clube. Mas esses dados não são sistemáticos, extensos, pois o único taquígrafo[4] que ali se encontrava e que poderia fornecer tal material completo foi, temo, assassinado. Anos mais tarde, em uma ocasião igualmente interessante, marcada pela aparição dos tugues

---

4 Em inglês, *shorthand reporter*. (N. da T.)

e do tuguismo, houve outro jantar, nas mesmas proporções. Nessa segunda reunião, eu me responsabilizei pelas notas que documentavam o evento, por medo de que a constrangedora situação se repetisse. Apresento, a seguir, minhas observações pormenorizadas sobre o novo jantar. Sapo-no-poço, devo acrescentar, estava presente. Na realidade, ele era um dos elementos sentimentais do encontro. Sendo mais velho que Matusalém já no primeiro, em 1812, naturalmente sua velhice estava ainda mais proeminente no jantar "tugue", em 1838. Voltara a usar barba, não sei bem o porquê, algo que o datava de uma aparência a mais benigna e venerável possível. Não havia nada que suplantasse o resplendor angélico que iluminava seu sorriso quando alguém perguntava o que fora feito do desafortunado taquígrafo do jantar anterior (que, segundo certo rumor, teria sido assassinado pelo próprio Sapo, em um instante de súbita inspiração). De fato, a sentença veio do subchefe de polícia do condado, em meio a estrondosas gargalhadas: "Non est inventus." Nosso Sapo riu às bandeiras despregadas e tal foi a intensidade das gargalhadas que tememos que o amigo acabasse por engasgar. Assim, diante de insistentes pedidos, um músico que estava no local compôs, ato contínuo, uma belíssima melodia, que foi cantada cinco vezes depois do jantar, entre aplausos universais e risos incontroláveis, com a letra que repito, na sequência (o coro buscou, nesse sentido, reproduzir com considerável eficácia a peculiar gargalhada de Sapo):

"*Et interrogatum est ad* Sapo-no-Poço – *Ubi est ille reporter? Et responsum est cum cachinno – Non est inventus.*"

Coro:

"*Deinde iteratum est ab omnibus, cum cachinnatione undulante – Non est inventus.*"[5]

Um detalhe importante sobre Sapo foi omitido, inadvertidamente, por mim, até o momento: nove anos antes, ao " tomar conhecimento antes de todos por carta expressa vinda de Edim-

---

[5] "E foi perguntado por Sapo-no-poço – Onde está o taquígrafo? E ele respondeu, às gargalhadas – Ele não foi encontrado." Coro: "Então, isso foi repetido com ondas de hilaridade – Ele não foi encontrado." (N. da T.)

burgo, da revolução operada na arte por William Burke e William Hare, ele aparentemente enlouqueceu e, em vez de prometer ao mensageiro uma pensão vitalícia ou torná-lo cavaleiro, tratou de praticar nele os métodos de Burke, sendo necessário colocá-lo em uma camisa de força. Nesse caso, não ocorreu jantar comemorativo. Porém, por ocasião do tuguismo, estavam todos vivos, ativos, com ou sem camisa de força; todos os entusiastas se encontravam presentes, havendo, inclusive, alguns estrangeiros. Ao fim do jantar, tirada a mesa, houve um alegre alarido com pedidos gerais para que todos se unissem ao coro de "Non est inventus". Como a realização do pedido coletivo traria problemas ao tom grave requerido nos primeiros brindes, neguei-me a fazê-lo. Após as primeiras saudações e brindes, de natureza patriótica, homenageamos o Velho da Montanha e bebemos em silêncio solene.

Sapo-no-poço agradeceu a presença de todos, em agradável discurso. Comparou-se com o Velho da Montanha, em algumas alusões breves que fizeram a audiência rir com gosto, e concluiu o discurso brindando à saúde do sr. Joseph von Hammer, um especial reconhecimento pelo trabalho alentado desse pesquisador a respeito do Velho e de seus vassalos, os assassinos.

Após essas declarações, levantei-me e disse que, sem sombra de dúvida, a maioria dos convidados tinha consciência da importância que os orientalistas davam ao ilustre erudito austríaco, von Hammer, em matéria de questões históricas da Turquia, uma vez que suas investigações atingiam grande profundidade e abarcavam nossa arte, notadamente em relação a grandes artistas do passado, os assassinos sírios, que atuaram à época das Cruzadas. Destaquei, igualmente, que sua obra fora guardada por muitos anos como um raro tesouro artístico, na biblioteca do clube. "até o nome desse insigne autor, caros senhores, indica se tratar de um historiador da nossa arte: von Hammer..."

"Sim, sim", Sapo me interrompeu, exaltado, "von Hammer é um sujeito talhado para um *malleus hæreticorum*[6]: alguém cujas reflexões alimentam diretamente nossa arte ou que gosta de alimentar refinadas catástrofes. Todos sabemos da consideração que Williams nutria pelo martelo, ou malho de carpinteiro, o que ao fim e ao cabo dava no mesmo. Cavalheiros, dedico a todos mais um grande, glorioso 'hammer' [martelo, em inglês]: Carlos, o Martelo, Marteau, ou, em francês antigo, Martel, que bateu nos sarracenos até reduzi-los a um estado plano como a cabeça de um prego – oh, sim, ele fez exatamente isso."

"Carlos Martel, com todas as honras."

Essa explosão de Sapo-no-poço, em conjunto com as vigorosas saudações ao bom vovô de Carlos Magno, fez com que os convidados se transformassem em uma massa incontrolável. A orquestra, então, passou a disputar com a gritaria e a algazarra para que a mais famosa melodia do clube fosse tocada. Fiz um novo esforço tremendo para controlar o tumulto. Faria melhor se tentasse conversar com os ventos. Previ que a noite seria longa e difícil: reforcei meu flanco com três camareiros e ordenei que outros três se postassem ao lado do vice-presidente. Já eram perceptíveis os sintomas de um entusiasmo excessivo e, devo admitir, inclusive eu deixei-me levar pela excitação quando a orquestra tocou os primeiros acordes daquela tempestade tornada música e se escutou o canto apaixonado: "*Et interrogatum est ad Sapo-no-poço – Ubi est ille reporter?*" Mas o êxtase apaixonado atingiu seu limite convulsivo quando se ouviu todos, em coro, cantando: "*Et iteratum est ab omnibus – Non est inventus.*"[7]

O brinde seguinte foi dedicado aos sicários judeus.

Diante disso, fiz a seguinte exposição aos meus companheiros:

Cavalheiros, tenho absoluta certeza de que será de vosso interesse saber que, ainda que tais exemplos sejam antigos,

---

6 "Martelo das heresias", provável referência ao *Malleus maleficarum*, compêndio utilizado pelos inquisidores para encontrar suas bruxas, escrito por Heinrich Kraemer e James Sprenger. (N. da T.)

7 "E foi perguntado a Sapo-no-poço – Onde está o repórter?" "E respondeu – Ele não foi encontrado." (N. da T.)

os assassinos tiveram uma estirpe de antecessores exatamente nesse país. Por toda a Síria, em particular na Palestina, notadamente durante os tempos do imperador Nero, houve os mais diversos bandos de assassinos que buscavam, em seus estudos, encontrar novas expressões de nossa arte. Eles não realizavam suas práticas durante a noite ou em locais isolados; pelo contrário, consideravam que as grandes multidões eram uma noite densa, pela grande pressão exercida e pela impossibilidade de se determinar de onde veio o golpe. Assim, mesclavam-se à massa de gente, sobretudo durante a grande Páscoa, em Jerusalém, ocasião na qual, assegura-nos Josefo, tiveram a audácia de chegar ao templo, elegendo como alvo de suas operações o próprio Jonathan, *pontifex maximus*. Eles o mataram, cavalheiros, com tal senso de efeito estético como se o tivessem abatido em um beco escuro, à noite e sem lua. Quando questionaram quem fora o assassino e onde se encontrava...

"Responderam", fui novamente interrompido por Sapo, "*Non est inventus.*" E, apesar de tudo o que fiz e disse, a orquestra automaticamente começou a tocar e, outra vez, todos cantaram em coro: "*Et interrogatum est ad Sapo-no-poço – Ubi est ille sicarius? Et responsum est ab omnibus – Non est inventus.*"[8]

Quando findou o tempestuoso coral, tentei mais uma vez retomar a palavra: "Cavalheiros, há uma crônica muito bem detalhada dos sicários ao menos em três partes diferentes de Flávio Josefo. A primeira ocorre no livro XX, seção V, capítulo 8, das Antiguidades; outra, no livro I de suas Guerras; e sobretudo na seção X, do capítulo citado em primeiro lugar, em que é possível encontrar uma descrição pormenorizada das ferramentas empregadas por eles. O autor diz: 'Empregavam pequenas cimitarras, não muito diferentes das *acicanæ* persas, embora mais curvas e muito semelhantes às *sicæ* (adagas curvas) romanas com sua forma de meia-lua.', Devo dizer, cavalheiros, que a continuação

---

8 "E foi perguntado a Sapo-no-poço – Onde está o sicário? E respondeu – Ele não foi encontrado." (N. da T.)

da narrativa desses sicários por Josefo é magnífica – talvez seja o único exemplo conhecido em que houve a reunião de um exército de assassinos, um *justus exercitus* (único exército) composto pelos sicários. Obtiveram tamanho poderio e influência nas regiões menos urbanizadas de seu país que até Festus foi obrigado a marchar contra eles, liderando uma legião romana."

Diante disso, Sapo-no-poço, um maldito estraga prazer, recomeçou a cantoria:"*Et interrogatum est ad Sapo-no-poço – Ubi est ille exercitus? Et responsum est ab omnibus – Non est inventus.*"[9]

"Não, Sapo, desta vez você errou: esse exército foi encontrado e feito em pedaços em pleno deserto. Imagem, cavalheiros, que cena sublime! As legiões romanas, a vastidão do deserto, Jerusalém ao fundo, um exército de assassinos em primeiro plano."

Outro membro, o sr. R., fez um brinde, ato contínuo, "pelo progresso de nossos instrumentos e pelo comitê, pelos serviços prestados".

O sr. L., em nome do comitê que havia apresentado um relatório sobre o tema em questão, agradeceu o brinde. Ele destacou um resumo bastante interessante desse relatório, em que demonstrava a importância que, em outros tempos, os pais da igreja – tanto gregos quanto latinos – deram aos instrumentos de nossa arte. Como exemplo e confirmação disso, relatou um dos primeiros trabalhos da arte de uma era antediluviana. padre Mersenne, um insigne erudito católico, na página mil quatrocentos e trinta e um[10] de seu alentado comentário sobre o *Gênesis*, apoiando-se na autoridade de vários rabinos, menciona que o motivo da disputa entre Caim e Abel foi uma garota; que, conforme outras tantas versões, Caim utilizou como ferramenta seus dentes (*Abelem fuisse morsibus dilaceratum ad Cain* [Abel foi ferido pelos dentes de Caim]); e que, segundo outros relatos, o objeto escolhido foi uma queixada de burro, instrumento preferido pela maioria dos pintores. Todavia, é algo agradável aos espíritos esclarecidos saber que,

---

9 "E foi perguntado a Sapo-no-poço – Onde está o exército? E respondeu – Ele não foi encontrado." (N. da T.)

10 "Página mil quatrocentos e trinta e um" – *literalmente*, bom leitor, sem gracejo.

conforme a ciência avança, surgem explicações mais sólidas. Um autor opta pelo forcado, são João Crisóstomo, por uma espada, Ireneu, por uma foice e Prudêncio, por uma tesoura de jardim. Esse último autor, poeta do século IV, deixou sua opinião a esse respeito:

> *Frater, probatæ sanctitatis æmulus,*
> *Germana curvo colla frangit sarculo.*

Ou seja, *seu irmão, com ciúmes de sua comprovada santidade, degolou a fraterna garganta com uma tesoura curva de poda.* "Tudo o que foi apresentado pelo comitê, respeitosamente, não para solucionar um problema em definitivo (insolúvel, de fato) mas para deixar gravada nas mentes juvenis a importância dada aos instrumentos por homens como Crisóstomo e Ireneu."

"Dane-se Ireneu!", exclamou Sapo-no-poço, que se levantou impaciente pelo novo brinde, "aos nossos amigos irlandeses, desejando a eles uma imediata revolução no instrumental empregado, assim como tudo que estiver relacionado com nossa arte".

"Cavalheiros, direi a todos a pura verdade. Todos os dias do ano, pegamos o jornal e lemos alguma notícia a respeito de um assassinato. Podemos até dizer que, em geral, temos bons trabalhos, bem feitos, o que é excelente! Mas cuidado! Mal começamos a ler qualquer notícia sobre assassinato e descobrimos palavras como Tipperary ou Ballina, e percebemos estar diante de uma obra de manufatura irlandesa. Instantaneamente, começamos a desprezar essa obra; chamamos o criado, ordenando: 'Criado, leve este periódico e jogue fora: trata-se de um escândalo para olfatos refinados.' Assim, pergunto a todos se, ao descobrir que um assassinato (que parecia, inclusive, promissor) foi criação de um irlandês, não se sentem tão insultados quanto, ao solicitar um Madeira, receber um vinho do Cidade do Cabo. Ou, em outra situação, quando acreditamos estar degustando cogumelos e descobrimos que se trata daquilo que as crianças chamam orelha-de-pau. Não sei se são os impostos ou a política mas há um princípio nefasto que está entranhado nos assassinatos irlandeses. Urge uma reforma ou já não será possível viver na Irlanda; pelo menos, aos que vivem por lá, será necessária a importação de assassinos de outras paragens." Sapo-no-poço sentou-se logo após esse discurso, resmungando com fúria contida, sendo que a assistência manifestou, em ruidosa ovação, que estava de acordo com tal posicionamento.

O próximo brinde: "Pela época sublime do burkismo e do harismo!"

Todos beberam com entusiasmo; um dos membros, que estava comentando essa questão, fez uma curiosa comunicação aos demais presentes: "Cavalheiros, acreditamos que o burkismo é uma invenção pura de nosso tempo e, em verdade, não há um Panciroli que enumere esse ramo da arte ao tratar de *rebus desperditis*[11]. Apesar disso, tenho comprovado que os antigos conheciam elementos únicos da prática de nossa arte, ainda que, como na pintura sobre vidro ou na criação de taças para mirra, muito se perdeu durante séculos mais obscuros. Na famosa coleção de epigramas gregos compilada por Planudes, é possível ler uma narrativa fascinante que nada deve ao burkismo atual e, de fato, uma verdadeira gema de nossa arte. O epigrama, na realidade, não o tenho agora, mas menciono um resumo dele, feito por Salmásio, em suas notas sobre Vopisco: '*Est et elegans epigramma Lucilii* (ou seja, ele pode chamá-los 'elegantes'), *ubi medicus et pollinctor de compacto sic egerunt, ut medicus ægros omnes curæ suæ commissos occideret.*'[12] Essa foi a base do contrato, meus caros ouvintes: temos o médico, em seu nome e de seus dependentes, que se compromete a assassinar de forma

---

11 As coisas inteiramente perdidas.
12 Citação (levemente modificada) da nota de Salmásio a respeito de Vopisco, no segmento Vida de Divo Aureliano, *The Scriptores Historiæ Augustæ*, v. II, p. 422: "Há um epigrama tão elegante de Lucílio no qual um médico e um papa-defuntos combinam um arranjo em que o médico deveria matar todos os pacientes que estavam sob seus cuidados."
13 "E deve entregar ao seu amigo, o papa-defuntos, para o funeral."

adequada todos os pacientes que estejam sob seus cuidados. Qual o motivo? Aqui está a beleza do caso todo: '*Et ut pollinctori amico suo traderet pollingendos.*'[13] O *pollinctor*, creio que seja do conhecimento de todos, é a pessoa que trabalha justamente com o preparo dos cadáveres para o funeral. A base original da transação parece ser de cunho sentimental; 'ele era meu amigo', afirmou o doutor assassino; 'ele era uma pessoa importante para mim', essas foram as palavras do *pollinctor*. Mas a lei, cavalheiros, é dura e inflexível, a lei não se importa com motivos ternos. Pois, em termos de direito, para que exista um contrato é necessário incluir uma 'compensação'. E qual seria a tal compensação? Nesse momento, tudo se situa no lado do *pollinctor*: ele será generosamente pago por seus serviços, enquanto o nobre e generoso médico não recebe nada. E me pergunto qual seria a 'compensação' equivalente que o médico deveria exigir para que, nos termos da lei, houvesse alguma justa equiparação? A resposta poderia ser: '*Et ut pollinctor vicissim* τελαμωναζ [*telamonas*] *quos furabatar de pollinctione mortuorum medico mitteret donis ad alliganda vulnera eorum quos curabat.*'[14] Agora, o caso está mais claro: tudo se deve amparar em um princípio de reciprocidade que poderia prorrogar a transação indefinidamente. O médico, por sua essência, é também um cirurgião: ele não precisa assassinar todos os seus pacientes. Alguns dos pacientes dos procedimentos cirúrgicos poderão ser mantidos intactos, *re infectâ*, ou seja, um trabalho não realizado. Para esses, ele precisaria das bandagens de linho. No entanto, infelizmente, os romanos usavam roupas de lã, razão pela qual se banhavam com tanta frequência. Em Roma, as telas de linho eram de difícil acesso, absurdamente caras, e as τελαμωναζ (*telamonas*) ou faixas de linho, que em geral eram empregadas, pela superstição generalizada, para atar os cadáveres, seriam um excelente pagamento ao médico; este, por sua vez, acataria a parte

14 "E o papa-defuntos, por sua vez, deve fornecer ao médico, em contrapartida, as bandagens de linho que ele puder furtar dos cadáveres em seus preparos para o enterro, de forma que o médico possa utilizar tal material para os curativos de seus pacientes."

do contrato que diz respeito a manter um fluxo constante de cadáveres, obtendo em troca de seu, por assim dizer, companheiro parte dos artigos que recebesse dos familiares e amigos assassinos ou por assassinar. Sim, as recomendações do médico sempre indicavam o *pollinctor* (que podemos denominar papa--defuntos). O papa-defuntos, observando os sagrados direitos da amizade, recomendava o médico. Eram, como Pilades e Orestes, o modelo da prefeita amizade: em suas vidas, amabilíssimos; e mesmo o patíbulo não os poderia separar."

> Cavalheiros, faz-me rir horrivelmente pensar nesses dois amigos girando entre si, para lá e para cá: "O *pollinctor*, de acordo com o médico, devedor por dezesseis cadáveres; credor por quarenta e cinco faixas, duas delas danificadas." Por infelicidade, seus nomes se perderam, mas penso que poderiam se chamar Quintus Burkius e Publius Harius. Aliás, alguém ouvir notícias mais recentes de Hare? Pelo que soube, está confortavelmente estabelecido na Irlanda, em alguma localidade afastada a oeste, e realiza poucos negócios, aqui e ali, de menor envergadura (como ele diz, com um suspiro, apenas na revenda). O comércio de envergadura foi arruinado em Edimburgo. "Já se observam os resultados de abandonar os negócios", essa é a grande moral da história, a $\epsilon\pi\iota\mu\nu\theta\iota o\nu$ (*epimutheon*), como dizia Esopo, e aquilo que Hare deduziu de sua experiência.

Por fim, veio o último brinde: "Pela 'tuguenização' de todas as áreas."

Os discursos esboçados por essa crise em pleno jantar foram numerosíssimos. Mas o aplauso foi tão furioso, a música tão estrondosa e tão incessante o ruído de vidros quebrados, pela decisão unânime de não beber duas vezes na mesma taça, que esteve fora de meu poder relatar tudo o que ocorria. Além disso, Sapo-no-poço tornou-se totalmente incontrolável. Começou a disparar com suas pistolas em todas as direções, ordenando a seu criado que trouxesse uma espingarda, enquanto falava em carregar suas armas com balas perfurantes. Pensamos que a velha enfermidade havia se apoderado da mente do infeliz quando ele ouviu falar de Burke e Hare ou que, outra vez cansado da vida, tivesse tomado a decisão de morrer em meio a uma matança generalizada. Isso era algo que não poderíamos permitir: urgia expulsá-los aos pontapés, o que se fez com integral aprovação. Todos os convidados participaram de tal tarefa de se transformar em *uno pede*, como poderíamos dizer, todos lamentando ter de fazê-lo diante daqueles cabelos cinzentos e de seu sorriso angelical. Durante tal operação, a orquestra se pôs a tocar o conhecido refrão de nosso amigo. Todos os convivas cantaram e (o que muito nos surpreendeu) o próprio Sapo-no-poço se juntou a nós para cantar, furiosamente:

"*Et interrogatum est ab omnibus – Ubi est ille Toad-in-the-hole? Et responsum est ab omnibus – Non est inventus.*"[15]

---

[15] "E foi perguntado – Onde está Sapo-no-poço? E foi respondido – Ele não foi encontrado." (N. da T.)

PÓS-ESCRITO DE 1854

Impossível conciliar os interesses de leitores tão saturninos e sombrios que sejam incapazes de fazer, com uma cordialidade franca, sua a alegria alheia, notadamente quando tal alegria adentra o território da extravagância. Em tais casos, não oferecer ao menos certa simpatia equivale a não compreender; pois os jogos que não nos oferecem alguma recompensa ou diversão parecem, aos nossos olhos, tediosos, insípidos, carentes de sentido. Felizmente, depois que esse público rústico se retirou, com visível mau humor, ainda restou uma grande maioria que declarou, de forma nítida e clara, seu apreço pelo meu artigo "Do Assassinato Considerado uma das Belas-Artes". Nesse sentido, provando a sinceridade de suas afirmações de admiração, exprimiram uma hesitante e indireta censura. Por diversas vezes, sugeriram que a extravagância, talvez, embora claramente intencional e um dos elementos que reconhecidamente adicionam jovialidade e animam toda a concepção, tenha ido longe demais. Não compartilho dessa opinião; gostaria, assim, de recordar aos censores amigáveis que entre os propósitos e interesses imediatos daquela *bagatelle* está o de atingir os limites do horror e de tudo que fosse repulsivo ao extremo. O excesso da extravagância, ao sugerir de modo contínuo para o leitor a natureza diáfana da especulação, oferece um meio mais seguro de exorcizar esse horror, que de outro modo poderia dominá-lo. Permitam-me trazer à memória de tais críticos, de uma vez por todas, a proposta do deão Jonathan Swift para resolver o problema do excesso de crianças nos três reinos, que, à época, eram criadas em orfanatos de Dublin e Londres, cozinhando e servindo como refeição uma boa parte delas. Tratava-se de uma extravagância que, conquanto ainda mais audaciosa e grosseiramente prática que a minha, não provocou qualquer censura, mesmo se tratando de um dignitário da suprema igreja da Irlanda. A própria monstruosidade da proposta era sua desculpa: perdoava-se a mera extravagância, creditada a um *jeu d'esprit* nas margens do permitido, no nível de impossibilidades absolutas, como Liliput, Laputa, os yahoos etc. Portanto, se houver alguém que realmente acredita na validade de se investir contra essa bolha de sabão que é o humor de meu artigo a respeito da estética do assassinato, invocarei para minha proteção o escudo telamônio do deão. Na realidade, uma das alegações que posso fazer em defesa do privilégio da extravagância de meu artigo está ausente por completo da proposta de Swift. Ninguém que tenha em mente sair em defesa do deão e de seu texto poderia defender que houvesse alguma tendência natural no pensamento humano em tornar as crianças elementos de uma dieta. Sob quaisquer circunstâncias imagináveis, trata-se da mais tenebrosa forma de canibalismo, que se aplica à parte mais indefesa da espécie. Por outro lado, a tendência da avaliação crítica ou estética dos incêndios e assassinatos é universal. Se nos chamam para a contemplação do espetáculo de um belo incêndio, sem dúvida nosso primeiro impulso será ajudar a combatê-lo. Trata-se, porém, de um campo de ação algo limitado, logo ocupado por profissionais especialmente preparados, treinados e equipados para esse mister. Se o fogo ocorreu em uma propriedade privada, a compaixão pelo desastre que afetou nosso vizinho nos impede, a princípio, de tratar o acontecimento como um espetáculo cênico. Mas suponha que esse incêndio ficou restrito a um edifício público. Nesse caso, de qualquer forma, após pagarmos algum tributo à calamidade na forma de lamentação ao que foi perdido, inevitavelmente e sem qualquer restrição começaremos a apreciar o acontecimento como faríamos com um espetáculo teatral. Exclamações de "Extraordinário!" ou "Magnífico!" escapariam da multidão em êxtase. Observemos um exemplo: quando o Drury Lane Theatre foi reduzido a cinzas, no início deste século, a queda do telhado provocou algo como o suicídio da figura protetora de Apolo, que dominava todo o edifício desde seu topo. O deus estava imóvel, com sua lira, parecendo contemplar as ferozes ruínas abaixo de seus pés, que se aproximavam rapidamente. Súbito, cederam as vigas que o sustentavam; durante um breve instante, a estátua se ergueu, como que levantada por aquela convulsiva emanação de chamas. Por fim, tomando ares de quem estivesse dominado pelo desespero, a divindade protetora pareceu se atirar, e não cair, no dilúvio de fogo, pois a queda foi de cabeça, o que lhe dotou de um ar de ato voluntário. O que aconteceu, então? Das pontes sobre o rio e de outras áreas abertas que permitiam assistir ao espetáculo veio um grande clamor de assombro e compaixão. Alguns anos antes desse evento, um prodigioso incêndio aconteceu em Liverpool: o Goree, enorme conjunto de armazéns localizado próximo às docas, foi destruído pelo fogo. O imenso edifício, de oito ou nove andares, estava repleto de produtos que eram ótimos combustíveis – milhares de fardos de algodão, toneladas infindáveis de trigo e aveia, bem como alcatrão, terebintina, rum, pólvora etc. – e que alimentaram durante muitas horas da noite o tremendo incêndio. Para agravar a calamidade, soprava um vento constante e poderoso; por sorte, ao menos para os barcos, a direção do vento era para o interior, ou seja, para o oriente. Até a localidade de Warrington, que se encontra a trinta quilômetros de distância, o ar estava iluminado por flocos ardentes de algodão, saturados de rum; pequenos mundos em chamas que incineravam as camadas superiores do ar. O gado, nesse espaço circundante de trinta quilômetros, corria pelos campos, dominado pelo terror. Os homens viram nesses múltiplos vórtices de chama cintilante, que flutuavam acima de suas cabeças, o anúncio de que um desastre gigantesco atingira Liverpool; e a lamentação com o ocorrido foi profunda. Mas o sentimento geral de tristeza não resultou na supressão ou, talvez, na momentânea suspensão de um assombro contemplativo que a todos dominava, diante da tempestade multicolorida proporcionada pelo fogo, e que se precipitava, nas asas de um furacão, através das amplas profundezas do ar e do negror das nuvens no céu.

O assassinato recebe exatamente o mesmo tratamento. Após o primeiro tributo de pesar e tristeza por aquele que pereceu, depois de o tempo ter auxiliado a abrandar interesses pessoais, a tendência é de que os elementos cênicos (que, em termos estéticos, poderiam ser chamados valores comparativos) dos diversos assassinatos sejam analisados e avaliados. Um assassinato deve ser comparado a outro; as circunstâncias que determinam a supremacia – como os efeitos de surpresa, mistério etc. – são coletados e examinados. Portanto, em defesa de minha extravagância, reivindico essa base sólida de uma tendência espontânea do espírito humano quando deixado à própria sorte. Ninguém, contudo, pode fazer igual em nome da proposta de Swift.

Essa é uma distinção importante que estabeleço entre a minha postura e a de nosso deão, pois nela repousa uma das razões que me levaram a elaborar o presente pós-escrito. A segunda razão consiste em apresentar ao leitor três memoráveis casos de assassinato, que já há algum tempo foram coroados pelos entusiastas; destaco, especialmente, o mais antigo dos três, os imortais assassinatos de John Williams, cometidos em 1812. O ato e seu ator são, a partir de análise pormenorizada, instigantes no mais alto grau; de qualquer forma, como 42 anos se passaram desde então, os fatos sobre esse caso provavelmente não são do domínio de um público menos especializado da atual geração.

Nunca, nos anais da cristandade, houve um ato realizado por um indivíduo, isolado e solitário, que tenha se imposto com tamanho poder no coração dos homens como as cenas de extermínio perpetradas durante o inverno de 1812, e que arrasaram dois lares inteiros, realizadas em cerca de uma hora por Williams, que, assim, afirmou sua supremacia sobre todos os filhos de Caim. Seria absolutamente impossível descrever de forma adequada o frenesi de sentimentos que, ao longo de toda uma quinzena, dominou o coração do público: o vulgar delírio de horror indignado para alguns, o simples delírio de pânico para outros. Por doze dias sucessivos, tendo como consolo ideias sem qualquer comprovação, como certo boato de que o assassino desconhecido deixara Londres, o pânico que convulsionou nossa poderosa metrópole se difundiu por toda a ilha. Mesmo eu, que por esse tempo residia a pouco menos de quinhentos quilômetros de Londres, provei algo desse pavor, que se espalhava por todas as partes, incontrolável. Uma senhora, vizinha minha à época e que eu conhecia pessoalmente, vivia em uma casa isolada e solitária, acompanhada de vários empregados que compensavam, em parte, a ausência do marido. Pois bem, essa senhora não descansou até conseguir instalar dezoito portas (isso foi algo que ela me contou, antes, inclusive, de me fornecer prova ocular do feito), cada uma delas reforçada por grossos ferrolhos, barras e correntes, situadas entre seu quarto e qualquer possível intruso em forma humana. Chegar até ela, ou à sala de visitas, era como tentar penetrar, portando uma bandeira branca, em uma fortaleza sitiada; a cada seis passos, um era obstruído por algo muito semelhante a uma ponte levadiça. Todavia, o pânico não foi exclusividade dos mais ricos; em mais de uma ocasião, mulheres de estratos sociais bastante humildes tiveram morte fulminante ao perceberem vagas tentativas de invasão de suas casas por mendigos, quem sabe planejando nada muito pior que um roubo, mas que as pobres senhoras de Londres, histéricas pelas notícias da imprensa sensacionalista, imaginaram ser o assassino terrível que assolava a cidade. Entrementes, esse artista solitário descansava no centro de Londres, tendo por suporte a consciência clara de sua grandeza, como uma espécie de Átila ou "flagelo de Deus" doméstico. O homem que avançava pela treva, e (segundo se soube mais tarde) queria utilizar o assassinato para obter seu pão, suas roupas e garantir alguma ascensão na vida privada, preparava em silêncio uma resposta bastante eficaz ao clamor da opinião pública. No décimo segundo dia depois do primeiro crime, anunciou sua presença em Londres, tornando bem claro a todos o quanto era absurdo atribuir a ele qualquer propensão bucólica e rural, atacando uma segunda vez e exterminando mais uma família. Curiosamente, a população na província ficou um pouco mais aliviada com a prova de que o assassino não se dignou a fugir para o campo ou abandonar, por um instante que fosse, motivado pelo temor ou pela cautela, a grande *castra stativa* (acampamento militar) do crime em proporções gigantescas, que era a metrópole assentada ao longo do Tâmisa. Na realidade, o artista soberbo desprezava sua reputação na província; provavelmente, ele sentia, por um lado, a ridícula desproporção no contraste entre a capital e a aldeia rural, e, por outro, que sua obra era mais duradoura que o bronze, um κτημα εζ αει (*chtaema es aei*)[1], um assassinato de tal qualidade que seguramente reconhecia nele a própria assinatura.

Samuel T. Coleridge, que encontrei alguns meses após esses terríveis assassinatos, disse-me que, de sua parte, não compartilhou do pânico que a todos dominava, mesmo residindo em Londres por essa época. Os acontecimentos eram, no caso dele, filtrados por uma visão filosófica, sendo responsáveis, nesse sentido, por um profundo devaneio, ao qual se entregou, a respeito do poder imenso atingido por qualquer homem no momento em que se reconcilia consigo com a abjuração de todas as restrições da consciência, se tal atitude for completamente destemida. Ainda que não compartilhando dos medos e pavores do vulgo, Coleridge não desprezava como irrazoáveis tais medos, uma vez que, como me disse, naquela grande metrópole eram numerosos os

[1] Do grego "posse eterna", a partir de Tucídides, *História da Guerra do Peloponeso*, I, XXII. (N. da T.)

lares compostos apenas de mulheres e crianças; muitos desses, por sua vez, só podiam confiar sua segurança, nas longas e tenebrosas noites, a uma jovem serva doméstica; se essa jovem fosse ludibriada por uma pretensa mensagem da mãe, de uma irmã ou de qualquer pessoa que gozasse de seu afeto e levada a abrir a porta, a destruição da segurança ocorria em um piscar de olhos. No entanto, já quando conversei com Coleridge e por muitos meses depois, colocar uma corrente na porta, evitando sua abertura, foi um costume usual que prevaleceu e serviu como lembrança da profunda impressão que o sr. Williams deixou em Londres. Posso acrescentar que Robert Southey, por sua vez, estava profundamente enredado no sentimento público na ocasião e contou, uma ou duas semanas após o primeiro assassinato, que um evento privado dessa ordem ganhara a dignidade de um acontecimento nacional[2]. Agora, após preparar o leitor para apreciar a verdadeira dimensão da tremenda tessitura desse assassinato (que, deve-se registrar, pertence a outra era, 42 anos no passado, de forma que poucos podem afirmar ter conhecimento, ainda que superficial, do ocorrido), passo a expor seus detalhes em seus pormenores.

Assim, em primeiro lugar, algumas palavras sobre a cenografia dos crimes. Ratcliff Highway é uma via pública situada no ponto mais caótico do setor leste, ou náutico, de Londres. Em 1812, quando não existia uma força de segurança com funções de polícia (havia apenas os detetives de Bow Street, admiráveis no que dizia respeito aos próprios e peculiares propósitos, mas totalmente incapazes no que tangia o atendimento das necessidades da capital), era um bairro perigosíssimo. Ao menos um de cada três homens era estrangeiro. Encontrava-se, a cada passo, indianos, chineses, mouros, negros. Para além dessa pletora de delinquência, envolta de forma impenetrável por esse mar misturado de diversos tipos de chapéus e turbantes pertencentes a homens cujo passado era impenetrável aos

---

2   Não tenho certeza se, nesse momento, Southey já havia sido nomeado diretor de *The Edinburgh Annual Register*. Se tal ocorreu, não tenho dúvidas de que a seção de notícias nacionais desse periódico ofereceu uma excelente descrição de todo o ocorrido.

olhos europeus, havia a marinha (principalmente, em época de guerra, a marinha mercante) da cristandade, como era sabido, um seguro receptáculo para todos os assassinos e rufiões cujos crimes ofereciam boas razões para desaparecer do indiscreto olhar público. É bem verdade que alguns indivíduos dessa classe poderiam até ser qualificados como marinheiros "aptos"; de qualquer forma, em especial nos tempos de guerra, apenas uma pequena proporção (que poderíamos chamar de núcleo) das companhias de marujos consiste desses homens do mar, enquanto a maioria, de fato, é formada por camponeses ignorantes. John Williams, que várias vezes fora marujo de embarcações que realizavam as rotas orientais, provavelmente era um excelente marinheiro. Em verdade, tratava-se de um homem em geral capaz e habilidoso, fértil em recursos diante de todos os tipos de dificuldades, além de bastante flexível, capaz de adaptar-se a todas as variedades de vida social. Williams era um sujeito de estatura mediana (cerca de um metro e setenta de altura), de constituição delgada, mas de musculatura consistente, isento de toda a gordura excessiva. Uma senhora que o viu, quando era interrogado (creio que na delegacia de polícia do Tâmisa), assegurou-me que o cabelo dele era de uma cor estranha: amarelo-claro, algo entre o laranja e a cor de limão. Williams esteve na Índia, em especial em Bengala e Madras, atingindo até mesmo a região do Indo. Todos sabem que, no Punjab, os cavalos das castas mais altas são pintados de vermelho, azul, verde ou roxo; ocorreu-me que Williams, possivelmente por causa de uma ocasional motivação relacionada com o seu disfarce, adotou a referência indireta dessa prática, comum em Scinde e Lahore, de forma que a cor de seu cabelo tingido não poderia ser natural. Nos demais aspectos, sua aparência era razoavelmente normal; aliás, julgando pela máscara de gesso dele, que adquiri em Londres, posso dizer que sua estrutura facial era bem ordinária. Uma característica notável, sem dúvida, destacava a impressão geral de que seu temperamento era o de um tigre: seu rosto, a todo momento, revelava uma palidez cadavérica, como se não houvesse sangue em suas veias. "Seria possível imaginar", dizia minha informante, "que naquelas veias não circulava sangue vermelho, vivo, que fornece o calor da vergonha, da cólera ou da piedade, mas sim uma seiva verde que não brotava de nenhum coração humano." Seus olhos pareciam congelados, vítreos, como se toda luminosidade possível nesses órgãos convergisse sobre uma vítima que se esgueirasse em algum ponto adiante. Dessa forma, possuía feições provavelmente repugnantes, se bem que, por outro lado, o testemunho de várias pessoas (além do testemunho mudo dos fatos) indica que suas maneiras untuosas e insinuantes de serpente compensavam o caráter repulsivo de seu rosto fantasmagórico, o que lhe facilitava uma acolhida favorável por parte de moças inexperientes. Em particular, uma jovem de maneiras suaves e encantadoras, que Williams sem dúvida planejava matar, declarou que, certa feita, estando a sós com o assassino, teria ouvido de sua boca: "O que diria, srta. R., se eu aparecesse sem aviso, por volta da meia-noite, ao lado de sua cama com uma enorme faca nas mãos?" Ao que a confiante moça respondeu: "Oh, sr. Williams, se fosse qualquer outra pessoa, eu ficaria bastante assustada. Mas assim que eu ouvisse sua voz, ficaria tranquila." Pobre garota! Se o esboço projetado por ele fosse levado adiante, ela teria visto, no rosto de cadáver e na voz sinistra, algo que perturbaria para sempre sua tranquilidade. Apenas uma experiência nesse nível de terror poderia desmascarar Williams.

Na já mencionada e perigosa região da cidade, em uma noite de sábado do mês de dezembro, perambulava o sr. Williams, que, sem dúvida, levara adiante seu *coup d'essai* muito tempo antes, abrindo o caminho pelas ruas apinhadas, a mente concentrada em seu trabalho. Pois dizer já é fazer, de certo modo; e, naquela noite, ele se disse, em segredo, que deveria executar um esboço que já planejara, algo que, quando realizado, atingiria "todo o poderoso coração" de Londres, no dia seguinte, com intensidade máxima, partindo do centro até sua periferia. Mais tarde, foi lembrado que ele deixou seu alojamento, movido por tenebrosas intenções, por volta das onze horas da noite: não planejava começar tão cedo a trabalhar, e sim, antes, realizar o reconhecimento da área. Trazia suas ferramentas muito bem amarradas ao corpo, escondidas pelas dobras de sua ampla jaqueta. Tal procedimento estava em harmonia com a sutileza de seu caráter e com a delicada aversão que nutria pela brutalidade, pois é sabido que seus modos eram de uma suavidade peculiar: o coração de tigre disfarçado pelo mais insinuante e traiçoeiro refinamento. Aqueles que chegaram a conhecê-lo destacam que sua dissimulação era tão espontânea e tão perfeita que, quando caminhava pelas ruas sempre repletas de gente em um bairro assim pobre, aos sábados à noite, se acaso esbarrasse em alguém, logo se adiantaria (e isso é confirmado por todos) para pedir as mais cavalheirescas desculpas; mesmo com seu coração diabólico carregado dos propósitos mais perversos, ainda assim interromperia seu caminho para expressar a anódina confiança de que seu malho, oculto sob a elegante casaca, pois destinado ao uso noventa minutos depois, não chegara a ferir um estranho com o qual tenha colidido na rua. Ticiano, creio eu, certamente Rubens e, talvez, Anton van Dyck tinham como regra praticar sua arte apenas quando levavam a vestimenta mais elegante e completa que tivessem – babados, peruca, espada com empunhadura de diamantes; no caso de Williams, há razões para crer que, quando ele saía disposto a executar um grande e complexo massacre (em certo sentido, seria possível aplicar aqui a expressão *grand compounder*[3], tão usual em Oxford), sempre vestia meias de seda negra e sapatos de salto, não tendo em mente degradar sua posição de artista com trajes que se veste ao acordar, pela manhã. Em sua segunda grande atuação, foi percebido e registrado por uma testemunha em choque – pois (como constatará o

[3] Literalmente, o "grande compositor"; em Oxford, a expressão se referia àqueles candidatos a vagas na universidade aos quais se exigia um pagamento extra no ato da matrícula, por causa de suas elevadas rendas. (N. da T.)

leitor) teve de assistir de seu esconderijo, sentindo as mortais agonias do horror, a todas as atrocidades cometidas — que o sr. Williams trajava uma longa sobrecasaca azul, de tecido primoroso e forrada de seda. Entre as anedotas que circularam sobre sua figura, também foi muito falada a suposta contratação, por parte dele, do melhor dentista da cidade e até de um excelente pedicuro. Afinal, de forma alguma pagaria por um serviço de segunda linha. De fato, na estreita e temerária especialização à qual se dedicou, ele foi o mais aristocrático e exigente dos artistas.

Afinal, quem era a vítima para a qual nossa personagem se dirigia tão célere? Será que ele seria tão imprudente para navegar, por assim dizer, ao acaso, sem um porto seguro, buscando algum alvo aleatório? É evidente que não: já escolhera sua vítima algum tempo antes, um velho e íntimo amigo. Aparentemente, ele estabelecera um princípio — a melhor pessoa que se planeja assassinar deve ser um amigo; não tendo um amigo à disposição, um conhecido basta. Dessa maneira, o sujeito escolhido não terá qualquer suspeita quando o momento chegar, pois um desconhecido pode estar alerta e perceber nas feições de seu assassino um sinal que levante sua guarda. Assim, seguindo com os fatos do caso, temos que a vítima escolhida reunia em si as duas naturezas mencionadas: originalmente, foram amigos; depois, por bons motivos, tornaram-se adversários. O mais provável, contudo, como foi dito à época, é que todo o sentimento definhou, restando uma relação que já não era nem de amizade nem de inimizade. Marr era o nome desse infeliz que, como amigo ou inimigo, foi selecionado como o sujeito dessa performance de sábado à noite. Ainda a respeito das relações entre Williams e Marr, contou-se uma história — impossível saber se falsa ou verdadeira, conquanto tenha sido contradita por ninguém com autoridade para tanto — de que estiveram juntos em um navio com destino a Calcutá, e que tiveram um desentendimento sério quando ainda estavam no mar. Uma variação, porém, trilha outro caminho: não, na verdade eles se desentenderam após o retorno da longa viagem pelo mar, e o motivo dessa briga teria sido a sra. Marr, então uma jovem muito atraente que teve ambos como pretendentes, logo rivais, em seguida inimigos mortais.

Algumas circunstâncias dão a essa história o colorido da verossimilhança, embora seja comum acontecer que, quando se ignoram os motivos de um assassinato, alguém de bom coração se negue a admitir que os motivos reais de um crime sejam os mais sórdidos e invente uma história na qual o crime pareça motivado por algum pretexto mais elevado, criação que acaba amplamente aceita pela opinião pública. Nesse caso, a opinião pública, chocada com a possibilidade de Williams ser motivado apenas pelo vulgar ganho material ao consumar tão intrincada tragédia, deu boas-vindas à narrativa que representava o assassino como um homem dominado por ódio mortal, fruto de uma rivalidade, de natureza mais nobre e apaixonada, pelo amor de uma mulher. Tal desdobramento ainda suscita dúvidas, não obstante o mais provável seja que a sra. Marr fosse, de fato, a verdadeira causa, a *causa teterrima* (causa mortal) da inimizade entre os dois homens. Mas o tempo urge, os minutos passam e a areia na ampulheta se esgota, definindo a duração desse drama em nosso mundo. À noite, ele terá fim. O próximo dia será o domingo, que, na Escócia, é chamado com o nome judaico *Sabbath*. Para ambos os povos, cristãos e judeus, esse dia tem igual função – trata-se de um período de descanso. Para ti também, Marr, será um período de descanso, pois assim está escrito; também para ti, jovem Marr, encontrarás teu descanso – tu, tua família e também o estranho que hospedas em teu lar. Mas teu descanso será no mundo que está além do túmulo. Deste lado da sepultura, todos encontrarão seu sono final.

A noite era extremamente densa em sua escuridão e, neste humilde bairro de Londres, o que quer que a noite fosse, clara ou escura, suave ou tempestuosa, as lojas permaneciam abertas aos sábados ao menos até à meia-noite, algumas mesmo por meia hora mais. Creio que estão desacreditadas essas superstições judaicas, rigorosas e pedantes, a respeito dos limites exatos do domingo. No pior dos casos, o domingo durava de uma da manhã de um dia até às oito da manhã do dia seguinte, perfazendo claramente um circuito de 31 horas. Tratava-se, sim, de um considerável período. Marr, na noite daquele sábado, em especial, não se importaria se ele fosse menor, pois estava a mais de dezesseis horas atrás do balcão. Para ganhar a vida, Marr mantinha uma pequena loja de meias e investira em seu estoque e no arranjo interno cerca de 180 libras. Como todo homem que trabalha no ramo comercial, via-se assaltado por contínua ansiedade. Não era um principiante, mas as muitas cobranças já o alarmavam e as contas que amadureciam não eram compensadas pelas vendas. Apesar de tudo, entretanto, tinha uma natureza otimista. Em seus 27 anos, era um homem forte com ótimas cor e constituição; embora estivesse bastante apreensivo a respeito de seu futuro no comércio, prosseguia bem-disposto e antecipava (esperança vã!) que, naquela noite ou talvez na próxima, descansaria sua fatigada cabeça no seio fiel de sua adorável esposa. O lar dos Marr consistia de cinco pessoas, a saber: primeiro, o próprio Marr que, como vimos, diante da possibilidade de uma ruína comercial, teria forças suficiente para se reerguer, como uma pirâmide de fogo, e elevar-se muitas vezes para escapar de outras. Sim, pobre Marr, assim seria se tuas energias se mantivessem intactas, mas, agora, do outro lado da rua, alguém que nasceu do inferno está prestes a lançar uma oposição peremptória a essa perspectiva animadora. A seguir, na lista dos integrantes da casa, está a bela e agradável esposa, feliz à maneira das esposas jovens, pois contava apenas 22 anos e, se alguma vez sentiu certa ansiedade, foi pelo seu filho amado. Chegamos assim ao terceiro membro da família, deitado no berço que ficava quase três metros abaixo do nível da rua, em uma cálida e confortável cozinha, recebendo o acalanto da jovem mãe: um bebê de oito meses de vida. Marr e sua esposa estavam casados há dezenove meses e este era seu primeiro filho. Não te entristeças por esta criança, que deve manter seu profundo descanso dominical no outro mundo; pois deveria o órfão, mergulhado na mais negra miséria e despojado de seu pai e de sua mãe, viver em um mundo estranho e cruel? O quarto membro era um jovem robusto, que tinha por volta de treze anos; um rapaz de Devonshire, com belos traços, como é usual na maior parte dos jovens desse condado[4]; estava satisfeito com seu posto, já que seu trabalho não era excessivo e ele era bem tratado por seus patrões, algo de que estava bem consciente. O quinto e último lugar dessa tranquila família era ocupado por uma mulher jovem e bondosa, que se tornara (como é de praxe em famílias sem grandes pretensões de ascensão social) uma espécie de irmã em relação à patroa. É necessário mencionar que, atualmente (no ano de 1854) e pelos últimos vinte anos, uma grande mudança democrática agita a sociedade britânica. Um número crescente de pessoas se envergonha de dizer "meu senhor" e "minha senhora", expressões que, lentamente, são substituídas por "meu empregador". Nos Estados Unidos, tal expressão de altivez democrática, embora desagradável, por ser uma inútil proclamação de independência que ninguém coloca em questão, não chega a causar qualquer efeito pernicioso. Pois, por lá, a "ajuda" doméstica está, de modo geral, em um estado de transição tão seguro e rápido, no que tange ao controle dos estabelecimentos domésticos por seus proprietários – que se convertem, de fato, em seus donos –, que essas formas de relacionamento entre patrões e empregados devem se dissolver, em definitivo, em poucos anos. Na Inglaterra, onde não existe esse recurso territorial excedente e quase infinito, a tendência de mudança é sentida de forma dolorosa. Ela carrega consigo uma incivil e rude expressão de não sujeição diante de um jugo que era, de qualquer forma, leve, muitas vezes benigno.

[4] Um artista me contou, nesse ano (1812), que assistiu inadvertidamente um regimento nativo de Devonshire (seus membros poderiam ser tanto voluntários quanto milicianos) marchar diante de seus olhos. Segundo seus cálculos, de novecentos homens, apenas uma dúzia deles não poderiam ser descritos como "bem-apessoados".

Em outro momento, ilustrarei melhor meu pensamento. Aqui, ao que parece, o serviço doméstico no lar dos Marr ilustrava por si o princípio exposto antes, de forma prática. Mary, a empregada, sentia um respeito sincero e cordial por sua senhora, a quem via constantemente dedicada aos deveres de sua casa e que, embora muito jovem, não exercia de forma caprichosa a leve autoridade que dispunha e nem sequer a ostentava abertamente. De acordo com os testemunhos de vizinhos, a criada tratava sua patroa com um respeito delicado, pois, ao mesmo tempo, estava sempre disponível para auxiliar no alívio dos deveres maternos, para os quais se voluntariava com a disposição animada e alegre de uma irmã.

A jovem criada, sem aviso, faltando três ou quatro minutos para a meia-noite, foi chamada em voz alta por Marr, no topo das escadas, para comprar ostras, tendo em vista o jantar da família. Como acontecimentos fortuitos, muitas vezes, geram resultados tremendos que mudam para sempre uma vida! Marr estava ocupado com os assuntos de seu negócio, enquanto a esposa se preocupava com os pequenos achaques e a agitação de seu filho, de forma que ambos se esqueceram completamente do jantar; o tempo urgia e tornava as alternativas mais escassas, e ostras, no fim das contas, pareceu ser a melhor opção, em especial após as doze badaladas. Dessa circunstância trivial dependeu a vida de Mary. Se fosse enviada com a missão de comprar os ingredientes da ceia em um horário mais razoável, por volta das dez ou onze da noite, seria de se esperar que o único membro da família a escapar do massacre dificilmente tivesse essa sorte e, com certeza, ela compartilharia o destino dos outros membros da casa e não escaparia. Naquela hora, era necessário rapidez. Com pressa, portanto, Mary recebeu o dinheiro de Marr e, com uma cesta nas mãos e sem seu chapéu, partiu para as compras. Mais tarde, ao se recordar dos fatos, ocorreu a ela algo assustador – precisamente quando saía, avistou do outro lado da rua a silhueta de um homem, iluminada pela lâmpada que ali havia; de início imóvel, esse vulto logo começou, devagar, a se mover. Era Williams, e sua identidade, nesse caso, pôde ser demonstrada por um pequeno incidente, havido um instante antes ou depois (algo impossível de precisar). Consideremos a urgência e a agitação de Mary, tendo em vista as circunstâncias: o tempo terrivelmente escasso para o cumprimento de sua tarefa; nesse contexto, torna-se evidente que ela associou algum sentimento de profunda inquietação aos movimentos daquele desconhecido. Além disso, com toda a certeza, a atenção da jovem não estava de todo à disposição para corretas verificações. Mesmo assim, é quem, ainda que de forma semiconsciente, esclarece o registro de seus sentidos. Pois ela afirmou que, a despeito da escuridão densa, um obstáculo para a percepção clara da fisionomia ou das atitudes tomadas por alguém que esteja nas sombras, surpreendeu-se ao notar, pelo porte e inclinação do corpo daquele forasteiro, que ele devia estar observando a casa de número 29.

Quanto ao pequeno incidente que mencionei há pouco, ele confirmou as impressões de Mary: por volta da meia-noite, o guarda-noturno percebeu a presença do estranho, que espreitava, persistente, a janela da casa dos Marr. Diante da atitude e da aparência suspeita daquele indivíduo, o vigia optou por informar aos Marr o que havia visto. Tudo isso foi atestado em juízo, posteriormente; declarou-se também que logo depois, minutos após o soar da meia-noite (algo entre oito e dez minutos após a saída de Mary), esse guarda-noturno, ao retornar ao ponto de sua ronda costumeira, foi chamado por Marr para auxiliá-lo a fechar as persianas das janelas. Nesse momento, acontece a comunicação final entre ambos, instante no qual o vigilante menciona que, aparentemente, o sujeito fora embora, pois não voltara a vê-lo. Não há dúvidas de que Williams notou a visita feita pelo guarda-noturno a Marr e que, graças a ela, deu-se conta de sua imprudência, de modo que o aviso não teve qualquer serventia para Marr, mas foi bastante útil para Williams. Menos dúvidas especial após o aviso do guarda-noturno. Porém os fatos indicariam que Marr nada percebeu. Na realidade, para que as ações de Williams fossem completamente bem-sucedidas, era importante interceptar todo e qualquer gemido ou lamento de agonia emitido pelos Marr. Um grito, nas circunstâncias dadas – apenas paredes muito finas separavam o que ocorria dentro da casa do espaço exterior –, seria ouvido como se tivesse acontecido no meio da rua. Era imprescindível abafar tais protestos. E eles o foram, o leitor logo entenderá como. Entrementes, nesse ponto, talvez seja melhor deixar o assassino a sós com suas vítimas. Por cinquenta minutos, ao menos, deixemos que ele se dedique ao seu ofício, tranquila e prazerosamente. A porta da frente, bem sabemos, agora está trancada, inacessível a qualquer forma de ajuda externa. Ajuda que não virá. Encontremos, portanto, o ponto de vista de Mary; quando tudo estiver consumado, que nos seja permitido voltar para casa junto com a moça, abrirmos de novo a cortina e contemplar o terrível resultado de tudo o que aconteceu em sua ausência.

A pobre garota, presa em um grau de perturbação que apenas ela compreendia, corria para encontrar uma loja de ostras, pois nenhuma estava aberta dentro do raio em que costumava realizar suas atividades cotidianas. Imaginou que o melhor, no caso, seria mesmo arriscar suas chances em um distrito mais afastado. Luzes brilhavam e piscavam à distância, uma tentação para que ela prosseguisse adiante; entre ruas desconhecidas e mal iluminadas[5], em uma noite de escuridão peculiar e em uma região de Londres onde tumultos ferozes continuamente a desviariam do que parecesse ser o caminho mais direto, era natural que ela sentisse bastante desorientada. O objetivo inicial que a impulsionou tornou-se inalcançável. Não havia alternativa para ela além de refazer seus passos e

[5] Não tenho a lembrança, em termos cronológicos, da história das luzes de gás. Mas, em Londres, muito depois do sr. Windsor demonstrar o valor da iluminação a gás e de seu emprego nas ruas, havia muitos distritos que permaneceram, por muitos anos, sem o novo sistema de iluminação, em face de contratos acertados com vendedores de óleo que permaneceram vigentes por muito tempo.

retornar. Mas isso era difícil: ela tinha medo de perguntar o caminho aos transeuntes eventuais, cuja escuridão local impedia que lhes distinguisse qualquer traço. Por fim, com a ajuda de sua lanterna, encontrou um guarda-noturno que a orientou no trajeto correto. Em dez minutos, estava de volta ao número 29 da Ratcliff Highway. A essa altura, estava convencida de ter ficado fora por cerca de cinquenta, sessenta minutos; de fato, ela chegou a ouvir, à distância, o aviso de que passava de uma da manhã, o qual, iniciado poucos segundos após o relógio atingir a marca, perdurou de forma intermitente por dez a treze minutos.

No tumulto de pensamentos agônicos que, muito em breve, iriam engolfá-la, naturalmente seria difícil para ela recordar com clareza a sucessão de dúvidas, de suspeitas e de sombrias inquietações que sentiu. Mas, dentro do que lhe foi possível lembrar, pôde afirmar que, nos momentos iniciais, logo que retornou para casa, não percebeu nada de muito alarmante. Em muitas cidades, as campainhas são os instrumentos mais comuns para a comunicação entre a rua e o interior das casas; em Londres, no entanto, predominavam as aldravas, o bater nas portas. Na casa dos Marr, havia tanto uma aldrava como uma campainha. Mary fez soar a sineta e, ao mesmo tempo, bateu suavemente na porta. Não temia perturbar seus patrões: tinha certeza de que os encontraria ainda despertos. Sua inquietação estava toda dirigida ao bebê que, se fosse acordado àquela hora, roubaria da jovem patroa o repouso noturno. Ela bem sabia que, uma vez que havia três pessoas aguardando com ansiedade seu retorno – é provável que, já então, bastante preocupados com seu atraso –, o menor ruído audível que fizesse traria algum dos membros da casa à porta. O que estava acontecendo? Para seu espanto (um assombro que trouxe consigo uma sensação gélida de terror), nenhuma agitação ou ruído surgiu da cozinha. Nesse instante, voltou à sua mente, com uma carga adicional de angústia, a imagem indistinta do estranho com um casaco largo, negro, que passava protegido pelas sombras das luzes da rua, observando, com toda a certeza, os movimentos de seus patrões. Ela se censurava profundamente por, apesar de toda a pressa para cumprir a tarefa dada, não ter alertado o sr. Marr daquela aparição suspeita. Pobre garota! Ignorava que esse aviso, necessário para colocá-lo em guarda, ele já havia recebido de outra pessoa, de modo que não cabia atribuir maiores consequências à suposta omissão na qual ela tivesse caído, com a pressa por cumprir sua tarefa. Mas todas essas reflexões foram engolidas, naquela hora, pela percepção mais premente de pânico. Seu duplo chamado à porta não foi atendido – o simples fato foi suficiente para precipitar uma revelação de horror. Um dos moradores poderia ter mergulhado em seu sono, mas não dois, três, isso já beirava uma impossibilidade. E até supondo que todos os três, junto com o bebê, estivessem adormecidos, quão profundo e inexplicável era aquele silêncio, um silêncio total! Como seria de se esperar, algo como a histeria do horror dominou a pobre moça, que tocava a campainha com a violência do medo. Logo, ela parou: com o que restava de seu autodomínio (que rapidamente se esvaía) pôde raciocinar que, se por um acaso extraordinário Marr e seu aprendiz tivessem saído para buscar algum médico, seguindo caminhos diferentes (algo que podia apenas supor), mesmo assim a sra. Marr e o bebê estariam em casa; e alguma resposta, nem que fosse um breve murmúrio, viria da pobre mãe. Com um esforço espasmódico de vontade, impôs-se silêncio para ouvir qualquer resposta, ainda que mínima, para sua última chamada. Ouça com atenção, pobre criança trêmula, ouça e, por vinte segundos, fique imóvel como se estivesse morta. Imóvel como se estivesse morta ela permaneceu: durante a terrível imobilidade, quando conseguiu manter até o fôlego inerte, ocorreu um incidente apavorante que persistiria ecoando em seus ouvidos até o dia de sua morte. Maria, a pobre garota que tremia de medo, que se empenhava em manter-se em total silêncio uma única vez para ouvir qualquer resposta da patroa ao seu chamado frenético, escutou, por fim, com toda a clareza, um ruído vindo de dentro da casa. Sim, para além de qualquer dúvida razoável, surgiu uma resposta para seus chamados. O que teria sido? Nas escadas, não descendo em direção da cozinha, mas do alto, dos dormitórios, ela ouviu um estalo. Depois, distinguiu com mais nitidez uma passada: um, dois, três, quatro, cinco degraus foram lenta e claramente percorridos. Logo, o som dos medonhos passos avançou pelo caminho estreito que levava à porta da rua. Os passos – oh, céus! De quem seriam? – estancaram diante da porta. A respiração daquele ser temível pôde ser ouvida, ele que silenciara toda a respiração da casa, exceto a própria. Havia apenas uma porta entre ele e Mary. E o que ele fizera, do lado de dentro? Com passo cauteloso, furtivo, descera as escadas, atravessara o corredor apertado como um ataúde e parara diante da porta. Como aquela respiração era pesada! Ele, o assassino solitário, estava de um lado; Mary, do outro. Imaginemos que a porta se abrisse violentamente e, de forma imprudente, Mary se lançasse para dentro, nos braços do assassino. Até onde temos conhecimento, é bem possível que esse cenário ocorresse, se a tática fosse aplicada logo após a chegada de Mary; se a porta fosse aberta de imediato, ao primeiro chamado duplo à porta, a moça teria caído na armadilha e perecido. Mas agora ela estava atenta, e em guarda. Tanto ela como o assassino desconhecido mantinham os lábios na porta, ouvindo, respirações ofegantes; felizmente, ambos estavam em lados diferentes e, ao menor sinal de que a porta fosse destrancada, ela podia se refugiar no asilo seguro das trevas.

Qual foi a intenção do assassino ao cruzar o corredor até a porta de entrada? O que podemos dizer sobre isso: sozinha, como indivíduo, Mary não era nada para ele. Caso fosse considerada um membro da casa, ela tinha um valor evidente, qual seja: se capturada e morta, seria como que a perfeição do efeito desolador que ele tivera naquele local. O caso seria reportado de outra forma, e o seria por toda a cristandade, deixando a imaginação pública cativa. Toda a família, assassinada; a ruína daquela casa, total, orbicular; assim, embora a flutuação irregular seja uma conhecida tendência humana, o poderio do assassino seria, incontestavelmente, soberano. Bastaria a ele dizer "minhas testemunhas estão no número 29 da Ratcliff Highway" para que a pobre imaginação subjugada afundasse, impotente diante do hipnótico, fascinante e venenoso olhar do assassino. Não há dúvidas a respeito da motivação deste em permanecer, do lado de dentro, diante da porta em que Mary estava, do lado oposto — a esperança de que pudesse, ao abrir suavemente a porta, murmurar, imitando a voz de Marr, algo como "por que demorou tanto?" Talvez ela pudesse cair na armadilha. Mas ele estava enganado; o tempo em que isso seria possível passou. Mary, agora, estava bastante ativa: como uma louca, ela começou a tocar a campainha e bater na porta, intermitente e violentamente. A consequência natural desses atos foi que o vizinho, que se deitou instantes antes e adormeceu quase em seguida, despertou; pela violência incessante dos toques na campainha e das batidas na porta, que agora obedeciam a um impulso delirante e incontrolável de Mary, ele percebeu que algo terrível poderia ser o motivo de um clamor tão barulhento. Saltar da cama, abrir a janela, questionar a respeito do que seria aquela balbúrdia foi questão de segundos. A pobre garota ainda era senhora de si para, ao menos, explicar rapidamente as circunstâncias de sua ausência por uma hora, sua crença de que toda a família Marr tinha sido morta nesse intervalo e o fato de que o assassino devia estar, naquele exato momento, dentro da casa.

A pessoa a quem Mary comunicou todas as ocorrências era o proprietário de uma casa de penhores; devia ser um homem de coragem, uma vez que seria perigosíssimo (ainda que apenas como prova de força física) enfrentar um misterioso assassino que, aparentemente, havia demonstrado uma fúria considerável ao triunfar de forma tão completa. Entretanto, seria necessário para a imaginação um tremendo esforço de autocontrole para se precipitar, sem reflexão, diante de uma presença investida em nuvem de mistério, cujas origem, idade e motivos persistiam incógnitos. É difícil até para um soldado, em campo de batalha, ter diante de si um perigo tão complexo. Pois, se toda a família de Marr, seu vizinho, fora realmente exterminada, tal escala de derramamento de sangue parecia indicar que pudessem ser dois os autores do crime; ou, se fosse apenas um o autor de tamanha ruína, como a audácia do perpetrador devia ser gigantesca! Nesse sentido, também seria colossal sua habilidade e força bruta! Além disso, o inimigo desconhecido (ou inimigos) devia estar, com pouco espaço à dúvida, bem armado. Ainda assim, e levando em conta todas essas desvantagens, o homem destemido se dirigiu sem pestanejar ao campo de matança que era a casa dos Marr. Apenas se deteve para colocar as calças e se armar com um atiçador de cozinha, tomando a direção de seu pequeno quintal. Essa forma de abordagem aumentaria as chances de interceptar um criminoso; pela porta da frente, não havia essa possibilidade, além do considerável atraso pelo processo de um arrombamento inevitável. Uma parede de tijolo, de cerca de três metros de altura, servia de fronteira entre sua propriedade e a dos vizinhos. No exato instante em que saltou esse obstáculo, percebeu que precisaria voltar para pegar uma vela; foi quando, de repente, notou um fraco raio de luz proveniente de algum ponto da propriedade. A porta dos fundos da casa das vítimas estava aberta. Era provável que o suposto assassino tivesse usado aquele caminho, minutos antes. Rapidamente, o corajoso vizinho entrou nas dependências da residência, onde vislumbrou, espalhada pelo chão, a carnificina daquela noite, pois os estreitos corredores estavam tão ensanguentados que era quase impossível escapar do contato com o sangue no caminho até a porta da frente. Na fechadura da porta, permanecia a chave que tinha dado ao assassino desconhecido uma vantagem fatal sobre suas vítimas. Nesse momento, a novidade do crime já era transmitida aos gritos por Mary (para quem havia ainda a possibilidade de algumas das vítimas estar viva e necessitar de ajuda médica urgente), resultando na formação, tendo em vista o avançado da hora, de uma pequena multidão ao redor da casa. O dono da loja de penhores abriu a porta. Um ou dois guardas-noturnos lideravam a turba, mas o terrível espetáculo os deteve e impôs repentino silêncio às vozes, antes tão ruidosas. O drama trágico contava, ali, em voz alta, sua história, a sucessão de suas etapas – poucas e precisas. O assassino era totalmente desconhecido; não havia ainda sequer suspeitos, mas sim razões para imaginar que se tratava de alguém próximo, que conhecia a família Marr. Ele entrou no local pela porta da frente, que acabara de ser fechada pelo dono da casa. Houve quem observasse, após tomar conhecimento da advertência dada pelo guarda-noturno ao sr. Marr, que a presença de qualquer estranho no local, haja vista todas as circunstâncias (o horário, o fato de o bairro ser perigoso, a porta e as persianas trancadas etc.), seria recebida pelo falecido chefe da família com desconfiança e uma atitude de autodefesa. Todos os sinais de que Marr não estaria de prontidão anunciavam, com segurança, que algo ocorrera para neutralizar suas inquietações e fazer, fatalmente, com que baixasse a guarda de sua prudente desconfiança. E esse "algo" devia ser, era bem provável, um fato simples, ou seja, que a pessoa do assassino fosse familiar à vítima, como um conhecido usual e insuspeito. A pressuposição de tal hipótese era a chave do caso; a partir dela, o curso e a evolução da ação tornavam-se claros como o dia. Evidentemente, o assassino abriu, com suavidade, e depois cerrou, com igual cuidado, a porta da frente. Avançou, então, para o pequeno balcão, realizando os cumprimentos de praxe para um velho conhecido, como o desavisado Marr. Tendo chegado ao balcão, solicitou ao proprietário da loja um par de meias de algodão cru. Em uma loja tão pequena quanto aquela, não poderia haver uma grande amplitude de opções para disposição dos diferentes produtos, cujo arranjo devia ser familiar ao assassino, que sabia que Marr, para alcançar o artigo solicitado, teria de lhe dar as costas e, ao mesmo tempo, levantar os olhos e as mãos cerca de meio metro acima da cabeça. Logo, o movimento deixou nossa vítima em uma posição de extrema desvantagem em relação ao seu assassino, que, no momento em que as mãos e os olhos de Marr estavam ocupados e a nuca permanecia exposta, sacou rapidamente o pesado malho de carpintaria naval de sua ampla casaca e, com um único golpe, eliminou deste toda a capacidade de resistência. A posição em que o cadáver de Marr se encontrava traçava toda a narrativa. Ele foi derrubado quando estava atrás do balcão, com as mãos ocupadas, confirmando o prospecto estruturado até aqui. É bem provável que o primeiro golpe, o primeiro indicador da traição que o atingiu, foi o último no que tange à abolição da consciência. O plano e a lógica do assassino começaram, de modo sistemático, a partir dessa imposição da apoplexia ou, pelo menos, de um aturdimento que assegurasse a longa perda da consciência. A execução eficaz do primeiro passo deixou o assassino mais tranquilo. Ainda assim, bastaria que a consciência voltasse brevemente à vítima para que suas ações fossem prejudicadas, por isso adotou a prática usual de degolar o inimigo em potencial caído. Todos os assassinatos cometidos naquela ocasião seguiriam idêntico modelo: primeiro, o crânio era fraturado, uma medida que evitava a retaliação imediata da vítima; depois, como forma de assegurar o silêncio completo e eterno, as gargantas, cortadas. O resto das circunstâncias, que se revelam por si sós, foram as seguintes: a queda do corpo de Marr provocou um provável ruído surdo e confuso, vagamente associado à luta, que não poderia se confundir com os sons da rua, uma vez que a porta da frente estava trancada. O mais razoável, contudo, é que o rumor mais alarmante que chegou à cozinha tenha surgido quando o assassino cortou a garganta de Marr. O local estreito, situado atrás do balcão, era excessivamente apertado, o que tornava impossível a ampla exposição da garganta, elemento essencial, naquele instante; a horrenda cena se desenrolou tendo por base cortes parciais, interrompidos; gemidos terríveis seriam inevitáveis e outras pessoas da casa poderiam acorrer, com pressa, subindo as escadas. Contra isso, o único perigo real de toda essa transação, o assassino estava especialmente preparado. A sra. Marr e o aprendiz, jovens e ativos, poderiam fugir, com certeza, em direção à porta da frente; se, com Mary em casa, os três habitantes conseguissem, por esforço combinado, distrair o assassino, é bastante possível que ao menos um deles alcançasse a rua. Mas o balanço espantoso do pesado malho interceptou tanto o aprendiz como a patroa, antes que pudessem alcançar a porta. Os dois estavam estirados no centro da loja; tão logo as duas vítimas foram desacordadas, o amaldiçoado cão saltou sobre as gargantas de ambas com a navalha na mão. O fato é que a cegueira causada pelo desespero diante dos gemidos que indicavam o que acontecia ao pobre Marr levaram a jovem senhora a perder de vista uma estratégia de reação mais ajuizada; ela e o rapaz deveriam ter se dirigido para a porta dos fundos; o alarme deveria ser dado ao ar livre o que, por si só, forneceria um problema insolúvel ao assassino, que teria diante de si diversos obstáculos para poder atingir seus alvos, algo que não havia no ambiente restrito da loja.

Seriam vãos os intentos de descrever o horror que percorreu os espectadores reunidos diante daquela lamentável tragédia. Era do conhecimento da multidão que uma pessoa, por fortuito acaso, escapou do massacre geral: mas agora ela estava emudecida, talvez delirante; dessa forma, compadecida com a deplorável situação de Mary, uma vizinha a levou dali, para que descansasse. Em decorrência do fato, e por um intervalo maior do que poderia ser concebível, nenhum dos presentes se viu ciente do pequeno bebê, filho do casal morto; o valente dono da loja de penhores, por sua vez, não estava presente, pois saíra em busca do médico-legista; já outro vizinho estava na chefatura de polícia, prestando um depoimento que julgava urgente. Súbito, no meio da multidão, alguém se lembrou do pequeno filho dos Marr – o bebê deveria estar na cozinha ou em um dos dormitórios. Um rio de pessoas imediatamente se dirigiu para a cozinha, onde logo descobriram o berço, mas com o pequeno lençol e as demais roupas de cama em indescritível confusão. Ao desenredar aquela desordem, uma piscina de sangue tornou-se visível; o próximo sinal ominoso: a cabeceira do berço estava em pedaços.

Tornava-se evidente que o maldito assassino se sentira duplamente incomodado, primeiro pela cabeceira do berço, que destruiu a golpes de malho, depois pelos lençóis e almofadas ao redor da cabeça da criança. O livre curso dos golpes de seu malho fora interrompido. Assim, ele teve de terminar aquele trabalho pelo uso da navalha, aplicada à garganta do pequeno inocente; depois disso, sem nenhum propósito aparente, como se momentaneamente confuso com o espetáculo de suas atrocidades, o assassino se ocupou de colocar um emaranhado de roupas sobre o cadáver da criança. O incidente forneceu, de forma inegável, um sinal bastante claro de que o caso todo envolvia, de fato, uma vendeta, o que confirmaria o rumor de que a disputa entre Williams e Marr se originou de rivalidade amorosa. É bem verdade que um autor alegaria que o assassino percebeu a criança como uma ameaça à sua segurança, sendo, portanto, necessário extinguir o eventual choro do bebê; mas essa hipótese foi refutada, de forma bastante coerente, pelo fato de que uma criança com apenas oito meses não poderia chorar e gritar pela tragédia que a cercava, apenas pela natural ausência da mãe. Aliás, mesmo que esse grito fosse audível do lado de fora da casa, não chamaria a atenção de forma distintiva nem sugeriria um razoável alarme para o assalto àquela residência. Não haveria outro incidente, embora tendo em vista a rica tessitura de atrocidades cometidas, que envenenasse mais a fúria popular contra o facínora desconhecido que o inútil massacre daquela criança.

Naturalmente, na manhã de domingo que despontou, quatro ou cinco horas mais tarde, o caso todo era horrendo demais para não se espalhar por todas as direções, ainda que, creio, não tivesse chegado aos numerosos jornais de domingo. Em geral, todo fato que não ocorresse, ou do qual não se existisse notícia, passados quinze minutos da uma da manhã de domingo só chegaria ao público nas edições de segunda-feira dos jornais de domingo, ou na edição normal das segundas. Se esse fosse o procedimento da imprensa na ocasião, teria sido um erro gravíssimo. Pois o fato é que, se a demanda da opinião pública por detalhes fosse satisfeita já no domingo, o que poderia facilmente ocorrer pela supressão de uma ou duas colunas aborrecidas, substituídas por um relato minucioso dos acontecimentos – para o qual haveria material de sobra no testemunho do dono da loja de penhores e do guarda-noturno –, quem o fizesse amealharia uma pequena fortuna. Levando em conta as edições espalhadas por todos os bairros desta metrópole infinita, duzentos e cinquenta mil cópias extras poderiam ter sido vendidas. Seria essa a quantidade das vendas de qualquer jornal que obtivesse material exclusivo que atendesse aos interesses e às emoções do público, pois por todo lado havia os mais diversos rumores e um clamor por informações mais precisas. No domingo seguinte (ou seja, o oitavo dia desde o evento), foi celebrado o enterro dos Marr: o pai da família seguia no primeiro ataúde; no segundo, sua mulher, com o bebê nos braços; no terceiro, o aprendiz. Foram sepultados lado a lado; trinta mil trabalhadores seguiram o cortejo, com o horror e a consternação estampados em seus rostos.

Contudo, não havia nenhum dado que indicasse, nem sequer como conjectura, o autor de tamanha ruína, esse mecenas dos coveiros. Se no domingo do funeral se soubesse aquilo que todos saberiam seis dias depois, as pessoas sairiam direto do cemitério para o alojamento em que estava o assassino e, sem mais delongas, iriam arrancar-lhe membro a membro. Como não havia quem pudesse sustentar qualquer suspeita que fosse, o público teve de suprimir sua cólera. Além disso, longe de mostrar qualquer tendência em diminuir, a emoção pública era reforçada todos os dias de forma visível, uma vez que o choque inicial reverberava da província para a capital. Em cada uma das principais estradas do reino aconteciam detenções de vagabundos e andarilhos que não forneciam explicações satisfatórias sobre sua origem ou cujas aparências em algum aspecto correspondiam à descrição imperfeita de Williams fornecida pelo guarda-noturno.

Juntavam-se a essa poderosa onda de piedade e indignação, que tinha por alvo o passado recente e terrível, pensamentos e reflexões, em especial dos mais prudentes, e correntes menores de temerosas expectativas quanto ao futuro.

"O terremoto", parafraseando uma passagem notável de Wordsworth, "o terremoto não se satisfaz de uma vez só."

A repetição dos perigos, em particular dos mais malignos, é recorrente. Um assassino – que se tornou o que é por paixão ou por uma sede de sangue digna dos lobos, formas de luxúria antinatural – não consegue deixar-se levar pela inércia. De forma mais acentuada que um caçador de camurça dos Alpes, aprecia imensamente os perigos e as escapadas por um triz de seu ramo de negócios como um tempero especial para dar sabor às monotonias insípidas da vida cotidiana. Todavia, para além dos instintos infernais que podem muito bem ser invocados no caso de renovadas atrocidades, ficou claro que o assassino dos Marr, de seu esconderijo, era um homem necessitado, do tipo que dificilmente está disposto a buscar seus meios de subsistência em formas mais honradas de trabalho, que desprezam com altivez e para as quais faltam competências industriosas, ausentes dos homens violentos. Se fosse o caso, portanto, de sobrevivência apenas, era de se esperar que o assassino, que a paixão coletiva se empenhava em decifrar, aguardasse algum tempo antes de uma ressurreição em novo cenário de horror. Até no caso Marr, ainda que façamos a

[*De Quincey*]

concessão de que o motivo tenha sido determinado por impulsos cruéis e vingativos, era evidente que a expectativa de um butim considerável cooperou com tais sentimentos. Também era evidente que esse desejo não foi plenamente satisfeito: com exceção da soma trivial reservada por Marr para as despesas da semana, pouco ou nada de real proveito foi encontrado pelo assassino. Dois guinéus, se muito, foi o que ele achou em sua pilhagem. A soma serviria por uma semana, no máximo duas. De qualquer maneira, criou-se a convicção geral de que, ao cabo de um ou dois meses, quando a febre da agitação amainasse ou surgissem novos temas de interesse para substituir as notícias sensacionais antigas, resultando em um afrouxamento da recém-surgida mania de vigilância que dominava a vida cotidiana, um novo assassinato, tão impressionante quanto, despontaria.

Essa era a expectativa pública. Assim, deixo ao leitor a tarefa de imaginar o puro frenesi de terror, em meio à expectativa premente na qual todos pensavam sobre se o desconhecido atacaria de novo – e tal ataque era esperado, embora ainda houvesse a esperança de que não tivesse coragem de realizar mais um ato terrível –, quando, subitamente, diante dos olhos de todos, na décima segunda noite a partir do extermínio dos Marr, aconteceu o segundo caso com a famosa natureza misteriosa, um crime que seguia idêntico plano de extermínio, perpetrado na mesma vizinhança. Foi na quinta-feira subsequente ao assassinato dos Marr que a nova atrocidade aconteceu; muitos pensaram, à época, que os aspectos dramáticos e emocionantes fizeram com que esse segundo ultrapassasse o primeiro. A vítima, dessa vez, foi a família do sr. Williamson; o cenário estava localizado, se não na Ratcliff Highway, logo após a esquina de uma das ruas secundárias, perpendicular àquela via pública. Williamson era um homem conhecido e estimado, um velho morador do distrito e, em torno dele, havia a crença de que era rico. Mais para passar o tempo que para ganhar dinheiro, mantinha uma espécie de taberna na qual reinava uma espécie de ambiente patriarcal – embora houvesse frequentadores de considerável fortuna, nenhuma forma de separação visível era mantida entre estes e os artesãos e trabalhadores comuns, que também apreciavam o local. Qualquer pessoa que apresentasse conduta digna poderia se sentar e pedir sua bebida predileta. Desse modo, a sociedade constituída pela clientela do estabelecimento apresentava-se variada, múltipla, em parte permanente, em parte flutuante. Havia cinco integrantes no lar em questão: 1. o sr. Williamson, o chefe da família, um velho homem com seus setenta anos, dono de um temperamento perfeitamente adequado ao seu ofício, uma vez que, sendo cortês e afável, estava longe de ser aborrecido, sabendo ao mesmo tempo manter sua firmeza e também a ordem; 2. a sra. Williamson, sua esposa, dez anos mais nova que o marido; 3. uma neta de nove anos; 4. uma criada, que contava seus quarenta anos; 5. um jovem artesão de 26 anos, que trabalhava em alguma fábrica local, cujo nome e natureza não me recordo, assim como me foge sua origem. Era uma regra estabelecida pelo sr. Williamson em sua taberna que, quando o relógio marcasse onze da noite, todos os clientes deviam se retirar, sem qualquer favor ou exceção. Foi com esse tipo de costume que, em tão conturbado distrito, ele conseguiu manter sua casa livre de confusões. Na fatídica noite de quinta--feira, tudo corria da forma usual, excetuando uma leve sombra de suspeita, que captou a atenção de alguns. Em tempos menos agitados, ela sequer seria percebida; agora, quando a primeira e a última questão nas reuniões sociais envolviam o caso Marr e seu assassino desconhecido, estávamos diante de circunstâncias naturalmente predispostas à inquietação. Daí ter causado certa impressão aquele estranho, de aparência sinistra e ampla casaca, que entrou e saiu do estabelecimento durante toda a noite, que muitas vezes optou por afastar-se da luz, preferindo os cantos escuros, e que foi visto, por mais de uma pessoa, esgueirando-se próximo das passagens internas da casa. Presumia-se que devia ser um conhecido de Williamson. De certo modo, como um cliente ocasional da casa, até seria possível pensar que sim, ele era. No fim das contas, porém, o repulsivo homem, de palidez cadavérica, cabelos insólitos e olhos vítreos, surgindo com intermitência entre oito e onze horas, permaneceu na memória de todos que o observaram com algo do efeito glacial dos dois assassinos, em *Macbeth*, ao se apresentarem diante das galas do banquete real ainda cobertos pelo fumegante odor do sangue de Banquo, com os rostos terríveis e de brilho tênue em meio à penumbra.

Nisso, o relógio apontou onze horas; a clientela, então, começou a partir. A porta de entrada ficou entreaberta e, no momento de dispersão geral, os cinco habitantes da casa cumpriam suas tarefas, da seguinte maneira: os três mais velhos – ou seja, Williamson, sua esposa e a criada – estavam ocupados, no andar térreo; o próprio Williamson, aliás, seguia servindo cerveja aos vizinhos próximos, em cujo favor a casa permanecia com a porta encostada até por volta da meia-noite; a sra. Williamson e sua criada iam e vinham entre a cozinha e a sala de estar; a pequena neta, cujo quarto situava-se no primeiro andar (que, em Londres, significa sempre um piso que se eleva um lance de escadas acima do nível da rua), dormia sono solto desde às nove da noite; o jovem artesão, por fim, que havia se retirado para descansar fazia algum tempo, e que era inquilino regular da casa, estava em seu quarto, situado no segundo andar. Às onze horas, já estava despido e deitado em seu leito. Por seu ofício, havia desenvolvido o hábito de acordar bem cedo, o que o fazia desejar ir para a cama o mais rápido possível. Todavia, nessa noite em particular, sua ansiedade, que se tornara mais aguda com os recentes assassinatos ocorridos na célebre casa de número 29, alcançou o paroxismo de uma excitação nervosa, resultando em insônia. É possível que tivesse ouvido algum comentário a respeito do estranho de aparência suspeita ou que, com os próprios olhos, tenha observado o comportamento do sujeito. De uma forma ou de outra, ele estava consciente das muitas e graves circunstâncias que afetavam, com extrema periculosidade, aquela casa: a violência que acometia todo o bairro, por exemplo, além do fato desagradável de que os Marr viviam bem próximos dali, um indicador de que o assassino, talvez, também residisse nos arredores. Tratava-se de causas alarmantes, do ponto de vista geral. No entanto, havia as características daquela residência: em especial, a afamada opulência de Williamson, a crença, bem ou mal fundamentada, de que ele acumulava, em armários e cofres, somas de dinheiro que continuamente fluíam para suas mãos; e, por último, o evidente desafio ao perigo de deixar a porta aberta por uma hora inteira a mais, hora muito perigosa, pois o risco de um encontro com os frequentadores era menor, uma vez que eles deviam se retirar às onze da noite – o hábito noturno apresentava, ainda, um risco extra, pois um intruso bem informado poderia agir sem ser perturbado pelos fregueses locais, visto que eles eram obrigados a sair. Esse regulamento, que sempre colaborou para o bem-estar da casa, ao contrário, sob as circunstâncias peculiares atuais, transformou-se em uma positiva declaração de insegurança e desamparo que perdurava por uma hora. Dizia-se que Williamson, claramente um homem grande e pesado, além de septuagenário e sedentário, deveria, por prudência, providenciar para que as portas fossem trancadas assim que a clientela noturna fosse dispensada.

 Sobre esses e outros significativos sinais de alerta (sobretudo o boato de que a sra. Williamson possuía uma baixela de prata de considerável valor), o jovem artesão meditava longamente, quando, faltando entre 25 e 28 minutos para a meia-noite, a porta da casa foi fechada e trancada com súbito estrondo, indicação de alguma hedionda violência. Tornava-se claro, para além de qualquer dúvida razoável, que adentrara o local o homem diabólico, mergulhado em mistério, que esteve no número 29 da Ratcliff Highway. Sim, aquele ser temível, que foi falado e imaginado por todos, nos últimos doze dias, via-se naquele preciso momento dentro da casa indefesa e, nos próximos minutos, estaria cara a cara com cada um dos seus integrantes. Ainda havia dúvidas a respeito da quantidade de assassinos, se um ou dois, no caso Marr. Agora, poderiam ser dois, e um deles deveria subir a escada de imediato e pôr mãos à obra, pois o maior perigo para ambos era que alguém desse alarme na rua a partir do andar superior. Durante trinta segundos o nosso artesão, dominado pelo pânico, permaneceu imóvel na cama. Logo, porém, ele se levantou e seu primeiro movimento foi se dirigir até a porta do quarto. Não que tivesse o objetivo de reforçar a barreira contra qualquer tipo de intrusão – sabia muito bem que ela não estava equipada com tranca de nenhum tipo – ou de bloqueá-la de alguma forma: também não havia nenhum móvel que servisse para esse fim, mesmo que houvesse tempo suficiente para qualquer tentativa nesse sentido. Não para efeito de segurança, movido pela prudência, mas pelo fascínio que o medo de ser assassinado despertava, optou por abrir a porta. Com um passo, alcançou o topo da escadaria: abaixou a cabeça por sobre a balaustrada; nesse exato segundo, ouviu, desde a pequena sala de estar, o grito de agonia da criada: "Senhor Jesus Cristo! Vamos ser todos mortos!" A cabeça da Medusa repousava nas feições exangues, nos fixos olhos vítreos, atributos encontrados nos cadáveres – bastava contemplar tal rosto para proclamar uma sentença de morte.

Três lutas pela vida, ocorridas em separado, estavam terminadas; o pobre artesão, petrificado, quase inconsciente do que fazia em um estado cego, passivo, parcialmente aniquilado pelo pânico, desceu, resoluto, os dois lances de escadas. O terror infinito o impulsionava como o faria a coragem mais temerária. Vestindo sua camisa de dormir, desceu aos poucos a velha escadaria, que rangia sob seus passos, até ficar a apenas quatro degraus do andar térreo. A situação era tremenda, para além de qualquer registro. Bastava um espirro, uma tossidela, a respiração feita de forma intensa e o jovem seria um cadáver, sem qualquer chance de defesa ou possibilidade de lutar por sua vida. Naquele momento, o assassino estava na sala de estar, cuja porta, que dava para a entrada da escadaria, ficara entreaberta; na verdade, muito mais aberta que o termo "entreaberta" sugere. Do quadrante (ou dos noventa graus) que descreveria a porta aberta em ângulo tendo o vestíbulo como referência, estavam expostos quase dois terços. Dessa forma, dois dos três cadáveres eram visíveis do ponto em que o jovem artesão estava. Onde estaria o terceiro? E o assassino, qual seria seu paradeiro? Este caminhava apressado de um lado para o outro da sala de estar, algo possível de se ouvir, mas de início não de se ver, envolvido em tarefa que a porta mantinha fora do campo de visão. A natureza da atividade, que o som parecia indicar: o teste com várias chaves, por tentativa e erro, no armário, na dispensa e no escritório, situados no setor do cômodo oculto pela porta. Logo, ele pôde ser visto. Por sorte, nesse ponto crítico, o assassino estava demasiado absorto no que fazia e não levantou os olhos para a escada; se o fizesse, a figura branca do artesão, paralisado de terror, seria detectada, em um instante, e despachada deste mundo, em outro. Quanto ao terceiro cadáver, aquele que faltava, pertencente ao sr. Williamson, ele estava no porão e a maneira como explicar a localização é um problema à parte, muito discutido à época, e nunca inteiramente elucidado. Porém, para o jovem artesão a morte do sr. Williamson era evidente, pois de outro modo seria possível ouvir-lhe qualquer gemido ou movimentação. Assim, três de quatro amigos estavam mortos, pessoas para as quais desejara boa-noite, quarenta minutos antes; restavam, contudo, quarenta por cento do total, uma porcentagem muito ampla para os padrões de Williams. Sobravam, de fato, o artesão e sua jovem amiga, a neta de Williamson, que, em sua inocência infantil, seguia dormindo sem temor por si ou pesar por seus idosos avós. Se é fato que seus parentes se foram para sempre, é necessário destacar que ainda havia um amigo (que deverá provar tal amizade, se quiser salvar a menina) bem próximo. Todavia, eis que o assassino estava ainda mais perto. O artesão se via prestes a desfalecer, convertendo-se em uma pedra de gelo, pois a cena que tinha diante de seus olhos, distantes apenas quatro metros, era essa: surpreendida pelo assassino, a criada estava de joelhos diante da grelha da lareira, que estivera polindo com grafite; terminada sua tarefa, dedicara-se a enchê-la com lenha e carvão, não com o propósito de acender o fogo, mas de prepará-lo para o próximo dia. As aparências indicavam que ela estava envolvida na atividade, no exato momento em que o assassino entrou em cena. Portanto, o arranjo correto dos incidentes a partir daí talvez fosse: a partir do terrível grito invocando Cristo, ouvido pelo artesão, só nesse instante ela então se sentiu ameaçada, tendo-se passado, sem dúvida, entre esse grito e o estrondo que marcou o fechamento da porta, de um minuto e meio a dois minutos. Consequentemente, o ruidoso alarme inicial que tanto perturbou o jovem foi, de alguma maneira inconcebível, interpretado de forma incorreta pelas duas mulheres. Foi dito, à época, que a sra. Williamson tinha alguns problemas de audição, enquanto se conjecturou que a criada, com a cabeça quase toda mergulhada dentro da lareira, e com o som de seu trabalho em seus ouvidos, imaginou que o ruído da porta que se fechava vinha da rua ou era alguma brincadeira de rapazes maldosos. Qualquer que seja a explicação, o fato claro era que, até o apelo desesperado a Cristo, a criada não tinha vislumbrado nada de suspeito ou que a impedisse de continuar seu labor cotidiano. Disso se deduz que a sra. Williamson não percebeu nada, pois, se assim o fosse, teria dado o alarme para a criada, uma vez que ambas estavam no pequeno cômodo que era a sala de estar. Aparentemente, o curso dos acontecimentos após a entrada do assassino no cômodo foi o seguinte: a sra. Williamson, é provável, não chegou a ver o assassino, porque, por acaso, estava de costas para a porta. Antes que ela ou alguém mais da casa pudesse advertir sua presença, o intruso golpeou a dona da casa com força tão tremenda na nuca que a derrubou desfalecida; o golpe, desferido por uma barra de ferro, afundou a parte de trás do crânio. A sra.

Williamson caiu e essa queda (acontecimentos que duraram coisa de segundos) chamou pela primeira vez a atenção da criada, que então soltou o espantoso grito que chegaria até o jovem artesão; contudo, antes que ela pudesse renovar sua conclamação, o assassino assestou, com sua ferramenta, um golpe em sua cabeça que lhe partiu o crânio, quase expondo os miolos. As duas mulheres estavam em uma condição lastimável, de forma que posteriores violências eram desnecessárias; além disso, o assassino tinha plena consciência do risco que corria, caso se dessem eventuais atrasos. Apesar de tudo, e a despeito da necessidade imperiosa de agir e fugir, temia as consequências fatais de seus atos, se qualquer vítima recuperasse a consciência, dedicando-se, portanto, a cortar as gargantas de ambas. Esses eram os fatos evocados pela cena que se descortinava na sala de estar. A sra. Williamson caíra de costas, com a cabeça voltada para a porta; a criada, em sua posição ajoelhada, não fora capaz de se levantar, exposta passivamente a qualquer golpe e permitindo ao miserável cortar sua garganta, após levantar-lhe de leve a cabeça.

É notável que o jovem artesão, paralisado como estava pelo medo, tenha sentido por um átimo um imenso fascínio pelo que via, chegando ao ponto de colocar-se na boca do leão para não perder nenhum detalhe importante. Creio que será possível ao leitor imaginá-lo observando o assassino, que se curvava sobre o cadáver da sra. Williamson, reiniciando a busca pelas cruciais chaves. Sem dúvida, era situação angustiosa para o assassino: se não encontrasse as chaves buscadas a tempo, teria em suas mãos uma tragédia sem qualquer serventia, a não ser a ampliação dramática do horror público que se materializaria em uma pletora de medidas de segurança pontuais, as quais tornariam bastante difíceis suas caçadas futuras. Ainda estava em jogo outro fator, de interesse imediato: sua segurança estaria comprometida, desde que um possível acidente ocorresse. A maioria dos clientes que vinha comprar bebidas na casa era composta de meninos e meninas aparvalhados que correriam despreocupados para a próxima, ao encontrar a porta cerrada. Se um adulto mais perspicaz chegasse à porta, porém, e a visse trancada um quarto de hora antes do habitual, com certeza suspeitas impossíveis de serem dissipadas surgiriam. Era esperado que, nesse caso, um alarme seria dado e, depois disso, apenas a sorte decidiria a direção dos eventos. Pois trata-se de um fato singular – revelador das inconsistências desse vilão: às vezes, de tão supérflua sutileza, em outras, descuidado e imprudente – o de, no momento em que estava com os cadáveres que promoveram um dilúvio de sangue na pequena sala de estar, ter ocorrido a Williams sérias dúvidas se conseguiria ou não escapar. Com toda a certeza, havia janelas nos fundos da casa; para onde se abriam, entretanto, era informação de que ele parecia não dispor. Além disso, em um bairro tão perigoso, não era improvável que as janelas térreas estivessem bloqueadas; aquelas situadas nos andares mais altos deviam estar livres, mas exigiriam um formidável e arriscado salto. A única conclusão possível de todas essas questões era a necessidade de se apressar nos testes com as chaves para que o tesouro escondido fosse encontrado sem demora. Foi isso, a intensa aplicação em uma única meta dominante, que enfraqueceu a percepção do assassino para tudo ao seu redor; caso contrário, ele notaria a respiração do jovem artesão, que, algumas vezes, era terrivelmente audível para o próprio rapaz. O assassino se voltou de novo para o cadáver da sra. Williamson, vasculhando seus bolsos com mais cuidado e puxando deles vários molhos de chaves, um dos quais caindo no chão e ressoando com um ruído agudo e metálico. Nesse momento, nossa testemunha secreta, de seu esconderijo, reparou que a casaca de Williams fora confeccionada com seda de excelente qualidade. Outro fato que registrou, e que posteriormente ganhou grande importância nas investigações: os sapatos do assassino – bem novos e comprados, quem sabe, com o dinheiro do pobre Marr – rangiam quando ele andava, de forma áspera e frequente. Com a nova leva de chaves em mãos, o assassino caminhou para um espaço fora do campo de visão do jovem artesão, na sala de estar. Então, por fim, surgiu uma oportunidade de fuga. Alguns minutos deveriam ser perdidos nas tentativas e testes com as chaves e, depois, na inspeção das gavetas, supondo que alguma delas funcionasse, ou na tentativa de arrombá-las, em caso de insucesso com todas. Portanto, seria possível contar com um breve intervalo de liberdade, com o chacoalhar das chaves abafando o ranger da madeira das escadas, quando voltasse aos andares superiores. Um plano definiu-se em sua mente: voltaria para seu quarto e colocaria a cama contra a porta para atrasar por algum tempo o inimigo, a fim de conseguir o alerta de sua chegada e para, no pior dos casos, tentar a salvação com um salto desesperado. Executou essas providências no maior silêncio que pôde, rasgando lençóis, fronhas e cobertores em amplas faixas e, depois de entrelaçar o material na forma de cordas, emendando os diferentes comprimentos juntos. Mas, desde o início, percebeu que havia um grave obstáculo para concluir as atividades: onde encontrar um gancho, barra ou o que fosse para fixar sua corda de maneira segura? A distância do parapeito – ou seja, da parte inferior da janela – até solo era de cerca de sete metros, sendo que um salto seguro poderia ser feito a partir de metade dessa altura para menos; ou seja, ele precisava preparar quase quatro metros de corda. Por infelicidade, não havia nada que servisse de apoio nas proximidades da janela; o que existia de mais próximo era um cravo fixo, sem qualquer razão aparente, na cabeceira da cama. Com a movimentação da cama para junto da porta, o cravo também se moveu e sua distância para esta quase dobrou, passando para dois metros. Portanto, mais dois metros deviam ser somados para que a corda ficasse bem presa à janela. Coragem! O Senhor, segundo o provérbio de todos os povos da cristandade, auxilia aquele que ajuda a si mesmo. Nosso jovem amigo reconheceu o fato, agradecido; no momento em que encontrou o cravo disponível, embora fosse um recurso usualmente inútil, percebeu um sinal da Divina Providência. Se tivesse trabalhado apenas para si, não se veria recompensado pelo mérito; mas não foi isso o que aconteceu: sentia, com profunda sinceridade, inquietação pela pobre criatura, que conhecia e amava. Sentia que, a cada minuto, a ruína estava mais próxima dela. Ao passar diante da porta do quarto da criança, esteve a ponto de tirá-la de seu leito e levá-la em seus braços para compartilharem iguais possibilidades. Entretanto, refletindo melhor, compreendeu que um despertar súbito, que não daria a possibilidade sequer de sussurrar uma explicação, poderia fazer com que soltasse queixumes audíveis. A inevitável indiscrição de um, nesse caso, seria fatal para os dois. Como nas avalanches alpinas, que – ainda suspensas sobre a cabeça do viajante – descem com toda sua potência muitas vezes (isso nos foi dito) apenas pela agitação do ar ou por um simples sussurro, um breve murmúrio poderia cessar a suspensão da maldade do homem no andar térreo. Não! Só havia uma maneira de salvar a criança: com sua libertação antes, um caminho no qual o primeiro passo teria, sem dúvida, de ser dele. Nesse sentido, o início foi afortunado; o cravo, que ele temia escapar ao menor sinal de tensão da base de madeira meio carcomida, postava-se firme diante da pressão do peso completo de seu corpo. Assim, com rapidez, ele amarrou três das tiras previamente confeccionadas e que mediam pouco mais de três metros. Elas foram trançadas de forma solta para que houvesse uma perda inicial de apenas um metro. Em seguida, fez o mesmo com um segundo jogo de tiras, de igual comprimento, de modo que logo havia jogado pela janela em torno de cinco metros de corda. Se o pior acontecesse, sempre seria possível deslizar até o limite da corda e deixar-se cair. Tudo isso foi alcançado em cerca de seis minutos, e a disputa seguia acirrada entre o andar superior e o térreo. O assassino trabalhava, com fúria, na sala de estar; o artesão dava tudo de si para executar seus planos no quarto. O miserável estava na frente com seu labor, pois já havia encontrado um maço de notas e estava no rastro de um segundo. Também achou certo número de moedas de ouro. Nada de soberanos, mas cada guinéu valia, naquele tempo, trinta xelins; e ele já havia embolsado naquelas buscas uma boa quantidade de guinéus. O assassino estava quase feliz e, se houvesse algum vivente naquela casa, como ele aliás suspeitava e em breve descobriria, seria bem mais feliz com tal criatura e até compartilharia com ela alguns tragos de bebida antes de lhe cortar a garganta. Ao invés dos tragos compartilhados, que tal presentear a pobre criatura mantendo intacta sua garganta? Oh, não! Isso seria impossível! Gargantas são o tipo de coisa que não se deve usar como retribuição. Negócios? Ah, estes vêm sempre em primeiro lugar. Assim, se considerarmos esses dois homens, estritamente, homens de negócios, eles possuem inegáveis méritos. Trabalham um contra o outro, como refrão e semirrefrão, estrofe e antístrofe. Vamos artesão, vamos assassino! Vamos padeiro, vamos demônio! Se observarmos o artesão, sua segurança agora parece estar assegurada. Aos cinco metros iniciais, dos quais mais de dois foram neutralizados pela distância da cama, ele conseguiu somar pouco menos de dois metros adicionais, de forma que para tocar o solo faltavam algo em torno de três, altura na qual um homem ou criança poderia saltar sem preocupar-se com ferimentos mais sérios. Portanto, a segurança do artesão estava assegurada, que é mais do que se poderia ter certeza no caso do miserável na sala de estar. Entretanto, este último não perdera sua calma – o motivo era que, apesar de toda sua astúcia, pela primeira vez havia amealhado uma quantia considerável. O leitor e eu sabemos, mas o assassino nem ao menos suspeitava de um pequeno fato de suma importância: durante um espaço de três minutos ele foi observado e estudado por alguém que (mergulhado em um livro de terror que se realizava, presa de um pânico mortal) tomou notas precisas, dentro de suas limitadas possibilidades de observação, o que permitiu perceber os sapatos que rangiam e a casaca forrada de seda, fatos que seriam reportados em outros locais, sendo bastante desfavoráveis ao assassino. É bem verdade que Williams ignorava que o jovem artesão "contemplara" o exame por ele realizado nos bolsos da sra. Williamson, e, por consequência, não poderia sentir qualquer inquietude no que tangia às atividades posteriores do mencionado artesão, especialmente dentro da nova especialidade deste último no ramo da confecção de cordas, embora tivesse razões suficientes para não querer desperdiçar muito tempo naquele local. Ainda assim, ele se demorou. Ao ler suas ações à luz dos traços silenciosos deixados para trás, a polícia percebeu que ele, ao final, havia sim perdido tempo. A razão desse fato é notável, uma vez que nos permite comprovar que ele não buscava com seus assassinatos apenas um meio para um fim, mas um meio que fosse um fim em si mesmo. Williams se encontrava naquele local há quinze ou vinte minutos e, nesse período, já resolvera, de maneira que considerava satisfatória, diversos assuntos. Tinha realizado, em linguagem comercial, "um negócio da China". Em dois andares, o térreo e o porão, ele conseguira "dar conta" de toda a população local. Mas restavam ao menos mais dois andares e, embora a acolhida fria do dono da casa o tivesse impedido de conhecer toda a família, ocorrera a ele ser provável que em algum dos pavimentos superiores houvesse gargantas para cortar. A pilhagem já estava completa. Era quase impossível haver algo mais, por mínimo que fosse, para qualquer outro que pretendesse recolher o restante. Quanto às gargantas – sim, as gargantas –, no caso desse produto em especial, talvez existisse algum fruto para colher. Assim, parece que, por sua sede de sangue, digna de um lobo, o sr. Williams se dispunha a colocar em risco os ganhos de seu trabalho noturno e seu futuro nesse ramo de atuação. Nesse momento, se o assassino soubesse tudo o que acontecia ao seu redor, poderia ver a janela aberta no andar de cima, pronta para a descida do artesão, testemunhar o esforço de vida ou morte deste para finalizar seu trabalho, e imaginar o poderoso clamor que, em noventa segundos, dominaria todos no populoso distrito – não existia imagem representando um maníaco em fuga desesperada, ou perseguindo alguém para extrair sua vingança, que ilustrasse de forma adequada a agônica precipitação em que ele estaria envolvido ao se dirigir para a evasão, o mais rápido possível, utilizando a porta da entrada. Essa alternativa de fuga ainda estava livre. Até aquele exato instante, havia tempo suficiente para uma escapada bem-sucedida e, portanto, para a próxima revolução naquela romântica vida abominável. Tinha em seus bolsos um espólio de mais de cem libras, o que garantiria tranquilamente um disfarce completo. Nessa própria noite, se raspasse seu cabelo amarelo e escurecesse as sobrancelhas, comprando, tão logo a luz do sol retornasse, uma peruca de cor escura e roupas que dessem a entender que era um respeitável homem de negócios, ele poderia ludibriar todas as impertinentes suspeitas dos policiais; navegaria em qualquer um dos muitos barcos que se dirigiam a portos na imensa costa (que se estendia por 3900 quilômetros) dos Estados Unidos da América; desfrutaria de cinquenta anos para seu tranquilo arrependimento; e poderia morrer envolto no odor da santidade. Por outro lado, se preferisse a vida ativa, não seria impossível que ele, com sutileza, ousadia e falta de escrúpulos, em uma terra na qual o processo de naturalização converte o estrangeiro de uma vez só em membro da família, poderia chegar até à presidência daquela grande nação. Haveria uma estátua em sua homenagem quando de seu falecimento; depois, uma biografia em três volumes *in quarto*, sem nenhuma menção ao número 29 da Ratcliff Highway. Tudo isso dependia dos próximos noventa segundos: dentro desse período, uma guinada abrupta deveria ser feita, pois, nesse caso, havia um caminho certo e um caminho errado. Se seu anjo da guarda o guiasse na direção do caminho correto, ele teria assegurada a prosperidade neste mundo. Mas, espere! Dentro de dois minutos, veremos que ele optará pelo caminho errado: então, Nêmesis estará em seus calcanhares e sua ruína será perfeita e abrupta.

Nesse ínterim, se o assassino se permitiu desperdiçar tempo, o fazedor de cordas não procedeu do mesmo modo. Sabia que o destino da pobre criança que residia na casa estava no fio da navalha: tudo dependia de ele conseguir dar o alarme antes que o assassino encontrasse o leito infantil. Naquele preciso minuto, quando a desesperada agitação quase paralisava seus dedos, ouviu o passo furtivo e soturno do assassino que se esgueirava, escada acima, na escuridão. O artesão esperava (baseado no som intenso da porta da frente ao ser fechada) que Williams, quando se dispusesse a continuar seu trabalho na parte superior da casa, viria em um veloz galope eufórico, acompanhado de um rugido como o dos tigres; tendo em vista os instintos naturais do assassino, talvez ele pudesse ter agido dessa forma, de fato. Mas seu modo costumeiro de aproximação, que tinha um efeito apavorante ao ser aplicado em conjunto ao efeito surpresa, tornava-se arriscado se as vítimas em potencial tinham tempo de levantar sua guarda. O passo era sobre a escadaria – mas em qual dos muitos degraus? O artesão desejava que fosse nos mais baixos; assim, nessa movimentação tão lenta e cautelosa, isso poderia ser decisivo; e se acaso fosse o décimo, o décimo segundo ou o décimo quarto degrau? É provável que nunca alguém tenha sentido sobre si uma carga de responsabilidade tão pesada como, naquele momento, a do artesão ao pensar na menina adormecida. Bastava que perdesse dois segundos, por inabilidade ou pelas reações adversas do pânico, e essa seria a diferença entre a vida e a morte para a menina. Ainda havia uma esperança, contudo, e nada poderia ilustrar a natureza infernal de alguém cuja sombra sinistra obscurecia, para usar uma expressão astrológica, a mansão da vida, com a meta de aniquilar tal esperança. O artesão pressentia que o assassino não ficaria satisfeito se tivesse de matar a pobre criança ainda inconsciente. Isso seria como que uma derrota ao propósito de matar por si só. Para um epicurista do assassinato como Williams, a situação arrancaria a essência da satisfação, qual seja, se a vítima bebesse da amarga taça da morte sem a exata compreensão do horror de sua situação. Tal entendimento, felizmente, exigia algum tempo: a dupla confusão da mente — primeiro, por ter sido desperta em horário tão inoportuno e, depois, pelo horror da ocasião em si, quando esta torna-se clara — produziria algum tipo de desfalecimento ou de insensibilidade, de perda da consciência imediata, e a recuperação de um estado mais equilibrado levaria algum tempo. A lógica do caso, em suma, repousava sobre a crueldade de extrema perversidade de Williams. Se ele estivesse susceptível a se contentar apenas com a morte da criança, sem se importar em saborear o processo de expansão da agonia mental de sua vítima — nesse caso, haveria pouca esperança. Mas nosso assassino era meticuloso em grau superlativo ao executar suas atividades — uma espécie de tiranete do arranjo cênico e na organização geral de seus assassinatos —, de forma que alguma esperança ainda parecia viável, uma vez que todos esses refinamentos exigiam tempo. Assassinatos movidos pela mera necessidade são cometidos precipitadamente; já um assassinato de pura volúpia, desinteressado, sem haver uma testemunha hostil sequer a ser despachada, nenhum ganho extra a ser pilhado, nenhuma vingança a ser saciada, não deve ser cometido de forma apressada para que seu sabor não seja arruinado. Se essa criança, de uma forma ou de outra, chegar a ser salva, o fato acontecerá tendo por base uma consideração puramente estética[6].

Entretanto, todas as considerações agora devem ser abreviadas. O som do segundo passo vem das escadas, ainda furtivo e cauteloso; depois, um terceiro: aparentemente, a sorte da criança está decidida. É,

---

6 Se alguns de meus leitores consideram a pura ferocidade atribuída a Williams um exagero de natureza romântica, recordo que, exceto pelo propósito de desfrutar da angústia de uma agonia em desespero, de saborear tal sensação, ele não tinha motivação, de qualquer natureza, para proceder com o assassínio da criança da casa dos Williamson. Ela não viu ou ouviu nada — estava dormindo profundamente, e a porta de seu quarto estava fechada; de forma que, como testemunha, ele sabia que ela era inútil, como os três cadáveres já produzidos. Ainda assim, estava preparando-se para matá-la, quando o alarme soado nas ruas o interrompeu.

contudo, nesse momento que todos os preparativos terminam. A janela está aberta, a corda pende com liberdade; o artesão se lança aos ares e já está no início de seu descenso. Apenas seu peso auxilia a descida, enquanto a resistência oferecida por suas mãos evita que o caminho seja percorrido com muita rapidez. O perigo, aliás, estava no deslizar da corda através das mãos: se ocorresse com demasiada velocidade, havia o risco de ele se chocar com extrema violência contra o solo. Por sorte, estava ganhando a disputa com o ímpeto da descida, os nós que deixou na extensão da corda serviam bem como pontos de retardo sucessivos. Mas ela se mostrou um metro e meio menor do que fora calculada e ele se viu suspenso no ar mais de três metros acima do solo, emudecido pelo abatimento súbito de suas expectativas e temendo a fratura de suas pernas, se se deixasse cair no sólido piso. Aquela noite não era tão escura quanto a dos assassinatos na casa dos Marr. Todavia, por um terrível acaso, para os parâmetros da polícia era pior que a mais negra noite que já ocultou as pistas de um assassino ou despistou uma perseguição. Londres estava coberta, de leste a oeste, por uma espessa capa de neblina ampla, universal, que subia do rio. Por causa desse acontecimento, o jovem que, por vinte ou trinta segundos, permaneceu balançando no ar não foi visto. Sua camisa branca, por fim, acabou por chamar a atenção de passantes. Três ou quatro pessoas acorreram para auxiliá-lo na descida, recebendo-o em seus braços, antecipando alguma terrível anunciação. Qual é a sua casa? Mesmo esse dado, por causa da neblina, não era perceptível de imediato; com seu dedo, o artesão apontou para a porta de Williamson e, sussurrando, disse: "O assassino dos Marr, trabalhando agora!"

Assim, tudo se explicou em um átimo: a linguagem silenciosa do fato tornou ainda mais eloquente sua revelação. O misterioso exterminador do número 29 da Ratcliff Highway visitava outra casa. Só uma pessoa – vejam só! – conseguiu escapar pelos ares, em seus trajes de dormir, para contar a história. Um impulso supersticioso servia como um entrave para a perseguição desse criminoso ininteligível. Moralmente, e em defesa da justiça divina, havia tudo para que tal perseguição fosse mantida, sustentada, acelerada.

Sim, o assassino dos Marr – homem de tanto mistério – estava atuando de novo; naquele exato instante, talvez, extinguia a lâmpada de outra vida e não em um local distante, remoto, mas ali, naquela residência que estava ao alcance das mãos dos ouvintes do espantoso anúncio. O caos e o furor cego que se seguiu e configurou o cenário, mesurado pelos numerosos relatos nos jornais dos dias subsequentes, não teve precedentes; em verdade, houve apenas um precedente – os fatos que se seguiram à absolvição dos sete bispos de Westminster, em 1688. No momento presente, havia muito mais que entusiasmo apaixonado. O movimento frenético que mesclava horror e exaltação – o uivo de vingança ascendeu instantaneamente a partir de uma única rua, depois, por um tipo de contágio magnético sublime, atingiu todas as ruas adjacentes – poderia ser expresso por uma arrebatadora e adequada passagem de Percy Shelley:

> O transporte de uma alegria monstruosa, feroz
> O medo se espalhou pelos caminhos congestionados
> Asas do medo, essa loucura absurda, veloz
> Despertaram e expiraram em glória os esfomeados
> Sua morte, entre cadáveres que se contorciam, agoniados,
> Ouviram as boas novas, e seus enfraquecidos olhos fecharam;
> De casa a casa, os uivos de resposta esperançados
> Com a força dos clamores a abóbada dos céus sacudiram,
> De ecos a terra amedrontada preencheram.[7]

De fato, havia algo de inexplicável na articulação instantânea do grito da massa em relação ao seu verdadeiro sentido. O rugido mortal de vingança e sua unidade sublime nesse distrito foram

---

[7] Percy Bysshe Shelley, *Revolta do Islã*, canto XII.

responsabilidade, verdade seja dita, desse demônio que dominou e tiranizou, por doze dias, os corações e as mentes do público geral: cada porta e cada janela na vizinhança se abriram em uníssono, como se obedecessem a um único chamado; multidões, que não respeitaram os usuais meios de saída, saltaram das janelas mais baixas direto para as ruas; homens enfermos se levantaram de seus leitos; em um caso que confirmava a imagem de Shelley (versos 4, 5, 6 e 7), um homem cuja morte era esperada há algum tempo – e que, por fim, acabou por falecer no dia seguinte – levantou-se, armou-se de uma espada e saiu, de camisa, para a rua. A oportunidade era bastante favorável, a turba bem o sabia, para pegar o cão sangrento em seu ponto alto, no carnaval de suas orgias de sangue, no centro de seu matadouro. Por um momento, o agrupamento se desconcertou com seu tamanho e sua fúria. Mas mesmo essa fúria, imensa, acabou por ceder espaço ao chamado do autocontrole. Era evidente ser necessário derrubar a maciça porta, uma vez que não havia na casa ninguém vivo que pudesse colaborar com aqueles esforços coletivos de fora, com exceção de uma criança do sexo feminino. Barras de ferro foram aplicadas com destreza e, em um minuto, as pessoas entraram na residência como uma torrente. É possível imaginar a irritação e a agitação da fúria destruidora coletiva quando um dos notáveis do bairro, com um gesto, ordenou a todos uma pausa de absoluto silêncio. Na esperança de captar alguma informação útil, a multidão ficou muda. "Escutem", disse o homem com autoridade, "temos de saber se ele está nos pisos superiores ou inferiores." Nisso, um ruído foi ouvido, como se alguém forçasse uma janela, um som que vinha claramente de um dos quartos acima. Sim, era evidente que o assassino ainda estava na casa: ele caíra em uma armadilha. Não estando familiarizado com os detalhes da casa dos Williamson, ao que tudo indica, tornara-se prisioneiro dos quartos nos andares superiores. Diante disso, a massa humana se lançou pelas escadas, subindo com ímpeto. A porta do quarto, contudo, estava trancada e, enquanto se procedia ao seu arrombamento, um grande estrondo, indicando a queda tanto dos vidros de uma janela quanto de sua estrutura, anunciou a fuga do patife. Ele saltou para a rua e diversas pessoas do grupo, galvanizados pela fúria geral, saltaram também, em sua perseguição. Elas não se preocuparam com a natureza do terreno, que, depois, à luz das tochas, atestaram ser um plano inclinado ou um aterro enlameado, bastante úmido e aderente. As pegadas do homem em fuga ficaram impressas na lama, com certa profundidade, e foram facilmente rastreadas até a parte mais alta do aterro; logo, porém, percebeu-se que a perseguição era inútil, pela densidade da neblina. Era impossível identificar um homem a mais de meio metro de distância; se alguém fosse capturado, não seria possível assegurar que se tratava da pessoa que se perdera de vista. Nunca, ao longo do curso de um século, houve noite tão propicia à fuga de um criminoso: agora, para suas dissimulações, Williams dispunha de recursos abundantes; eram inumeráveis os covis ao longo do rio em que poderia se abrigar por anos para evitar incômodas investigações. Mas os favores são como pérolas jogadas aos porcos pelos imprudentes e pelos displicentes. Naquela noite, quando a hora decisiva se ofereceu como solução para seu futuro, Williams tomou o caminho errado; afinal, por mera indolência, ele retornou para seu antigo alojamento, local que, em toda a Inglaterra, teria todos os motivos para abandonar.

Do lado de dentro, realizavam-se buscas minuciosas na residência de Williamson. A primeira investigação dizia respeito à pequena neta. Williams, evidentemente, chegou a entrar no quarto dela e, ao que tudo indicava, foi ali surpreendido pelo alvoroço que vinha das ruas. Depois disso, sua atenção concentrou-se nas janelas, única via de escape que dispunha. Mas, se logrou fugir, foi graças à névoa, à confusão do momento e à dificuldade de chegar até a casa pelos fundos. A menina, como seria de se esperar, estava agitada por aquele fluxo de estranhos àquela hora da noite;

no entanto, graças às precauções humanitárias dos vizinhos, foi poupada de conhecer todos os tenebrosos eventos que ocorreram ao dormir. O pobre avô permaneceu desaparecido até que se resolveu inspecionar o porão, onde foi encontrado, prostrado no piso. Tudo indicava que Williamson fora atirado do alto das escadas que levavam ao porão, com tamanha violência que uma de suas pernas estava quebrada. Depois de incapacitado de toda reação, Williams cortou sua garganta. Houve muita discussão à época, nos periódicos mais populares, a respeito da possibilidade de reconciliar esses incidentes com outras circunstâncias do caso, supondo que fosse obra de apenas uma pessoa. Entretanto, que apenas um assassino estivesse envolvido parecia ser um fato fora de qualquer questionamento. Na casa dos Marr, somente uma pessoa foi vista e ouvida; na sala da sra. Williamson, o jovem artesão só viu uma figura, sem dúvida a mesma, e as marcas deixadas no aterro correspondiam aos pés de uma única pessoa. Aparentemente, os acontecimentos seguiram uma ordem definida: o assassino se apresentara a Williamson para comprar cerveja. Tal pedido obrigou o velho a descer até o porão; Williams aguardou um instante e logo fechou a porta da frente, com a estrondosa violência depois descrita. Williamson, alarmado pela ruído, provavelmente apressou-se em retornar pelas escadas. O assassino, sabendo que sua vítima teria tal reação, estava esperando para atirá-lo escada abaixo; depois disso, desceu ao porão para consumar o assassinato, utilizando sua técnica predileta. Tudo isso aconteceu em um minuto, talvez um minuto e meio, o que explicaria o intervalo, registrado pelo artesão, entre o ruído alarmante na porta da frente e o lamentável grito da criada. A razão de nenhum grito ter sido ouvido partindo dos lábios da sra. Williamson foi indicada pela posição dos corpos, como descrevemos. Vindo por trás da sra. Williamson, sem ser visto e sem ser ouvido, pela surdez dela, o assassino infligiu a completa abolição da consciência de sua segunda vítima, que sequer percebeu a presença de um estranho na casa. Com a serva, que necessariamente testemunhou o ataque contra sua patroa, ele não conseguiu uma vantagem tão completa; assim, sua terceira vítima ainda conseguiu articular seu agônico grito.

Já foi dito que por duas semanas não houve qualquer suspeita sobre quem seria o assassino dos Marr – ou seja, antes dos assassinatos dos Williamson, o público em geral e a polícia não dispunham do menor indício possível para fundamentar qualquer suspeita. Mas havia duas exceções, muito limitadas a esse estado de ignorância absoluta. Alguns magistrados tinham em sua posse algo que, quando analisado de perto, oferecia meios factíveis de rastrear o criminoso. Porém, o rastreamento sequer fora feito. Só na manhã de sexta-feira, que se seguiu à morte dos Marr, foi anunciado pelas autoridades que um malho de carpintaria naval (utilizado para deixar suas vítimas inconscientes, antes de serem assassinadas) fora encontrado, com as iniciais "J.P." O objeto, graças a um estranho descuido por parte do assassino, foi deixado para trás na loja de Marr; trata-se de um fato interessante, pois, se o vilão fosse interceptado pelo valente dono da loja de penhores, estaria virtualmente desarmado. A notificação pública ocorreu, de modo oficial, na sexta-feira – ou seja, no décimo terceiro dia após o primeiro assassinato. E foi logo seguida (como veremos) por um resultado de suma importância. Entretanto, no segredo de um dormitório em Londres, Williams havia sido, desde o início – ao menos, após a tragédia que se abateu sobre a família Marr –, objeto de profundas suspeitas, repetidas em voz baixa. E, singularmente, toda essa suspeita foi resultado de sua conduta insensata. A pousada na qual Williams estava alojado abrigava indivíduos de diferentes nações. Em um amplo dormitório, havia cinco ou seis camas, ocupadas por trabalhadores de índole respeitável. Eram dois ingleses, um ou dois escoceses, três ou quatro alemães e Williams, cujo local de nascimento é incerto. Na terrível noite de sábado, ao voltar de seus afazeres atrozes, encontrou os ingleses e escoceses já adormecidos, mas os alemães estavam despertos; um deles, sentado com uma vela em suas mãos, lia em voz alta para os outros dois. Diante disso, Williams disse, em tom agressivo e peremptório: "Apague essa vela, apague agora. Vai incendiar a nós todos em nossas camas." Se os ingleses estivessem acordados, a arrogante ordem teria provocado um motim. Mas os germânicos, de modo geral, possuem um temperamento manso e dócil, de forma que atenderam o comando dado e eliminaram o foco de luz. Contudo, como ali não havia cortinas, ocorreu aos alemães que não havia risco algum de incêndio, pois os lençóis e outras roupas de cama, se estiverem empilhadas, não queimam, tanto como as páginas de um livro fechado. Posteriormente, em suas conversações íntimas, concluíram que o tal sr. Williams devia ter algum motivo urgente para suprimir qualquer observação sobre sua pessoa e seus pertences. O possível motivo se tornou claro e atroz, no dia seguinte, com as notícias que se difundiram por toda Londres e que chegaram ao alojamento, naturalmente, que se situava a menos de quatro quarteirões da casa dos Marr. Como seria de se imaginar, a suspeita inicial logo foi comunicada aos outros companheiros de dormitório. Todos eles, todavia, estavam cientes do perigo, em termos jurídicos e dentro da lei inglesa, de se fazer alegações – mesmo que corretas, mas sem provas – contra um homem. Na verdade, se Williams tivesse tomado as precauções mais óbvias e, tão somente, caminhado até o Tâmisa (que ficava a um tiro de pedra de onde residia) para se livrar de seus instrumentos de trabalho, não seria possível obter contra ele nenhuma prova contundente. Ele teria realizado o esquema de François Courvoisier (o assassino de lorde William Russell), ou seja, obter o salário de cada mês mediante um assassinato bem realizado. Nesse intervalo, os colegas de dormitório já estavam satisfeitos com suas inferências e esperavam evidências que satisfizessem eventuais ilações alheias. Por isso, quando se fez o anúncio oficial sobre as letras "J.P." no malho, os moradores do alojamento reconheceram as iniciais do conhecido e honrado carpinteiro naval norueguês, John Petersen, que trabalhou nas docas da Inglaterra até aquele ano, pois, com o surgimento de uma oportunidade para visitar seu país natal, ele deixara sua caixa de ferramentas em algum desvão daquele local. Os desvãos foram, então, revistados com extremo cuidado. O baú com as ferramentas de Petersen foi encontrado, mas não o malho, de forma que se procederam novas investigações, com resultados alarmantes. O médico que examinou os corpos encontrados na residência dos Williamson declarou que o instrumento usado para a degola não foi uma navalha comum, mas um tipo de objeto de feitio diferenciado. Os moradores do alojamento, então, lembraram-se que, há pouco tempo, Williams obteve por empréstimo uma longa faca francesa de construção peculiar; em um monte de lenha e de trapos encontraram um casaco que todos ali podiam jurar ter sido usado recentemente por ele. E, no casaco, grudada com sangue ao tecido de um dos bolsos, a tal faca francesa. Depois, era do conhecimento de todos no alojamento que Williams, em geral, usava um par de sapatos que rangiam, e um casaco marrom com forro de seda. Não foram necessárias presunções adicionais. Williams foi imediatamente preso e interrogado. Isso aconteceu na sexta-feira. No sábado de manhã (quatorze dias depois dos assassinatos dos Marr), estava diante do juiz. As evidências circunstanciais eram esmagadoras; Williams acompanhou todo o procedimento jurídico, mas pouco falou. Ao final, foi definido que seria julgado nas próximas sessões do tribunal; desnecessário dizer que, no caminho para sua detenção, a população o caçou com tamanha violência que dificilmente teria escapado de um justiçamento sumário, em circunstâncias normais. Mas, dada a notoriedade do caso, uma forte escolta foi providenciada, e o acusado chegou em segurança à prisão. Nesta prisão, em particular, à época, a regra dizia que, às cinco da tarde em ponto, todos os prisioneiros da seção criminal deveriam ser trancafiados para passar a noite, sem direito a velas. Por quatorze horas (ou seja, até às sete da manhã do dia seguinte) eram deixados à própria sorte, na total escuridão. Foi o tempo necessário para Williams cometer suicídio. Os meios necessários eram bastante escassos. Havia, na cela, uma barra de ferro empregada para (se bem me recordo) a suspensão de uma lâmpada; nessa barra, ele se enforcou, utilizando seu suspensório. É incerto o horário em que o suicídio ocorreu: alguns imaginam que foi à meia-noite. Nesse caso, teria sido na hora em que, quatorze dias antes, ele espalhara horror e desolação no lar da pobre família Marr; assim, foi forçado a beber da mesma taça de fel, trazida aos lábios pelas mesmas mãos amaldiçoadas.

■ ■

O caso dos M'Kean, ao qual aludi de maneira especial, merece igualmente um breve relato face ao terror pitoresco de duas ou três de suas circunstâncias. O cenário deste assassinato: uma rústica estalagem, distante alguns quilômetros (creio eu) de Manchester. Sua vantajosa situação, é provável, foi a origem das duplas tentações peculiares desse caso. De modo geral, seria de se supor que uma estalagem estaria rodeada de vizinhos – por causa deles ela teria sido aberta. No entanto, esta era uma casa solitária, de forma que não seria possível interrupções, causadas por gritos, da parte de pessoas que vivessem próximas; mesmo assim, a vizinhança local da região era particularmente numerosa. Como consequência, uma associação beneficente celebrava suas reuniões semanais no dito estabelecimento e guardava seu dinheiro sob custódia do proprietário do salão. Esses fundos alcançavam, com frequência, um montante considerável, entre 57 libras, antes da transferência final para as mãos de um banqueiro. Ou seja, tratava-se de um tesouro que valia algum risco, em uma situação que prometia certa margem de tranquilidade. Essas circunstâncias atrativas, por acidente, tornaram-se de conhecimento de um ou ambos os M'Kean, em um momento, infeliz, de terrível desventura para eles. Viviam do comércio ambulante e eram, até pouco tempo antes, pessoas honestas; mas uma crise mercantil os levou à ruína, na qual o capital que acumularam foi sugado até o último xelim. A súbita queda os levou ao desespero: até a propriedade de que dispunham foi engolida por essa grande catástrofe social, de forma que julgaram ser a sociedade, de modo geral, a responsável por esse tipo de roubo. Atacavam dessa maneira a sociedade, acreditando estar em busca de um tipo selvagem e natural de justiça. É bem verdade que o dinheiro visado por eles consistia de fundos públicos, já que era o resultado de diversas subscrições. Contudo, não atentaram ao fato de que, no caso dos atos assassinos, os quais tinham em mente como atividades preliminares ao roubo, não seria possível alegar tal imaginário precedente social. Para que tudo corresse bem ao lidar com uma família quase indefesa, contavam com a própria força física. Eram homens jovens e vigorosos, de 28 e 32 anos; um pouco baixos, no que tange à estatura, mas robustos, de peito e costas largos, tão bem formados na simetria de seus membros e articulações que, após a execução de ambos, os corpos foram mantidos em exibição privada pelos cirurgiões do Hospital de Manchester, como objetos de interesse por sua natureza escultural. Por outro lado, a família que os M'Kean se dispunham a atacar era constituída de quatro membros: 1. o proprietário, um atarracado fazendeiro – que os agressores pretendiam incapacitar com um novo artifício empregado pelos ladrões, o de peçonhar[8], ou seja, de colocar discretamente uma boa quantidade de láudano na bebida da vítima; 2. a esposa do proprietário; 3. uma jovem criada; 4. um rapaz, de doze ou quatorze anos. O perigo, no caso das quatro pessoas, era que se encontrassem em lugares distintos da casa, que tinha duas saídas, e que uma delas conseguisse escapar; como elas conheciam melhor as vias adjacentes, talvez conseguissem

---

8 Em inglês, *hocussing*, palavra derivada de *hocus*, ou seja, "adicionar droga a uma bebida". Optamos aqui por transformar o substantivo peçonha em verbo, adaptando o sentido e a funcionalidade do termo original. (N. da T.)

pedir socorro no setor mais populoso da região. Os atacantes optaram, então, por utilizar as circunstâncias como guia da execução de seus planos e, uma vez que seria essencial para o sucesso da empreitada, dar a entender que não se conheciam, definindo um esboço geral do que fariam, já que não poderiam se comunicar diante da família sem despertar fortes suspeitas. A ação inicial compreendia ao menos um assassinato; por outro lado, no caso das demais, ficou claro que planejavam levar a cabo suas operações com o mínimo de derramamento de sangue possível. No dia combinado, eles se apresentaram em horários diferentes na rústica estalagem. O primeiro chegou por volta das quatro da tarde; o segundo, depois das sete e meia da noite. Os dois se saudaram à distância, com timidez e, embora trocassem algumas poucas palavras como se fossem estranhos, deram a entender que não pretendiam estabelecer nenhum contato mais íntimo. Contudo, quando o proprietário voltou de Manchester, por volta das oito da noite, um dos irmãos M'Kean estabeleceu com ele uma animada conversação, convidando-o a tomar um copo de ponche; em dado momento, quando a eventual ausência do proprietário assim o permitiu, colocou uma colherada de láudano no copo da vítima. Pouco tempo depois, o relógio deu dez horas; diante disso, o M'Kean mais velho afirmou estar cansado e pediu para ser conduzido ao seu quarto — pois cada um dos irmãos solicitara um leito ao chegar à estalagem. Assim, a pobre criada apresentou-se com uma vela na mão para levá-lo ao seu destino, no andar superior. Nesse instante crítico, a família estava distribuída da seguinte forma: o proprietário, entorpecido pelo hórrido narcótico que bebera, inadvertidamente, havia se retirado para um cômodo privado junto ao salão público, com o propósito de se deitar em um sofá, sendo, para sua sorte, visto pelos irmãos M'Kean como alguém incapacitado de qualquer ação. A esposa do proprietário estava ocupada com seu marido, sendo que o M'Kean mais jovem foi deixado sozinho, no salão.

Logo, ele se levantou e se pôs no final da escada que o irmão acabara de subir, para interceptar qualquer fugitivo do andar superior. Nessa hora, o M'Kean mais velho entrou no dormitório, guiado pela criada, que indicou as duas camas, uma delas ocupada pelo rapaz da estalagem; os dois forasteiros deveriam se entender sobre como deviam passar a noite, utilizando aquelas instalações. Dizendo isso, ela entregou-lhe a vela, que foi colocada em cima da mesa; ato contínuo, ele interceptou a saída da moça, jogando o braço ao redor de seu pescoço, como se, com esse gesto, pretendesse beijá-la. Foi essa a atitude que ela havia previsto, e da qual tratou de escapar. Imaginemos seu horror ao sentir a pérfida mão segurar seu pescoço e, utilizando uma navalha, cortar violentamente sua garganta. Foi capaz de emitir apenas um grito antes de cair, desfalecida. O espetáculo pavoroso foi testemunhado pelo jovem, que não estava dormindo, que teve presença de espírito para fechar os olhos. O assassino avançou, resoluto, para a cama ocupada e examinou a expressão do jovem; insatisfeito, colocou a mão no peito de sua segunda vítima em potencial, buscando avaliar, pelos batimentos cardíacos, se o menino dormia ou não. Tratava-se de uma avaliação pavorosa – sem dúvida, o dorminhoco fingido seria descoberto se, repentinamente, um espetáculo impressionante não tivesse chamado a atenção do assassino. De modo solene, em silêncio fantasmagórico, a pobre moça se levantou em seu delírio de morte: de pé, deu alguns passos firmes na direção da porta. O assassino se voltou para persegui-la; o garoto, que compreendeu ser essa sua única chance de fugir, saltou da cama. Um dos assassinos estava no piso superior; o outro, ao pé da escada – quem poderia imaginar que o rapaz teria qualquer possibilidade de escapar? No entanto, e de forma bastante natural, ele superou todos os obstáculos. Dominado pelo horror, colocou a mão esquerda sobre a balaustrada e deu um salto, sobrevoando a escada para alcançar o andar inferior sem haver tocado em um único degrau. Assim, ultrapassou com eficácia um dos assassinos; o outro, contudo, ainda não fora superado e tal proeza seria impossível, se não fosse por um incidente repentino. A proprietária, alarmada pelo enfraquecido grito de sua criada, saiu apressadamente do cômodo em que estava com o marido para ajudar a moça, mas, no início da escadaria, foi interceptada pelo irmão mais novo, engajando-se em luta corporal com ele. A confusão desse conflito de vida e morte permitiu ao garoto uma fuga um pouco mais tranquila. Para sua sorte, ele optou por se encaminhar para a cozinha, no fim da qual estava a porta dos fundos, trancada por um simples ferrolho, que foi deslocado com um mero toque; através dessa porta, fugiu para os campos. Todavia, nesse exato instante, o irmão mais velho estava livre para encetar sua perseguição, pois a morte da pobre moça estava consumada. Não há dúvidas de que, dominada pelo delírio da morte, a imagem que se movia preenchendo sua mente era da associação que se reunia ali, uma vez por semana. Imaginou que era dia de uma dessas reuniões e avançou, cambaleante, em busca de proteção e auxílio no salão público, mas, já na entrada, desabou uma segunda vez para não se levantar mais. Seu assassino, que a acompanhara com diligência, agora podia tratar da perseguição do garoto. Nesse ponto crucial, tudo estava em jogo: se a captura da testemunha que escapara não fosse realizada, todo o empreendimento estaria arruinado. Passando direto por seu irmão e pela proprietária, ele atravessou a porta aberta a toda velocidade, em direção aos campos. Por um segundo, se muito, chegou atrasado. O garoto tinha plena consciência de que, se permanecesse visível, não teria chance de fugir daquele homem jovem e vigoroso. Assim, saltou para uma vala, na qual mergulhou de cabeça. Se o assassino tivesse inspecionado a vala mais próxima com atenção, teria encontrado o rapaz, facilmente perceptível por sua camisa branca. Entretanto, o mais velho dos M'Kean havia perdido todo o ânimo por não ter alcançado o fugitivo de imediato, e seu desânimo crescia a cada segundo. Se o jovem conseguisse mesmo escapar para alguma fazenda próxima, um grupo de homens poderia ser formado em cerca de cinco minutos e isso tornaria bastante difícil uma evasão discreta, pois o irmão e ele não possuíam um profundo conhecimento dos caminhos da região. Não restou opção além de fugirem ambos, e imediatamente, motivo pelo qual a proprietária, ainda que bastante ferida, conseguiu salvar-se – para logo se recuperar –, enquanto seu marido saiu ileso graças à poção estupefaciente que havia ingerido. Por seu lado, os assassinos, perplexos, tiveram de lidar com a angústia de saber que seu crime sangrento fora de todo inútil. O caminho para o dinheiro da associação estivera livre: não mais que quarenta segundos teriam sido necessários para encontrar o baú do tesouro, arrombá-lo e saquear seu conteúdo. O medo de que potenciais inimigos surgissem, porém, foi mais forte: rapidamente, eles tomaram a estrada, cruzando sem saber com o garoto, escondido a menos de dois metros. Passaram a noite em Manchester. Quando o dia raiou, estavam em um bosque a cerca de trinta quilômetros da cena de seu culpável atentado. Prosseguiram a marcha por mais duas noites, sempre descansando durante o dia. Ao nascer do sol do quarto dia, entraram em uma aldeia próxima de Kirkby Lonsdale, em Westmorland. Deveriam ter tomado uma rota mais direta, uma vez que o objetivo deles era Ayrshire, seu condado natal. O caminho natural os levaria através de Shap, Penrith e Carlisle, mas os irmãos, provavelmente, buscavam evitar as diligências que, nas últimas trinta horas, espalharam por todas as estalagens e bares próximos à estrada cartazes descrevendo a aparência e as roupas dos assassinos. Ocorre que, na quarta manhã, talvez de forma intencional, eles optaram por entrar na vila com uma diferença de dez minutos entre um e outro. Estavam exaustos, doloridos, sendo fácil detê-los. Um ferreiro os reconheceu ao comparar a aparência de ambos com a descrição impressa. Foram presos também separadamente. O julgamento e a condenação correram rápidos no tribunal de Lancaster; em poucos dias, como usual à época, foram executados. O caso de ambos se situava no que, nos dias atuais, seriam consideradas circunstâncias atenuantes – pois se a necessidade de cometer um assassinato não os dissuadiu de seu crime, era evidente que queriam economizar o máximo possível a quantidade de sangue derramado. Incomensurável, portanto, a distância que os separava de um monstro, como Williams. A execução dos irmãos ocorreu no patíbulo; como mencionado, Williams o foi pelas próprias mãos e, em obediência às leis vigentes por aquele tempo, enterrado no centro de um *quadrivium*, ou confluência de quatro caminhos (no caso, de quatro ruas), com uma estaca cravada no coração. Sobre ele, há o fragor perpétuo da incessante agitação de Londres!

A PRÁTICA

NUANCES HOMICIDAS:

JOSÉ FERNÁNDEZ BREMÓN
UM CRIME CIENTÍFICO

PRIMEIRA PARTE

I.

Os moradores de um povoado em Castela carregavam de grãos suas carroças e dispunham seu gado na praça para conduzi-los à feira. Aqueles que nada tinham para vender, ajudavam nas tarefas de carregamento ou formavam pequenos grupos alvoroçados. Na porta de uma das casas, havia uma carroça tão sobrecarregada de trigo que os sacos formavam algo como uma cadeia montanhosa; quatro robustas mulas atreladas esperavam em trajes de passeio – ou seja, levavam em albardas, no dorso, as rações para a viagem, como levamos nossas carteiras durante uma viagem. A carroça, os arreios e o gado indicavam de seus donos tranquilidade e abundância; apesar disso, uma jovem mulher de expressão inquieta e voz embargada dirigia a palavra a um corpulento camponês que, chibata em mãos, dispunha-se a arrear as bestas de carga.

"Por Deus, Tomás! Não aposte nos jogos da feira! Está em suas mãos tudo o que temos no mundo e, se perde, teremos de penhorar até os nossos olhos."

"Não se preocupe, Lúcia", respondeu o sujeito, observando carinhosamente a mulher, "depois de amanhã estarei de volta, a carroça vazia, a bolsa bem cheia. Ando sem sorte, mas, de qualquer forma, não se esqueça: prometi ficar longe das apostas."

A expressão do marido era tão franca e expressiva que Lúcia não teve opção a não ser confiar nele. As mulheres sempre acreditam naquilo que bonitos olhos dizem – e os de Tomás eram grandes e negros.

Lúcia se mostrou alegre e Tomás manejou as mulas com a satisfação de sempre, ao manipular a chibata.

"Opa! Seu Tomás!", disse um arrieiro, que carregava a última mula do comboio: "Vossa Senhoria vai tomar o atalho, em vez de fazer companhia para nós pela estrada?"

"Como não, se economizo meia légua de caminho?"

"Mas, veja só, o atalho é muito sombrio. Há um trecho nele que dá medo."

"Faz bem, meu rapaz", disse a Tomás, o alcaide, que chegava para participar do diálogo. "Estas pessoas fazem um enorme esforço, na forma de voltas inúteis, para não passar pelo castelo, como se houvesse ladrões no bosque, sem considerar que o dono da propriedade é um dos nossos melhores concidadãos, extremamente caridoso e excelente médico, que me curou da catarata."

"Na minha opinião, ele é um bom homem", disse uma bela e jovem moça.

"Creio que isso é verdade, garota", respondeu outra, com ênfase rancorosa. "Assim como você disse um dia desses que ele tinha olhos muito bonitos e ficou a observá-los, ao modo dos enamorados. É claro que os da filha parecem os olhos de uma morta e o criado dele, que é caolho, só tem um, mas de um tipo tão espantoso que nunca vi igual em minha vida. Além disso, a filha deve ser muito orgulhosa: já a encontrei duas vezes, sempre de braços dados com o pai, mas ela nunca respondeu meus cumprimentos."

"Muito se equivoca, senhor alcaide", replicou um velho camponês, "há algo de horrível acontecendo naquele castelo e eu ouvi gritos de uma pessoa, vindos de lá."

"Isso é uma suspeita sua, caro Matalobos. Antolin, por sua vez, disse que ouviu grunhidos de porco, como em um matadouro. Pascual ouviu uivos de cães. Todos afirmam, sem chegar a um acordo, que os gritos eram de animais."

"Ainda que seja assim, 'seu' alcaide", insistiu o velho, "algo de horrível deve estar acontecendo, em uma casa na qual os animais berram como se estivessem sendo degolados. Além disso, o menino de la Blasa, desde que o sr. Ojeda lhe dirigiu o olhar, pegou anemia, porque aquele sujeito tem mau-olhado."

"Está bem, está bem! Até a volta!", disse Tomás, com ironia, voltando a conduzir seu gado. "E vamos ver se também pego anemia", completou, ao sair do povoado, bebericando alguns tragos do vinho que levava.

A cerca de duzentos passos da aldeia, um homem esquálido chegou até ele, a toda velocidade. Tratava-se de um funcionário quádruplo, pois servia de mensageiro, polícia, coveiro e pregoeiro.

"Da parte do alcaide, e em privado", disse para Tomás, com grande mistério. "Procure observar o que acontece no castelo, quando passar por ele."

"E por que ele não me pediu isso lá na praça?", retrucou o camponês, com surpresa.

"Hã?", respondeu o policial, coçando a cabeça. "Foi... porque assuntos desse tipo devem ser tratados de modo diferente dos outros... O alcaide não deseja que os concidadãos fiquem sabendo, porque as pessoas devem sempre saber menos que o alcaide. A verdade: essa família é muito esquisita e ninguém passa por esse atalho faz tempo... Eu mesmo sempre pego a estrada, desde que observei algo... muito irregular."

"Posso saber o que foi isso, 'seu' Esqueleto?", perguntou Tomás, oferecendo-lhe um trago como forma de suborno.

"Olha, eu vou contar, não por seu vinho", observou 'seu' Esqueleto, após provar a bebida oferecida, "mas porque você está encarregado de um serviço público, o que prova a confiança do alcaide em sua pessoa. Pois imagine que, ao levar uma carta para o castelo, uns dois meses atrás, enquanto era recebido na porta pelo criado caolho, comecei a observar com atenção as galinhas que andavam, soltas, no quintal da casa." A voz de "seu" Esqueleto parecia embargada.

"E o que você viu?", questionou Tomás, impaciente.

"Vi, com os próprios olhos, que todas as galinhas eram caolhas."

"Seu" Esqueleto se afastou, deixando Tomás absorto com aquela confidência. Não era supersticioso, mas as observações daquele policial, a ordem reservada do alcaide e os receios de quase todos os seus vizinhos, tudo isso unificado pela solidão do atalho que tomava, já estando em pleno bosque, produziram em Tomás um desassossego tenso, acalmado em parte pelo conteúdo de sua garrafa, pois o vinho é o éter dos valentes. Mais de uma vez, e mais de duas, durante o longo e solitário caminho, voltou a cabeça, temeroso de que alguém o estivesse seguindo. Mas tratava-se de um bando de pardais, disputando os grãos de trigo que caíam de sua carroça.

"Conheço galinhas de pés emplumados", pensava Tomás, "aquelas que botam ovos coloridos, enquanto outras têm penachos bem curiosos. Mas nunca ouvi falar de todo um galinheiro caolho."

E seu espírito, pouco dado ao prodigioso, buscava em vão explicações naturais para o fenômeno.

"Ainda bem que prometi ficar longe das apostas", disse para si, "essa paisagem e ainda por cima aquela conversa toda sobre caolhos e mau agouro poderiam me fazer perder o preço do trigo. Ou seja, em dias assim, melhor não apostar."

Com o desenrolar de tantas elucubrações, Tomás estava bem próximo do castelo. Sem dúvida, por ali reinavam os ventos, pois as árvores estavam todas inclinadas na mesma direção, pareciam soldados dispersos que fugiam do castelo. Já nos arredores do edifício, o bosque era mais denso, intrincado e as árvores, numerosas e submetidas em sua juventude aos efeitos dos redemoinhos de vento, disputavam o terreno, travando luta feroz tronco a tronco, que se retorciam uns sobre os outros. Seu aspecto era selvagem e formidável. Talvez fossem assim as batalhas primevas, em que as tribos humanas, acossadas pela fome, lançavam-se com fúria à luta corporal sem outra arma que pedras, e sem outro fim além de devorarem-se mutuamente. Alguns troncos estavam curvos, submetidos ao peso de outros; alguns, através de galhos vigorosos, atingiam as árvores mais débeis, arrancando suas raízes, no solo. Outro grupo, composto por elementos disformes e comprimidos, parecia condenado ao desespero eterno e silencioso, ameaçando os céus com seus punhos. Aniquilados e desfeitos, outros jaziam por terra, e aquele conjunto – aquela massa de árvores – era fantástico e temível; faltava apenas, para sua sinistra majestade, uma coroa de nuvens e de raios.

O camponês estava pálido; depois de vacilar por alguns instantes, decidiu parar as mulas e atravessar pelo meio das árvores que conduziam ao castelo; mas, nos primeiros passos, logo se deteve, agitado e impressionado. Em qualquer outra ocasião, aquele espetáculo lhe provocaria o riso; ali, porém, teve um caráter diabólico e avassalador.

Um magnífico orangotango o observava, fixamente, no ponto de entrada do caminho, gesticulando e dando saltos. Tomás notou, espantado, que o macaco tinha apenas um olho.

O condutor da carroça procurou recompor-se dessas intensas emoções e teve coragem de dar mais alguns passos; um áspero grunhido o fez virar a cabeça para encontrar um porco, que se esfregava em um charco próximo. Observou o animal com receio... Isso bastou para, apressadamente, regressar à carroça e fazer soar seu chicote. As mulas partiram com rapidez, na direção da feira.

Aquilo era demais: o porco também era caolho.

Após dois ou três minutos, Tomás ouviu um ruído estranho às costas: era o porco que corria a toda, bufando, carregando o orangotango, que oprimia o lombo de sua montaria com imenso prazer.

II.

O dr. Ojeda fora, em seus bons tempos de juventude, um famoso oftalmologista: suas pomadas e colírios eram de tal valor que acabavam falsificadas, como os bilhetes do banco nacional. Ele realizara um estudo profundo de todas as partes do olho, queimando as próprias pestanas em horas de leitura; era o tutor das pupilas e dissipava nuvens para que suas cores mais puras luzissem na íris dos olhos que tratava. Instrumentos complicados, sutis e estranhos de sua invenção permitiam um mergulho no globo ocular com singular atrevimento; esvaziava olhos inúteis e colocava em seu lugar olhos de vidro, cujas aparências eram irresistíveis. Em seu escritório, havia apenas elementos relativos ao ofício de oftalmologista, pois até o único objeto frívolo que adornava o local era uma estátua de Argos, representada com cem olhos.

Sua esposa, rodeada por imitações de olhos, por enfermidades da visão, e não ouvindo falar em sua casa de nada além de cataratas e oftalmias, da visão, da retina e da esclera, tomara um verdadeiro ojeriza àquele aborrecido tema relacionado com a vista. Mais de uma vez, nas disputas conjugais que tanto incômodo lhe causavam, esteve a ponto de arrancar os olhos do marido. Com o tédio, e sem ter sido capaz de satisfazer esse desejo cruel, faleceu ao dar à luz uma menina completamente cega.

Ojeda recebeu com tristeza tal legado, fruto da má vontade de sua senhora.

Tinha sobre ele um efeito desastroso ouvir o seguinte diálogo:
"De quem é essa menina cega?"
"De Ojeda, o oftalmologista."

O carinho que sentia pela menina, o zelo por sua reputação médica e a tenacidade científica do sábio em luta com o impossível e o desconhecido determinaram uma mudança radical em sua existência. Até aquele momento, em cada olho doente que lhe oferecia um olhar de súplica havia apenas um órgão em desarranjo que devia voltar ao seu estado normal, uma doença que era indispensável combater. Desde então, no entanto, passou a considerar os olhos sãos e enfermos de todos os seres vivos objetos de estudo para dotar sua filha de visão. Quantos não perderam os olhos que confiaram de boa-fé ao afamado oftalmologista! O médico teve de abandonar o povoado em face de um verdadeiro motim de cegos e caolhos, salvando a si e a sua família por contar com a gratidão das inúmeras pessoas que cegara, mas que, graças à sua ajuda, conseguiram algum guia.

A contrariedade e a convicção de que a cegueira de sua filha era incurável, em vez de abater o sr. Ojeda, impulsionaram nele uma forma de alegria: livre dos doentes, dispunha de um tempo sem limites para fazer experiências em todo o tipo de animal.

Das nuvens despenca um aeronauta, como chuva dos céus; faz-se em pedaços um sábio, com a explosão de dinamite; um geógrafo acaba assado por selvagens, cujo apetite foi por ele excitado – a ciência, com justiça, emoldura e enaltece o nome desses homens como mártires. Mas a ciência é ingrata, além de ser cruel, com outros mártires, subalternos: a rã que sofreu vivissecção, cujos membros palpitantes são estudados com deleite; o galo, que, ainda vivo, tem parte de seu cérebro cortado para a observação dos nervos; são contribuições feitas com horríveis sofrimentos para o avanço das ciências, sem que ninguém consagre uma palavra à memória dos seres sacrificados. Ojeda, o médico, com crueldade científica, operou quantos animais lhe caíram nas mãos; mas, precisamos dizer em sua defesa, tinha o costume humanitário de arrancar-lhes apenas um olho.

Por isso, escolheu aquele castelo isolado, distante de testemunhas inoportunas e onde não havia ninguém para se escandalizar com os guinchos aterrorizantes das vítimas. Naquele local, realizou estudos profundos e operações ousadas nos olhos palpitantes de seus cães e galinhas: obteve notáveis aperfeiçoamentos em termos de instrumentos operatórios e também conseguiu criar outros, de extraordinário refinamento. Restava apenas construir um olho artificial que pudesse substituir o olho vivo.

Pensava nisso Ojeda quando, trancado em sua câmara obscura, analisava um raio de sol, decompondo suas cores com um prisma de cristal?

Sua atividade científica buscava outra solução não menos importante: o oftalmologista tratava de responder a uma pergunta que se fizera, certa manhã, ao despertar:

"É possível ver sem olhos?"

As dúvidas dos sábios, por mais bizarras que possam parecer, possuem sempre um fundamento no qual se apoiar: os mudos falam sem voz, substituindo a palavra pelos gestos dos dedos, como se diz por aí. Os surdos escutam, colocando em contato os dentes com a garganta daquele que fala, por meio de um bastão. Não seria possível imaginar que a natureza tivesse fornecido ao sentido da vista um recurso auxiliar, que, nesse caso, seria ainda mais necessário? E o médico se entregava com paixão aos seus experimentos, em busca do duplo sentido exposto.

O leitor deve se lembrar que um dos criados de Ojeda era cego de um olho e, provavelmente, seu espanto deverá atingir patamar mais elevado ao descobrir ser esse também o caso de outro criado. Pois bem, foram feitos *in anima vili* todos os experimentos daquele castelo misterioso?

Vez por outra, o médico Ojeda exigiu, sem obter êxito, por intermédio de fundamentados discursos ao governo, a instituição da pena máxima pela cegueira, apoiando-se no exemplo antigo dos godos e na autoridade de um novelista moderno[1], comprometendo-se a ocupar o papel de verdugo oficial.

A fisionomia do sábio adquiria, quando dessas revelações, um caráter tétrico e sombrio. Era por capricho a seleção dos criados caolhos? Ou seria um vício de Ojeda arrancar os olhos de todos que estivessem pela casa? Teria razão o camponês que disse ter ouvido, do castelo, gritos assustadores e humanos?

[1] Ver Eugène Sue, *Os Mistérios de Paris*.

III.

"Eu quero enxergar! Enxergar! E isto não serve, não vou conseguir nunca", dizia uma mulher colérica e chorosa, ao sair de um quarto escuro, caminhando com velocidade bem menor de que seus gestos poderiam supor.

Era jovem, linda, mas seus olhos estavam imóveis, seus braços se estendiam, enquanto caminhava e os tropeços que atravancavam sua marcha demostravam ser cega.

A mulher irritada desapareceu e dois homens se apresentaram no cômodo: o médico e seu criado favorito. Ojeda era um homem em idade madura, alto, ossudo e amarelo, de olhar penetrante. A única coisa notável no criado era sua maneira insegura de andar e enormes óculos azuis que roubavam toda a expressão de sua fisionomia.

"Minha pobre filha se trancou no quarto", disse o médico, sentando-se, desanimado. "Lázaro", prosseguiu o oftalmologista, suspirando, "sabe o que eu temo?"

"O quê, meu senhor?" perguntou o criado, com voz respeitosa.

"Que chegue a suspeitar, com verdadeiro desespero, não ser possível enxergar sem olhos."

"Sempre acreditei nisso, meu senhor; mas, como sou um ignorante, não me atrevi a expressar minha opinião."

"Sem dúvida", respondeu Ojeda, com firmeza, levantando-se. "Quero convencê-la de que meu sistema não é apenas um sonho. Este aparato? Esta é uma máquina fotográfica, ao menos na aparência, e neste vidro posterior, sensível e delicado, são projetados objetos; pois bem, pretendo que minha filha consiga tal sensibilidade perceptiva em seu tato que possa perceber com a ponta dos dedos os objetos projetados nessa superfície cristalina."

"Senhor, sou cego e posso assegurar que essa sensibilidade perceptiva do tato que o senhor supõe existir não é exata; como deve saber, hoje já é possível ler livros com letras em relevo. Pois bem, em vez de ganhar na sensibilidade do tato com esse exercício, perdem a sensibilidade e não conseguem ler aos vinte anos o que liam, com facilidade, aos quatorze."[2]

"Compreenda, Lázaro, que, nesse caso, há uma dedicação a atividades que geram calosidades nos dedos; além disso, as cegas possuem o sentido do tato mais sutil que os homens. Aliás, se for necessário, levantarei a pele de seus dedos, para que produzam tais sensações com a vivacidade e a nitidez com que os perceberia pela ponta da língua."

Lázaro, que professava uma estranha admiração por seu amo, estava predisposto a acreditar nesse sistema.

"Senhor, digo com respeito: gostaria de aprender a ver com essa máquina."

"Primeiro, preciso convencê-lo. Você tem de saber que, segundo físicos modernos, o calor e a luz não são nada, além de movimento. Percebemos o calor pelo tato: se a luz for transmitida como o calor, poderíamos notá-la igualmente por este sentido. Muito bem, e o que são as cores?", prosseguiu Ojeda, estirando o corpo, dominado pelo entusiasmo. "O raio de luz, decomposto em um prisma de cristal, produz os sete matizes que vemos no arco-íris. As cores são, portanto, movimento; os físicos sabem à perfeição que a cor vermelha equivale ao menor número de vibrações, e a roxa, ao maior número."

"Basta, senhor, estou convencido!" disse o criado, totalmente confuso com aquelas palavras, que, na realidade, não compreendia.

"Sem dúvida, amigo Lázaro, mas não cheguei a explicar o processo. De manhã, bem cedo, sua língua estará sob a ação de um raio de luz roxo: trata-se da primeira letra do meu alfabeto. Assim que a sinta e consiga distingui-la, passaremos para o azul-escuro; tão logo perceba o vermelho, será possível identificar no cristal todos os objetos, pela diversidade de suas cores. Nessa hora, você poderá convencer minha filha, que está empenhada em não aprender."

"Será possível essa invenção?" disse o criado, com espanto.

"A invenção já foi atingida", respondeu Ojeda, em tom grave. "Este jornal conta o caso surpreendente[3]

[2] Ouvi essa informação de um insigne professor da Escola Nacional dos Surdos-Mudos.

[3] Ver *El Español Constitucional*, Londres, 1818, t. I, n. I. Trecho de um trabalho do dr. Thomas Renwick, intitulado Narrativa do Caso da Srta. Margaret M'Evoy e de Alguns Experimentos ▶

de uma senhorita que, após tornar-se cega, distinguia as cores do espectro solar que caíam em suas mãos, conseguia ler um livro apenas ao tocar em uma lente colocada a pouca distância das letras, e percebia, com exatidão notável, tudo o que acontecia na rua somente tocando nos vidros de uma janela. A srta. Evoy podia ver pela ponta dos dedos."

Lázaro, maravilhado, olhava para seu amo, com veneração.

"Por que usa esses óculos?", questionou o médico, após se regalar com a admiração que ele mesmo produzia.

"Ora senhor, para preservar minha vista", respondeu Lázaro, com humildade, "quero conservar meu único olho."

"O que está fazendo é irritá-lo."

Lázaro tirou seus óculos azuis, imediatamente, fazendo com isso brilhar um olho luminoso, de cor extraordinária.

"O que Anton está fazendo?", perguntou o médico.

"O de sempre: como o senhor sabe, ele tem o vício de olhar; não se cansa de usar a vista, diz que a única forma de aproveitar este mundo é pela visão."

"Minha filha está no jardim, rodeada pelo macaco, pelo porco e por todas as galinhas", disse o médico, que se aproximara da janela. "Verei se ela está mais tranquila."

"Meu pai se aproxima", disse a jovem, pouco depois, "pois assim me indicam os animais."

De fato, quando surgiu Ojeda, o macaco, o porco e as galinhas entraram em fuga, dominados pelo terror.

IV.

Lázaro foi cego e tinha, por isso, grandes motivos para ser grato ao seu amo.

Certa tarde, raspava inutilmente as cordas de uma viola por uma estrada, entoando seus melhores

▷ Ópticos Acerca Dele Realizados. No caso em questão, o reverendo P.T. Glover praticou os mais curiosos testes, entre os quais aqueles citados no texto.

versos sem recolher uma única esmola, quando se deteve ao lado de um transeunte.

"Santa Lúcia lhe preserve a vista", disse o cego, entoando em voz rouca a oração da santa.

"Não és cego de nascimento", exclamou uma voz desconhecida.

"Não, senhor", respondeu Lázaro.

"Quer recuperar a visão?

O cego se levantou apressado e tateando, enquanto falava em tom lastimoso:

"Oh, senhor! Quer fazer piada da minha desgraça? Mas percebo que sua voz é grave... e não acredito que esteja apenas se divertindo, dando a mim vãs esperanças."

O desconhecido serviu de guia ao cego, por algum tempo. Meia hora depois, falava para ele desse modo, já dentro de sua casa:

"A operação é dolorosa, mas garanto seu êxito. O macaco já está imobilizado: vou extrair o olho do animal, logo depois de esvaziar a órbita do seu, na qual colocarei o globo ocular do orangotango, cobrindo-o depois com meu aparato, para que não haja mudanças de temperatura. Os nervos cortados têm a propriedade de se unir em poucos dias quando são colocados em contato com novas terminações. Assim, seu nervo óptico se unirá ao do macaco, resultando em um aparato de visão novo, sadio e funcional."

"E se não houver essa união?

"A questão central é a rapidez do procedimento cirúrgico e, nesse caso, confio plenamente em minha destreza. Todos os animais de minha casa possuem um olho que não é original; venho ensaiando a técnica há dez anos."

"Ah, senhor!", disse Lázaro, "mas me parece que o senhor ensaiou apenas em animais."

"Não é essa a verdade: meu criado, Anton, estava cego até três meses atrás, quando coloquei nele um novo olho, que retirei de um porco."

"E esse homem já enxerga?"

"Muito mais que antes: ele era cego de nascimento, e, ao receber a impressão da luz pela primeira vez, quase enlouqueceu. De início, queixava-se de um calor insuportável dentro do cérebro. Depois, acreditava estar dormindo; tentava colher as estrelas como se estivessem ao alcance de sua mão e saudava aos retratos e às sombras. Tropeçava em paredes e obstáculos, acreditando que estavam distantes. Por último, obcecado por dúvidas e não conseguindo lidar com tanta coisa inexplicável, está alheio a tudo e não me serve para nada."

"Nunca ouvi falar que os olhos pudessem ser operados de tal forma."

"Hoje, a cirurgia realiza prodígios: coloca narizes novos; esvazia um corpo de seu sangue para, logo depois, voltar a preenchê-lo, como se se falasse de vinho em uma cuba. Já eu, faço enxerto de olhos – trata-se de uma operação simples, que não demanda tremendos esforços ou preparo."

Essa breve explicação demonstra, de forma nítida, o motivo pelo qual Lázaro, Anton e os demais seres vivos do castelo eram caolhos.

"Que tal o olho que enxertei?", perguntava, de quando em quando, o médico a Lázaro, que contemplava sua imagem refletida no espelho, com prazer.

"Excelente, senhor, não trocaria meu olho único por dois de um humano."

"Mas um olho assim, claro, está adequado?"

"Parece um binóculo de teatro."

v.

Quando o médico se aproximou, depois da fuga dos animais, as feições de sua filha demonstraram visível desgosto. Eram vãos os esforços de Ojeda para suavizar a voz, ou oferecer-lhe carícias abundantes; a menina mimada sofria de grande contrariedade e não estava disposta a perdoar seu pai por isso.

"Sou cega por sua culpa", dizia, com a voz embargada, "aquela máquina inútil não me oferece nenhuma sensação e não me explica as cores. O pobre Anton, tão torpe, fez-me entender o que é a visão, pois, como eu, sempre foi cego."

"E o que ele disse?"

"Contou-me maravilhas desse mundo que não vejo: coisas que surgem fora e dentro, simultaneamente; infinitos objetos que não podem ser tocados, porque estão fora do alcance das mãos; a possibilidade de se saber quando pessoas se aproximam de nós muito antes que façam algum ruído; ele me disse, por fim, o que são a luz e as cores. Suas palavras rudes me explicaram mais que sua máquina, você e suas lições."

"Mas de que forma esse idiota abordou tudo isso?"

"Srta. Aurora", foi como ele começou, "além da dor, o que sente quando recebe um golpe nos olhos?". Disse que não saberia responder, mas completei: aquilo que sentia me causava um prazer muito peculiar e próximo, na verdade, ao da música. Ele prosseguiu: "Assim são as cores; a senhorita não sonha com isso, algumas vezes?" Ao que repliquei que sim, mas que a sensação é mais forte e o despertar, de extrema tristeza. "Pois bem", ele disse, "quando alguém deixa de ser cego, o sonho deixa de ser tão belo quanto aquilo que é visto desperto. Ver é tocar suavemente, com os olhos, tudo o que está próximo e distante; é abraçar ao mesmo tempo os objetos maiores e pequeninos, e saber qual a natureza de cada um deles, instantaneamente, sem a necessidade de apalpá-los um a um ou de se aproximar de onde estejam. É andar léguas e léguas sem sair do lugar e sem trabalho algum. Ah, diga a senhorita ao meu amo para restituir sua visão, como ele fez comigo e com Lázaro. Ver é uma alegria contínua e eu preferia morrer a ficar cego de novo."

Ojeda escutava com atenção, e parecia muito contrariado.

"Filha", disse por fim, "não me atrevo a conceder o que pede. O seu sofrimento seria imenso..."

"Não são as dores que me amedrontam, mas não enxergar."

"Impossível, ora essa!", concluiu o médico. "São muitos os inconvenientes."

"Pois bem", respondeu Aurora, aos prantos, "aos cegos é concedido ver a luz unicamente ao morrer, e eu hei de vê-la muito em breve."

Aurora logo começou a se distanciar, mas seu pai a deteve.

"Oh! Você não gosta nem um pouco de mim...", exclamou, com aquela ênfase comum às meninas mimadas e que soa irresistível a pais complacentes.

O médico enxugou as lágrimas de Aurora e prometeu, com a voz embargada pelas próprias lágrimas, realizar aquilo que sua filha exigia.

"O problema central: não me atrevo a cumprir o prometido", revelou Ojeda a Lázaro, pouco depois. "É um procedimento delicado e doloroso que posso realizar em um estranho, mesmo em um amigo, mas não em minha filha. Além do mais, não sei onde posso obter o olho que falta."

"Senhor", observou Lázaro, "cheguei a cogitar o pedido de ter o outro olho do macaco, mas creio que a srta. Aurora deve ter a prioridade."

"Escute, Lázaro, minha filha é jovem e bonita. Não posso colocar em seu rosto nada ridículo..."

"Ridículo? Senhor, considera meu olho ridículo?"

"No seu rosto, até que não fica mal... Para minha filha, porém, é necessário um belo olho de outro ser humano. Acredita que seria possível encontrar algo assim, com o mínimo de dificuldade?"

"Isso me parece impossível."

"Se não o encontro, perco minha filha!"

Lázaro sentiu extrema aflição, ao contemplar o desespero de seu senhor.

"Senhor", disse com doçura, "diz o ditado que em defesa da própria vida ou dos filhos, tudo é permitido..."

"Lázaro, está me incitando ao crime?", respondeu Ojeda, apertando a mão de seu criado, de modo efusivo.

"Pois bem", foi a resposta do outro, "vamos cometê-lo."

"Além disso, não vamos necessariamente cegar uma pessoa, mas fazer a partilha equitativa de recursos – no caso, olhos – entre uma pessoa que disponha de dois e outra, que não possui nenhum."

O amo e seu criado, então, passaram a tarde fazendo confidências em voz baixa.

Na noite seguinte, no castelo, ocorreu um fato inusitado: a aldrava maciça, coberta de mofo, soou com seu débil e estranho chamado.

"Senhor", disse Anton, pouco depois, entrado no quarto de seu amo, que conversava com Lázaro, "um homem, que diz estar perdido, pede para passar a noite no castelo."

"Como é o forasteiro?", perguntou Ojeda.

"Apenas reparei que possui dois olhos, como o senhor, mas bem grandes e negros."

"Que entre agora", disse o médico.

Ojeda e Lázaro trocaram olhares alegres e diabólicos.

VI.

O homem que se apresentara antes, na porta do castelo, era Tomás.

Vendido o trigo, na feira, ele se preparou para regressar ao seu povoado pela estrada, quando um amigo que estava parado em frente da casa em que residia o chamou. Tomás atendeu ao convite e entrou na casa; descobriu que os que ali estavam reunidos eram todos jogadores. "Chamei-te para ter um pouco de diversão", disse o desconhecido, ao apertar-lhe a mão.

Por um infeliz acaso, transcorriam-se dois dias desde o encontro com os caolhos; ampliando ainda mais a fatalidade, uma mariposa branca dava voltas em torno de Tomás, naquele exato instante. Os conselhos de Lúcia ainda eram recentes, pois ela condenara o jogo como a possível causa de sua ruína, enquanto a mariposa branca era um presságio evidente de ganância.

Tomás decidiu que arriscaria algumas moedas; depois, sacou outras para recuperar as primeiras, perdidas. Quando acabou todo seu dinheiro, refletiu que não poderia voltar para casa daquele jeito: felizmente, ainda tinha sua carroça e seu gado e poderia partir a qualquer momento, dando três golpes em sua mula. Mas, como perdeu quatro cartas seguidas, sobrou-lhe apenas a carroça. Não era decente voltar ao povoado arruinado e carregando nos braços a carroça. Esta última, contudo, seguiu o caminho das mulas.

O desgraçado jogador saiu da casa aturdido, transtornado. Aquilo que dissera para a mulher, as lágrimas de Lúcia e a totalidade de sua ruína: o futuro, o presente e o passado produziam em sua imaginação um efeito semelhante ao obtido pelo capítulo mais lúgubre da novela mais triste existente.

Encontrou um rincão solitário, onde pode chorar e meditar por bom tempo; quando ficou convencido de que não podia se apresentar diante da mulher naquele estado e que não tinha mais ninguém a quem recorrer neste mundo, o desespero o fez seguir um estranho caminho.

"O dono do castelo é um homem rico", pensou, em um instante de lucidez, "tenho minhas suspeitas de que ele se dedica à bruxaria, e mesmo não acreditando em bruxas, agora elas são a minha única esperança. A verdade é que acontece naquele lugar alguma coisa extraordinária. Preciso ver o tal médico e pedir-lhe proteção, conselhos."

Desesperado, Tomás entrou resoluto pelo atalho, decidido a tentar aquela vaga probabilidade de solução que era, no final das contas, uma espécie de consolo em sua miserável situação.

Três dias depois, no povoado, surgiu uma agitação extraordinária; o alcaide, comovido pelos lamentos de Lúcia, fez "seu" Esqueleto correr em todas as direções, buscando informações sobre o paradeiro de Tomás, dando parte às autoridades dos povoados mais próximos. Em dado instante, entrou no gabinete do alcaide o sr. Matalobos e seu neto, levando cabeça e pele de algumas raposas.

"Apresente esse material amanhã durante a sessão", disse o alcaide, "e receberá por ele; por ora, estou muito ocupado com o assunto referente ao Tomás."

"Na verdade", insistiu o velho, "a cabeça dos animais tem a ver com o dito assunto."

"Sabe de algo?", disse o alcaide, com interesse.

"Tenho a convicção de que um crime foi cometido no castelo."

"Fale, fale! Escutarei sua declaração como autoridade."

O sr. Matalobos declarou que, assumindo a possibilidade de existirem algumas raposas, nos arredores do castelo, interessadas em seu galinheiro isolado e abundante, decidiu colocar armadilhas em certos locais rochosos da selva para, posteriormente, receber as recompensas concedidas pela lei aos caçadores, e que, achando-se no ponto mais próximo à propriedade, ouviu repentinos e dolorosos gritos de mulher; assustado, tremendo de medo, ficou imóvel por algum tempo, quando ouviu novos gritos que vinham do castelo, mas esses eram diferentes: jurou reconhecer neles a voz de Tomás. Tal descoberta o fez abandonar o posto em que estava e correr até seu neto, que nada ouvira; acompanhado do rapaz, tentou nova aproximação do castelo: foi quando ambos ouviram gritos, dessa vez apenas de mulher, que cessaram para não se repetir.

O alcaide prometeu ao caçador sigilo absoluto, antes de iniciar uma instrução sumária.

"Mas qual seria o interesse de um homem rico em matar um sujeito que perdera até os olhos nas apostas?", perguntou o alcaide ao sr. Matalobos.

"Quem sabe?", respondeu este último, com gravidade. "Dizem que há médicos tão curiosos que abrem as pessoas apenas para ver o que elas têm em suas entranhas."

Enquanto isso, a mulher de Tomás, depois de procurar em todo o povoado, buscando inutilmente notícias de seu marido, rezava com fervor diante da imagem de sua padroeira, Santa Lúcia, advogada dos olhos.

SEGUNDA PARTE

1.

Do n. 7.000 de *La Correspondencia de España*, transcrevemos o seguinte:

> Na aldeia de X, foi cometido um crime espantoso: o juiz de primeira instância local, levando adiante uma investigação bastante competente e tendo fundadas suspeitas de que o lavrador de nome Tomás teria sido assassinado em uma propriedade situada no meio da floresta, dirigiu-se à casa suspeita.
>
> A viúva do lavrador, apesar de todas as precauções tomadas pelas autoridades para evitar que sofresse um provável confronto, suspeitou do que ocorreu e seus lamentos e desolação causaram tal comoção na pequena localidade que os vizinhos, indignados, cercaram o edifício onde ocorriam as diligências judiciais, exigindo a cabeça do criminoso. A Guarda Civil, com sua atitude enérgica e persuasiva, restabeleceu a ordem, impedindo que a casa fosse destruída.
>
> Na propriedade, estavam a carroça e as mulas pertencentes à vítima. Em um dos quartos do segundo andar, jazia no leito, ensanguentada, uma jovem mulher, coberta com uma espécie de máscara de ferro. Em um cômodo adjacente, foram descobertos numerosos instrumentos de formas estranhas e uso desconhecido; alguns dos mecanismos se assemelhavam a gazuas.
>
> O assassino é um médico aposentado e de antecedentes muito dúbios, de nome Ojeda. Para que o caso ganhe contornos ainda

mais sombrios, diremos que, no castelo, pois o crime ocorreu em um edifício antigo, um dos aposentos estava enlutado, completamente coberto de negro. Presume-se que aquela foi a cena do crime e, talvez, de vários outros. É esperado que o cadáver seja descoberto muito em breve.

Um dos cúmplices de Ojeda, cujo nome é Lázaro, desapareceu. O motivo do assassinato, com toda a probabilidade, foi puramente científico. Todos os animais da propriedade estão mutilados de um modo horrível. As descobertas apontam para o fato de que o dr. Ojeda tinha uma mania sanguinária: colecionava olhos de pessoas e animais.

Manteremos nossos leitores a par deste drama comovedor e de grande interesse.

Agora, consultemos *El Imparcial* do dia seguinte:

Dado o avançado da hora em que recebemos nosso malote postal, ontem, não nos foi possível noticiar o crime, já celebre, que produziu em Madri um espanto tão vivo. Não nos atrevemos, por outro lado, a fazer as peremptórias afirmações que, com sua costumeira superficialidade, um periódico puramente noticioso costuma emitir. Nossos dados são menos novelescos, mas bem mais completos e precisos. Em primeiro lugar, a descoberta da carroça e das mulas pode ser explicado de forma racional, uma vez que era público que Tomás, o camponês, perdera no jogo, dias antes. Os animais e a carroça foram adquiridos de segunda mão, por um criado de Ojeda. Sobre a jovem trajando máscara de ferro, descobriu-se que se trata da própria filha do médico, cega de nascimento, que acabara de sofrer uma dolorosa operação, que talvez pudesse restituir-lhe a visão. Os olhos, que sugeriram a certos periódicos uma coleção sangrenta, constituem, pelo contrário, um interessante museu oftalmológico. O aposento enlutado, por sua vez, nada mais é que uma câmara escura destinada a experimentos relativos à luz.

Respeitando o sigilo do processo, não seremos mais explícitos, por ora.

La Correspondencia, número 7.007:

Um sentimento de prudência e a convicção de que logo poderíamos revelar a verdadeira natureza das diligências policiais nos fizeram trazer ao conhecimento público o crime de X, tal como ficou conhecido na mente popular – e não como constava dos autos das investigações e processos. Outra publicação, que dizia respeitar o sigilo da atuação policial, divulgou fatos cuja conveniência não acreditávamos ser possível de determinar a ponto, igualmente, de os trazermos à luz; os leitores devem julgar quem agiu com mais prudência.

Além disso, não tínhamos em mãos apenas os fatos expostos por dita publicação, mas também alguns outros, muito interessantes. A situação da filha do sr. Ojeda é tão delicada e o aparato requer uma assistência tão constante, nova e engenhosa que os médicos forenses se opuseram a retirar o acusado do castelo, onde permanece preso em três cômodos vigiados. Na verdade, ele já não está incomunicável, sendo permitidas as visitas do orangotango, figura que está frequente e carinhosamente ao lado de sua dona.

Acredita-se que o cadáver de Tomás não deva ser encontrado, uma vez que seu dono provavelmente esteja muito vivo.

O médico explicou de maneira satisfatória a mutilação dos animais e o uso dos instrumentos; seus colegas de profissão foram unânimes em reconhecer sua imensa habilidade. Quanto às demais declarações, com exceção de uma, vaga e problemática, todas favorecem o dono do castelo. O juiz, os médicos, o alcaide, a Guarda Civil, nosso correspondente, os cidadãos da vila, todos rivalizam no zelo pelo esclarecimento dos fatos, sem que haja, nesse sentido, nenhuma distinção especial.

A polêmica entre as duas publicações segue por alguns dias, quando as coisas assumem um caráter realmente sério: os fatos em torno do crime de X ameaçam ganhar repercussão em Madri.

El Imparcial:
"Declara Anton, criado de Ojeda, ter aberto a porta do castelo para Tomás. Aumenta a vigilância no castelo."

La Correspondencia:
"Criado Anton, suspeita-se acometido de idiotia. Ojeda, por sua vez, muito sereno."

El Imparcial:
"No gabinete de Ojeda, encontrado em álcool um olho humano, ainda fresco."

La Correspondencia:
"Olho encontrado em álcool era de macaco. Descoberta terrível: camisa ensanguentada com as iniciais da vítima."

Pouco depois, *El Globo* triplicava sua tiragem, ao publicar o retrato do dr. Ojeda com os dados biográficos do célebre oftalmologista e o catálogo de seu museu. Diante de tal êxito, o proprietário daquele periódico teve de se refugiar na parte mais pura de sua alma para não desejar ardentemente que crimes desse tipo acontecessem mais vezes.

Como a curiosidade pública estava fixa nesse crime, desapareceu por aqueles dias um banqueiro, sem que sequer tomassem ciência seus numerosos credores; o governo decretou um novo imposto, que passou despercebido pelos contribuintes; uma conspiração surgiu, fez seus primeiros movimentos e foi debelada, sem que o governo tivesse noção do que acontecia.

Quinze dias depois, poucos se lembravam do crime e a ninguém importava a verdade dos fatos.

II.

A situação do médico era delicadíssima. Surgiam provas de seu crime por todos os cantos de sua casa.

"Só falta o macaco começar a falar e me denunciar", ele se dizia.

E Tomás? Fora, de fato, assassinado? Devemos, para responder tal pergunta, voltar nossos olhares para o passado.

Na noite em que Tomás bateu a aldrava na porta do castelo e entrou no saguão de entrada, ainda que tenha sido recebido de forma cortês – o que incluiu um excelente jantar –, já sabia que, morto ou vivo, deixaria aquela casa caolho. À mesa, os homens se tornaram expansivos e, de certa forma, entenderam-se. Tomás, aos poucos ganhando confiança, contou ao médico seu grande apuro, concluindo a narrativa com a seguinte frase:

"Não sei o que fazer. Mas, para recuperar tudo o que perdi, chegaria a dar um dos meus olhos!"

"Guardo do senhor a palavra", disse o oftalmologista, fechando o contrato.

Vieram, naturalmente, as explicações subsequentes: de início, foi necessário tremendo esforço para convencer Tomás de que tudo aquilo não era uma piada. Depois, houve a negociação em torno do olho, até que se chegou a um acordo final; os camponeses, em geral, são desconfiados no que tange aos negócios e Tomás só consentiu com o trato quando viu entrar no castelo sua carroça e as mulas, base do contrato, além de receber em dinheiro o quádruplo do que tinha obtido inicialmente com o trigo.

"Mas como vou chegar em casa com um olho só?", questionou o camponês.

Ojeda abriu um mostruário e colocou diante de seu convidado uma considerável coleção de olhos de cristal, cujo brilho sedutor devia fascinar as mulheres.

Tomás escolheu o maior, mais negro. Seus olhos reais, diante daquele modelo artificial tão perfeito, pareciam pobres imitações.

Por infelicidade, ao proceder com a operação, no entanto, estando preocupado exclusivamente com sua filha, Ojeda descuidou de tal modo de seu outro paciente que, quando quis auxiliá-lo, descobriu um rosto inflamado e com aspecto horrível. Assim, enviou Lázaro ao bosque para buscar algumas ervas.

Tomás havia mencionado a ambos as desconfianças do alcaide a respeito de seu anfitrião. Lázaro, por seu lado, demorou bastante e, ao voltar do bosque, estava pálido e apavorado. Seu ouvido extremamente sensível detectara a presença de pessoas estranhas, nos arredores do castelo. Aproximando-se, incógnito, conseguira ouvir o seguinte:

"Era a voz do Tomás, não tenho dúvida; temos de chamar a polícia."

O novo paciente foi colocado em um leito limpo, macio e confortável. Mas já não poderia permanecer no castelo sem que outros descobrissem o terrível negócio, a operação criminosa realizada pelo médico. Além disso, o estado de Tomás era gravíssimo: os agentes da justiça, quando chegassem, poderiam encontrar um cadáver.

Naquela noite, Anton e Lázaro, com archotes inflamados para espantar os lobos, transferiram ferramentas e víveres em quantidade até uma caverna oculta entre os troncos, na área mais selvagem da selva. A natureza rodeara o recanto, transformando-o em uma fortificação inexpugnável. Tendo sido o caminho interceptado por um tronco, um machado humano necessitaria de anos inteiros para chegar à caverna.

Quando Lázaro se despediu de seu patrão, este lhe disse:

"Não tenha temores sobre o meu destino, cuide do enfermo. Se ele se curar, coloque nele o olho de cristal e ordene que se apresente na aldeia, sem perda de tempo. Se ele morrer, enterre o corpo nas profundezas da caverna e desapareça no mundo."

O médico perdia as esperanças de que seu paciente retornasse. Já haviam se passado dois meses:

"Seu estado era terrivelmente grave. Deve, com certeza, estar morto", ele se dizia. "Além disso, talvez tenha faltado víveres e eles não se atreveram a sair da caverna, por medo dos lobos. Quem sabe? Pode ser que as feras já tenham devorado Lázaro."

III.

Anton não pretendia ser o traidor de seu amo. Antes, o contrário: prejudicou Ojeda, querendo se sacrificar por ele. Quando a camisa ensanguentada foi descoberta, único vestígio do camponês esquecido no tumulto da mudança, Anton acreditou que poderia assumir toda a culpa em pessoa, exclamando com bárbara sinceridade:

"Fui eu quem abriu a porta do castelo para Tomás."

Logo em seguida, compreendeu que cometera um engano, optando por permanecer bem quieto e chorando com amargura. O olho imóvel e esquisito, que quase não cabia dentro de sua órbita, lançava olhares estúpidos. Os médicos já haviam concedido a ele o precioso diploma de idiota, o que torna o homem irresponsável.

Seu senhor o compreendia e perdoava.

Enquanto isso, a convalescença de Aurora estava quase terminando. Desde os primeiros dias, o médico observara que o olho de Tomás havia aderido com sucesso ao espaço em que estava. Passadas algumas semanas, o médico colocara no aparato da filha um cristal verde bastante grosso, o que conduziu ao novo olho a debilitada meia-luz oriunda de seu quarto. A sensação foi, de fato, dolorosamente vívida: um efeito semelhante ao de uma queimadura. Depois, a dor se converteu em prazer, que se renovava, com infinita expressão de surpresa, cada vez que Ojeda mudava a cor dos cristais.

Quando seu pai utilizou o cristal azul-escuro, Aurora disse:
"Que estranho! Sonhei com esta cor muitas vezes, sem saber que sonhava."
"De todas as cores, qual mais a agradou?", perguntou Ojeda.
"A cor verde: foi a que me deu a primeira ideia da luz, a que me causou uma dor infernal, no primeiro dia. Agora, só me falta conhecer a cor branca. É parecida com alguma das outras?"
"É formada por todas e não é semelhante a nenhuma; sem dúvida, creio que se surpreenderá com ela, mas não creio que seja conveniente conhecê-la agora."
Aurora estava impaciente para enxergar algum objeto, para obter uma explicação das relações entre a luz e os sons. Quando seu pai saiu, o orangotango, que sempre se distanciava ao ver seu dono, entrou no quarto da paciente que se recuperava e, subindo na cama, produziu um ruído cadenciado com seu deslocamento.
Que ruído seria aquele? Sem resposta, a curiosidade de Aurora crescia sem cessar.
"Será verdade que os olhos auxiliam, configuram a percepção dos sons?", ela se perguntava, travando uma luta entre a impaciência e o temor. A vitória coube à primeira.
"Quero ver o mundo!", disse, por fim, desprendendo de seu rosto o aparato, o que resultou em um imediato deslumbramento. Um caos de cores simultâneas que se confundiam feriram sua vista, dando a ela a primeira ideia visual de movimento. Quando, afinal, as cores se separaram, ela distinguiu os objetos e as sombras com sua harmonia de claro e escuro, e estendeu as mãos para eles, o que lhe deu a compreensão do que era a distância. Um prazer infinito e gradativo dilatou seu coração e ela, cheia de alegria, irrompeu em gritos infantis:
"Pai, pai, consigo ver!"
O macaco, impressionado com a alegria de sua ama, deixou seu local de descanso, pendurado na cortina, e se apresentou diante de Aurora, dominado pela curiosidade. A menina, que nunca havia

visto um ser humano, por um equívoco lamentável, caiu aos pés do orangotango, exclamando: "Meu pai!"

IV.

Chegou, por fim, o dia do julgamento do caso. As autoridades responsáveis se reuniram no castelo, a uma meia légua da aldeia, cujos habitantes deixaram suas casas e afazeres apenas para assistir aquele interessantíssimo acontecimento. O local estava tão cheio de gente que muitos restaram no pátio. O mestre-escola, um dos que teve de se contentar com o pátio, lamentava que os julgamentos já não ocorressem mais em praça pública, como nos tempos clássicos, permitindo que todos desfrutassem do espetáculo.

Aurora, que se tornara uma caolha bastante graciosa, obstinara-se em permanecer ao lado do pai, e estava junto do acusado, sentada em uma cadeira. A viúva de Tomás, pálida e enlutada, também estava presente na majestosa cerimônia e não tirava os olhos de Aurora, que parecia estar interessada muito mais nos rostos da audiência, nas variações da multidão e nos eventos exteriores do que na leitura do processo.

O oftalmologista estava inquieto e o monótono relato da causa soava para ele como um rosário de agonia.

A voz ritmada e cadenciada do funcionário que lia os arquivos, as fórmulas e digressões judiciais e o volume considerável martirizavam a audiência, que, vendo a passagem de páginas e mais páginas sem qualquer esperança de que aquilo tivesse um fim, fechava os olhos, resignada, como se aguardasse adormecida pela sentença.

Um acontecimento inesperado transformou o silêncio em confusão e os roncos em exclamações de surpresa.

"Ela enlouqueceu!", diziam alguns.

"Pobre mulher, como o amava!", afirmavam outros.

"Nunca vimos um processo tão estranho", comentavam os magistrados.

O juiz martelava inutilmente, tentando restabelecer a ordem, conseguindo tal objetivo apenas quando foram retiradas do recinto a filha do médico e a viúva da vítima e quando o público se cansou de fazer ruído.

O incidente durou um breve instante, um ataque momentâneo de loucura, uma alucinação insólita de Lúcia, cuja atenção do olhar se concentrara apenas em Aurora, e que, repentinamente, nervosa e soluçando, levantou-se de sua cadeira e dirigiu-se à filha de Ojeda, gritando, com voz dilacerante:

"Infame! Infame! Este olho negro que brilha no seu rosto foi do meu marido: reconheço seu brilho, sua aparência."

Ojeda contemplava o fato de seu segredo tornar-se cada vez mais público: todos os cantos de sua casa foram revistados; o oficial da justiça iluminaria com gás, a qualquer momento, o recanto mais obscuro de sua alma para oferecer sua consciência como parte do espetáculo.

Desde quando o Ministério Público começou a peça de acusação, o oftalmologista não conseguia refrear a inquietação que contaminava seu corpo, impedindo-o de ficar quieto em sua cadeira. Seus nervos vibravam como cordas de uma guitarra; seus dedos se moviam, convulsos, como a mão consagrada de um médium ao servir de amanuense de um espírito elevado. O tormento lhe era intolerável, mas atingiu seu ponto culminante quando saiu dos lábios do promotor este fragmento de eloquência:

"Esperaremos, para condenar Ojeda, que se encontre o cadáver da vítima? O assassino não cometerá a ação torpe de abrir o sepulcro de seu crime; em vão, procuraremos a localização exata dessa sepultura, nas profundezas agrestes daquele intrincado bosque, escolhido habilmente como cemitério: o cadáver está apodrecendo naquele labirinto de troncos. Cada um deles talvez possa ser uma lápide; nesse caso, a justiça jamais encontrará os ossos perdidos para o processo em curso."

"Mas, temos real necessidade de um cadáver? Já não nos basta sua mortalha? Que outro significado poderia ter a camisa ensanguentada, com as iniciais bordadas pela viúva de Tomás? Não encontramos um olho humano, relíquia da vítima, que os médicos constataram ter sido arrancado recentemente? Que objeção poderia ser feita? Que esse olho encontrado não é nada? Pois, na verdade, esse órgão mutilado pede a nós, suplicante, por justiça: esse olho prova o assassinato, perante os olhos da lei."

Os poucos cabelos de Ojeda se arrepiaram: o oftalmologista não pôde resistir mais àquilo tudo e pediu a suspensão da sessão, alegando que faria revelações importantes.

Na realidade, teve uma ideia brilhante: acusar Lázaro e denunciar à justiça seu esconderijo.

"Dessa forma", pensou, "pelo menos saberei se estão vivos ou mortos."

"Não conheço Tomás", declarou Ojeda ao escrivão, que tomava nota de tudo, "mas Lázaro me parece uma pessoa suspeita: ao ver que eu realizava experimentos em animais, pode ter tentado isso também, por conta própria, em algum viajante extraviado. Era um sujeito que gostava do campo, tendo me falado algumas vezes de certa caverna."

V.

Lázaro, por sua vez, encontrava-se em uma situação desesperadora.

Depois de dar assistência e salvar Tomás da morte por força de constância, sobriedade e trabalho, apesar das muitas recaídas do paciente, acabava de perder o fruto de tantas e tão difíceis tarefas. Naquele dia, dera alta a Tomás, que estava completamente são, e que experimentara, à guisa de fechamento do negócio, o olho de vidro.

"Maldito seja o jogo!", disse Tomás, ao colocar a peça na órbita de seu olho.

"É bom que esteja arrependido desse vício", respondeu Lázaro, "a visão não pode ser paga com dinheiro. Um olho não pode ser trocado nem por quatro pernas."

"Que dirá minha mulher, ao descobrir que estou caolho?"

"Creio que se alegrará, no fim das contas."

"Acha mesmo?"

"O olho novo está até melhor que o antigo."

Lázaro estava angustiado para obter notícias de seu mestre; algo grave estava acontecendo, especialmente quando a alimentação dele estava reduzida a pescas e modestas saladas. Também se impacientava com a demora de Tomás, que saíra para buscar sementes de mostarda às margens de um riacho próximo. Algumas horas de verdadeira angústia se passaram, a noite se aproximava e o bosque tornava-se mais perigoso após o pôr do sol. Assim, Lázaro decidiu sair em busca de seu companheiro.

Tomás concluíra que um prato de sementes de mostarda não seria uma refeição ideal para dois homens fortes que sairiam de viagem. Pensou em se aproximar do castelo, pois pretendia tentar deitar as mãos e retorcer o pescoço de uma galinha, já que sempre havia daqueles animais que se afastavam demais da propriedade. Mas, ao virar a cabeça, percebeu, de relance, que era seguido por um lobo; o animal o observava sem qualquer pudor ou receio. E, logo atrás dele, surgiam outros. Tomás apenas teve tempo de buscar proteção, entrincheirando-se em algumas árvores mais densas; os lobos avançaram e o camponês tentou se defender com um galho nodoso e pesado. Ao compreender que a luta era desigual, encomendou a própria alma a Deus, pois queria, ao menos, morrer como cristão. O jogo lhe custara um olho; a gula, o restante do corpo.

Após chamar inutilmente por Tomás, visitando os locais frequentados por seu companheiro, Lázaro se deteve, dominado pelo horror, diante de um charco de sangue; seguiu, transtornado, o rastro sangrento que descobriu e as últimas luzes do crepúsculo descortinaram um quadro pavoroso.

Um crânio e os restos mais visíveis de uma ossada humana, nus e roídos, jaziam em desordem pelo chão. Do homem vigoroso e cheio de vida que existia havia pouco, seu companheiro Tomás, restavam apenas aqueles despojos miseráveis. Lázaro derramou copioso pranto, enquanto começava seu último tributo ao amigo. Que poderia fazer? Colocar os ossos em perfeita simetria, talvez.

"Assassino! Assassino!", gritaram, de repente, muitas vozes.

Lázaro esteve a ponto de desmaiar, ao se ver rodeado de guardas e delegados. Não encontrando palavras para se justificar, deixou-se prender, sem resistência.

"Seu" Esqueleto depositou em uma vasilha o que sobrou de Tomás, preenchendo de uma só vez duas das quatro ocupações que exercia: ajudante de delegado e coveiro.

A comitiva se pôs em marcha e Lázaro, com o andar vacilante e a cabeça baixa, deu seus primeiros passos naquele caminho, rezando piedosamente pela alma do finado.

VI.

"Seu" Esqueleto, cuja rapidez fazia com que não fosse na mesma cadência dos outros, adiantou-se com sua vasilha mortuária, colocando-se à frente do grupo. Quando chegou ao povoado, já era noite, mas ruídos estranhos surgiram, para o avançado da hora, e um homem o chamou, de uma das casas.

O ajudante de delegado se deteve, sobressaltado. O homem dirigiu-se até ele e "seu" Esqueleto caiu, de joelhos, benzendo-se e dizendo:

"Em nome de Deus, diga o que quer e se afaste de mim!"

"Por que está assustado?", respondeu a aparição. "Sou eu, Tomás, em carne e osso."

"Em carne ou alma, isso é inegável. Mas como está assim, completo, quando levo seus ossos nesta vasilha?"

Houve um princípio de tumulto, exigindo a intervenção do principal réu, que estava aguardando a resolução de tão complicados incidentes.

Anton, que chegava do castelo, deu uma notícia sem importância que, completada por Tomás, explicou todo o ocorrido.

Enquanto este último se via cercado pelos lobos – os animais um pouco receosos diante da luta iminente – e tendo-se já passado um bom tempo, presenciou-se uma cena extraordinária: um macaco, sobre um porco, despontou por ali para seu costumeiro passeio. Os lobos julgaram que aquelas seriam presas menos perigosas e se lançaram à caçada, possibilitando a fuga de Tomás para o povoado. Anton, por sua vez, anunciou que o porco voltou sozinho. Os médicos reconheceram o crânio do orangotango antes ainda de os ossos serem depositados na igreja.

Ao chegar ao povoado, Lázaro não esperava encontrar uma recepção tão festiva. Tomás e Lúcia estavam abraçados; Lúcia e Aurora, reconciliadas; a acusação fora revogada, a princípio, pois, depois do ocorrido, o juiz, as testemunhas e os médicos buscavam uma explicação satisfatória para os fatos, descartando tudo o que não fosse conveniente à resolução do caso: o olho humano pertencia, sem dúvida, a um paciente enfermo; o sangue na camisa era o de uma mula; e os gritos de Tomás foram de alegria.

Lúcia não se cansava de olhar para o marido, percebendo que ele estava inclusive melhor que antes. Apenas Lázaro lamentava a perda do macaco, uma vez que acabou desperdiçado o olho que considerava praticamente seu e que, por tanto tempo, desejara.

Em seu regresso ao castelo, Ojeda apressou-se para abandonar aquela região. Afinal, havia notado que os olhos de Aurora e de Tomás, sem dúvida por espírito de companheirismo, buscavam-se e se encontravam com frequência.

CONCLUSÃO

Um ano depois, Ojeda mudou-se para um estranho edifício, em Madri, ao mesmo tempo clínica e zoológico. Em uma das alas do prédio, entravam os doentes, buscando uma cura; na outra, rugiam, baliam e grunhiam toda a sorte de animais.

No alto da casa, havia um aposento isolado, no qual Lázaro e Ojeda passavam algumas horas, todos os dias. O primeiro colocava a língua para fora, com a finalidade de ela ser submetida ao raio roxo; o patrão aguardava que alguma sensação fosse produzida.

Certa manhã, Lázaro, muito alegre, disse ao médico – que, como sempre, contemplava a operação com ansiedade:

"Senhor! Senti um formigamento agradável, como cócegas. Já sei o que é a luz roxa."

"Não, Lázaro, era só uma mosca que posou na ponta de sua língua."

"Senhor! Buscamos algo muito difícil", suspirou o criado.

"Duvida do sistema?", respondeu seu amo, com assombro.

"Não duvido", respondeu Lázaro, com humildade, "mas lembrei-me de que faz um ano que iniciamos o experimento e ainda não sinto absolutamente nada. Contudo, há sua outra invenção, à qual o senhor parece não dar importância."

"Pois aquela consiste apenas na habilidade do cirurgião. Esta é sublime, porque há de confirmar a teoria dos físicos."

Felizmente, para Lázaro, um desconhecido surgiu, buscando com urgência o médico. Ojeda foi arrancado de seus experimentos para receber o visitante e exibia, portanto, considerável mau humor. O médico e o sujeito se mantiveram trancados por bom tempo. Por fim, o homem foi embora, visivelmente contrariado.

Era Tomás, que voltara a se arruinar no jogo e desejava vender o olho esquerdo.

Meia hora depois, a casa ficou cheia de gente e carros paravam constantemente, na rua em frente ao edifício. Sim, os madrilenos marchavam, cercando o local, após lerem, com admiração e entusiasmo, o seguinte anúncio em seus jornais:

OJEDA, O OFTALMOLOGISTA

Devolve a visão aos cegos; coloca olhos vivos de animais diversos na órbita inútil das pessoas privadas da visão. Os olhos dos criados e das galinhas do médico foram por ele colocados e podem servir de vitrine e prospecto.

Há, no estabelecimento, olhos de águia para generais de campanha, olhos de tigre para devedores acossados, olhos de gazela próprios para damas.

Para os mais pobres, olhos de peixe podem ser colocados, gratuitamente.

GUILLAUME APOLLINAIRE
O MARINHEIRO DE AMSTERDÃ

O brigue holandês Alkaar, em seu retorno de Java, estava carregado de especiarias e outras matérias preciosas.

Fez escala em Southampton, e os marinheiros obtiveram permissão para descer à terra firme.

Um deles, de nome Hendrijk Wersteeg, carregava um macaco no ombro direito, um papagaio no ombro esquerdo e, em uma bandoleira, um pacote de tecidos indianos, que pretendia vender na cidade, assim como seus animais.

Era o início da primavera e a noite caía mais cedo. Hendrijk Wersteeg caminhou a passos largos pelas ruas algo brumosas que a luz a gás iluminava a duras penas. O marujo pensava em seu retorno próximo para Amsterdã, em sua mãe, que não via há três anos, em sua noiva, que estava à espera, em Monikendam. Calculava o dinheiro que poderia obter de seus animais e de seus tecidos, enquanto procurava a loja na qual iria vender esses bens exóticos.

Em Above Bar Street, um senhor se aproximou, de forma cortês, e perguntou e se ele estava procurando um comprador para seu papagaio:

"Esse pássaro", disse, "ficaria bem em meu negócio. Preciso de alguém com quem conversar sem que eu tenha de responder. Vivo sozinho."

Como boa parte dos marinheiros holandeses, Hendrijk Wersteeg falava inglês. Fez um preço que convinha ao estranho.

"Siga-me", disse o outro. "Moro bem longe. Você mesmo poderá colocar o papagaio em uma gaiola, que tenho em casa. Quem sabe você também não se desembaraça desses tecidos e eu encontre algo que seja do meu agrado."

Satisfeito com o negócio, Hendrijk Wersteeg acompanhou o cavalheiro e, alimentando a esperança de – quem sabe – vender também o macaco, tecia-lhe elogios, dizendo ser de uma raça muito rara, resistente ao clima na Inglaterra e que se apegava bastante ao dono.

Mas logo Hendrijk Wersteeg deixou de falar. Cortou sua conversa vã ao perceber que o estranho não lhe respondia e que parecia, de fato, sequer escutar suas palavras.

Prosseguiram o caminho em silêncio, um ao lado do outro. Sentindo a falta de suas florestas natais, nos trópicos, o macaco, amedrontado pela neblina, soltava pequenos gritos como o choro de uma criança recém-nascida, enquanto o papagaio batia suas asas.

Depois de uma hora de caminhada, o estranho disse, subitamente:

"Estamos próximos da minha casa."

Estavam fora da cidade. A estrada era costeada por grandes parques, fechados por grades; de quando em quando, brilhavam por entre as árvores as janelas iluminadas de uma casa de campo e, à distância, era ouvido, em intervalos, o grito sinistro das sirenes, em pleno mar.

O desconhecido, então, parou diante de uma grade, tirando de seu bolso um molho de chaves para abrir o portão, que se fechou assim que Hendrijk o atravessou.

O marinheiro ficou impressionado ao distinguir, com dificuldade, no fundo do jardim, uma pequena casa de campo de ótima aparência, embora suas persianas fechadas não deixassem passar forma alguma de luz.

O estranho silencioso, a casa sem vida, tudo aquilo era sugestivamente lúgubre. Mas Hendrijk se recordou que o estranho morava sozinho:

"É um homem original!", pensou, e como um marinheiro holandês não é, de forma alguma, rico o suficiente para que alguém pense em assaltá-lo, envergonhou-se de seu momentâneo temor.

■ ■

"Se você tiver fósforos, ilumine aqui", disse o estranho, ao introduzir uma chave na fechadura que trancava a porta da casa.

O marinheiro consentiu e, logo que entraram na casa, o estranho apareceu com uma lâmpada, que iluminou uma sala de estar mobiliada com muito bom gosto.

Hendrijk Wersteeg estava bastante tranquilo. Já nutria a esperança que seu bizarro companheiro compraria boa parte de seus tecidos.

O estranho, que deixara o cômodo, voltou com uma gaiola:

"Coloque aqui o seu papagaio", disse, "vou colocá-lo no poleiro até que seja domesticado e fale aquilo que desejo que diga."

Assim, depois de fechar a gaiola, na qual o pássaro permaneceu, apavorado, pediu ao marinheiro para segurar a lâmpada, enquanto se mudavam para o cômodo vizinho, onde, segundo disse, havia uma mesa conveniente para colocar os tecidos.

Hendrijk Wersteeg consentiu e entrou no quarto que lhe foi indicado. Imediatamente, ouviu a porta se fechar atrás dele: tornara-se um prisioneiro.

Fechado, colocou a lâmpada sobre a mesa e tentou correr para a porta e forçá-la. Entretanto, uma voz o deteve:

"Mais um passo e estará morto, marinheiro!"

Ao levantar a cabeça, Hendrijk viu, através de uma pequena abertura, algo que não tinha percebido antes: o cano de um revólver apontado para ele. Aterrorizado, parou.

Ele nem cogitou reagir, pois sua faca não serviria naquelas circunstâncias e mesmo um revólver lhe seria inútil. O estranho, que o tinha à mercê, estava escondido atrás da parede que continha o vão por onde observava a cena, e sobre o qual apoiava a arma.

"Ouça-me", disse o estranho, "e obedeça. O serviço forçado que você vai fazer para mim será bem recompensado. Você não tem escolha. Deve-me obedecer sem hesitação, caso contrário, vou abatê-lo como um cão. Abra a gaveta da mesa... Nela, há um revólver de seis tiros, carregado com cinco balas... Pegue-o."

O marinheiro holandês obedeceu, quase sem pensar. O macaco, em seu ombro, teve uma crise de pânico e estremeceu. O estranho prosseguiu:

"No fundo do quarto, irá encontrar uma cortina. Você deve puxá-la."

Com a cortina aberta, Hendrijk viu um aposento no qual, sobre uma cama, de pés e mãos atadas e amordaçada, uma mulher o encarava com os olhos possuídos por desespero.

"Desamarre a mulher", disse o estranho, "e remova a mordaça."

A ordem foi executada e a mulher, bastante jovem e de beleza admirável, ajoelhou-se ao lado da abertura, chorando:

"Harry, essa armadilha é infame! Você me atraiu para a vila com a intenção de me matar. Fingiu ter alugado esse lugar para passarmos algum tempo juntos, após nossa reconciliação. Pensei que, finalmente, estivesse convencido e acreditasse que nunca fui culpada... Harry! Harry! Eu sou inocente!"

"Não acredito em você", disse o estranho.

"Harry, eu sou inocente!", repetiu a jovem, com a voz esganada.

"Essas são suas últimas palavras, vou registrá-las com cuidado. Elas me serão repetidas por toda a minha vida."

A voz do estranho tremeu um pouco, mas logo recuperou a firmeza: "Porque eu a amo ainda", acrescentou, "se a amasse menos, teria acabado com você eu mesmo. Mas trata-se de algo impossível, porque eu a amo..."

"Agora, marinheiro, vou contar até dez. Caso até o final da contagem não tenha colocado uma bala na cabeça dessa mulher, será você a cair morto. Um, dois, três..."

Antes que o estranho tivesse tempo de chegar ao número quatro, Hendrijk, em pânico, atirou na mulher, ainda de joelhos, que olhava para ele, fixamente. Ela caiu com o rosto voltado para o chão. A bala a atingiu na testa. Imediatamente, um tiro vindo da abertura acertou o marinheiro na têmpora direita. Ele caiu em cima da mesa, enquanto o macaco, que dava gritos agudos de terror, escondia-se em sua jaqueta.

■ ■

No dia seguinte, passantes que ouviram gritos estranhos vindos de uma casa nos subúrbios de Southampton reportaram-nos à polícia, que logo forçava as portas da residência.

Encontraram os corpos da jovem e do marinheiro.

O macaco, nesse instante, saltou da jaqueta de seu mestre sobre o nariz de um dos policiais. O susto dos agentes foi tamanho que eles recuaram alguns passos, atirando no animal antes de qualquer nova aproximação.

A justiça foi informada. Pareceu-lhe claro que o marinheiro tinha matado a mulher, para depois cometer suicídio. Entretanto, algumas circunstâncias da tragédia permaneceram misteriosas. Os dois corpos foram identificados sem dificuldade, mas questionava-se por que *lady* Finngal, esposa de um dos pares da Inglaterra, estava sozinha, em uma casa de campo isolada, com um marinheiro recém-chegado em Southampton.

O proprietário da casa não conseguiu fornecer qualquer informação conclusiva que pudesse esclarecer o caso para justiça. A casa havia sido alugada oito dias antes daquele desfecho por um tal de Collins, de Manchester, que não foi encontrado. Este usava óculos e uma longa barba ruiva que, provavelmente, devia ser falsa.

O lorde chegou de Londres, com urgência. Ele adorava a esposa e sua dor era algo penoso de se ver. Como todos os demais, não conseguia compreender o ocorrido.

Após esses acontecimentos, retirou-se da vista do público. Vive em sua casa, em Kensington, tendo por companhia um servo mudo e um papagaio que, sem cessar, repete:

"Harry, eu sou inocente!"

ROBERT DESNOS
JACK, O ESTRIPADOR

CRIMES SÁDICOS

O recente processo criminal da mulher esquartejada em Saint-Denis trouxe à memória os crimes sádicos.

Como o assassino de Saint-Denis não foi descoberto, e talvez nunca o seja, da mesma forma que o assassino da mulher esquartejada em Marly e do homem também cortado em pedaços e atirado no canal Saint-Martin, pareceu-nos um exercício de curiosidade interessante rastrear duas grandes epopeias criminais do século passado, das quais os homens de certa idade ainda se recordam muito bem: "Jack, o Estripador", na Inglaterra, e "Vacher, o Estripador", na França.

JACK, O ESTRIPADOR

A figura de Jack, o Estripador é absolutamente lendária. Ninguém jamais o viu, ou o melhor seria dizer que as pessoas que o viram jamais puderam descrevê-lo, porque seus corpos, achados *a posteriori*, estavam horrivelmente mutilados.

Ele conseguiu realizar onze crimes, em plena Londres, a partir do dia 1º de dezembro de 1887, data na qual foi encontrado, em Whitechapel, o cadáver mutilado de uma mulher desconhecida, até 10 de setembro de 1889, quando, debaixo do arco de uma ponte ferroviária, descobriu-se o último corpo dessa série trágica – uma mulher, a cabeça separada do tronco, ambas as pernas ausentes, o estômago e o ventre perfurados –, sem que o assassino nunca fosse visto ou perturbado.

Houve aqueles que sonharam com ele, pois o maravilhoso se mescla ao trágico nesses eventos, afirmando que, nas noites anteriores à descoberta de um novo crime, tiveram sonhos premonitórios. Neles, Jack, o Estripador se apresentava com o aspecto de um homem de grande elegância, dono de uma expressão tenebrosa e bela, mãos muito finas e punhos cuja delicadeza não excluía a força.

Sem dúvida Jack, o Estripador deve estar morto agora, morto e impune. Provavelmente, repousa em um desses tranquilos cemitérios ingleses, com as sombras retilíneas dos ciprestes se estendendo por gramados cuidadosamente aparados e alamedas monótonas. Dia a dia, semana a semana, descansando nesse túmulo misterioso. Os jovens ingleses que, para chegar ao templo protestante ou à igreja, atravessam tal cemitério observam esse túmulo como fazem com os outros, em silêncio contemplativo. E nada indica aos homens, em plena paz telúrica, que ali repousa aquele ao qual podemos aplicar o título "gênio do crime".

Antes de descrever a série impressionante dos feitos de Jack, o Estripador, é uma sentença da conclusão do inquérito que, em sua terrível simplicidade, parece-me definir de forma trágica tão sangrenta epopeia: "Os elementos informativos não permitem determinar se o assassino dispunha de conhecimento sobre anatomia, mas indicam que a prática o tornara hábil."

Experiência terrível a desse homem, que levou à esfola de mulheres, luxúria terrível a desse indivíduo, cujo apetite sexual só poderia ser satisfeito pelo sangue, vida terrível a desse criminoso, que nunca foi descoberto, que sempre estava prestes a realizar mais um feito, que viveu na irritação contínua de seus nervos e de sua sensualidade, desafiando com sucesso as forças da lei e da moralidade ordinária.

Em 1º de dezembro de 1887, foi descoberto, no miserável bairro londrino de Whitechapel, um cadáver feminino de identidade desconhecida, assassinado e mutilado com selvageria. A investigação não foi capaz de revelar o nome do criminoso ou as circunstâncias do crime.

Sete meses se passaram, e o caso já entrara naquele estado de esquecimento profundo destinado aos crimes em que a polícia falhou no cumprimento de seu dever, quando foi encontrado, em 7 de agosto de 1888, no mesmo bairro, uma mulher morta de maneira atroz, dilacerada por 39 golpes de faca.

A investigação, desde seus primórdios, bateu-se com tal mistério que não temos a menor dúvida sobre o fato de o assassino ter escapado das buscas e o arquivo do novo caso ter sido armazenado ao lado do primeiro, com o qual não foi possível sequer estabelecer uma estreita correlação.

O bairro de Whitechapel, ainda hoje um dos mais pobres de Londres, era, quarenta anos atrás, o cenário mais romântico que se poderia imaginar. As admiráveis descrições que Eugène Sue, esse escritor extraordinário, fez dos bairros mais sórdidos de Paris fornecem uma pálida ideia do labirinto de ruas, vielas, passagens e becos que constituem esse subúrbio inglês. Thomas De Quincey – que, em certos momentos de sua obra, lançou-se em descrições velozes – traduziu a atmosfera trágica do local, onde os mais desvalidos e enfermos de Londres, aos domingos, desenham a giz o retrato do Príncipe de Gales nas calçadas, para, à noite, disputar com ratos gigantes um abrigo noturno nas docas do Tâmisa, esfregando-se em prostitutas tão lamentáveis que só são factíveis em uma cidade de tão grandes extensões, como aquilo que ela pode oferecer para a triste sensualidade dos sábados protestantes.

Entretanto, se Jack, o Estripador aguardou sete meses para cometer seu segundo crime, não esperou mais que 24 dias para o terceiro.

Em 31 de agosto de 1888, às quatro horas de uma noite quente, com as estrelas impassíveis resplandecendo no céu, foi achado em uma rua, estendido de costas, as vestes levantadas até a cabeça, o cadáver de uma mulher. Uma ferida horrível na garganta abriu a laringe e a traqueia. Da barriga aberta, escaparam os intestinos e todo o corpo estava imerso em uma enorme poça de sangue.

De acordo com as constatações médicas, segue a forma como o crime foi realizado:

A mulher X… se entregava amiúde à cerveja e ao uísque. Ela abusava tanto do álcool que seu marido, cansado de viver em um lar desordenado, acabou por se separar dela.

Na noite de 30 para 31 de agosto, após beber como de costume, ela deve ter enfrentado dificuldades em seu retorno para casa, apoiando-se nas paredes, utilizando as lamparinas de gás como escoras e entabulando com os transeuntes conversas incoerentes nesse tom de jovialidade triste que é característico da embriaguez inglesa. Durante várias horas ela vagou dessa forma. Talvez já tivesse passado por sua casa sem reconhecê-la. Totalmente dedicada aos exigentes sonhos do álcool, é provável que nem tenha pensado em dormir.

Foi quando ela encontrou esse singular andarilho. Suas roupas eram estranhas aos padrões de Whitechapel: apenas a brancura de sua camisa e a gravata atravessavam o negror implacável de sua capa e de seu paletó. Sob sua cartola e sobre seus sapatos de couro envernizado, o furor cintilava ao cruzar com os fugidios reflexos da iluminação pública. Com certa jovialidade, a mulher X… lhe dirigiu palavra. O desconhecido nada respondeu, embora tenha se aproximado mais. Por um momento, ela conseguiu distinguir lábios sangrentos abertos, revelando dentes de extrema brancura. Sentimental, a mulher bêbada aguardou um possível um beijo. Seu interlocutor, porém, agarrou-a pela garganta. Ela, então, rendeu-se e desabou suavemente na calçada, enquanto Jack, o Estripador, tomou posição sobre ela.

Ao longo da rua deserta, um dândi vai assobiando uma cançoneta da moda. A mulher bêbada segue deitada no centro de um grande tapete púrpura, que reflete a luz das estrelas. O policial que, em breve, irá se aproximará, para convencê-la a encontrar um local mais conveniente para curtir seu vinho, perceberá que a mulher está morta. Seus braços estão estendidos, frouxamente, ao longo de seu corpo. O rosto está lívido, os lábios, sem cor. A garganta aberta não sangra mais, porque nada resta nas veias da infeliz. Morreu sem se debater ou lutar. Seu corpo permaneceu inerte, naquele local, e a boca, aberta em um ricto terrível, responsável pela perda de cinco dentes. A língua, cortada. Ainda é visível o rastro dos dedos, marcados a custo, abaixo da mandíbula e na bochecha direita. No lado esquerdo do pescoço, partindo da orelha, uma leve ferida é perceptível. Ela termina alguns milímetros antes do golpe de faca que cortou a garganta com força suficiente para atingir a coluna vertebral.

A arma do crime deveria ser uma faca longa e a mão que a empunhava, extremamente robusta. Tal arma cortou em fatias o ventre da vítima com a mesma facilidade com que se corta o tradicional *plum cake* (bolo de ameixa) nos lares ingleses, aos domingos. As feridas foram feitas da esquerda para a direita: o assassino seria canhoto?

Esse foi o terceiro crime cometido por Jack, o Estripador, que estava prestes a cometer o quarto. O novo assassinato seria praticado com audácia ainda maior e a população de Londres, dessa vez, conheceria o terror.

A QUARTA VÍTIMA DE JACK, O ESTRIPADOR

Em um pátio de Whitechapel, nas primeiras horas da manhã de 8 de setembro de 1888, foi descoberta a quarta vítima de "Jack, the Ripper", maneira como os londrinos batizaram esse assassino indescritível.

Jack tornava-se, de fato, mais e mais ousado, pois realizou suas atividades em um local relativamente movimentado, e logo cedo, momento em que os trabalhadores começavam a circular pelas ruas.

A paisagem do drama era um desses pátios que em nada diferem de outros tantos. O Sol, presente poucas horas por dia, estigmatizava o andar superior, destacando a espessa escuridão nos níveis inferiores. Todas as janelas estavam alinhadas, suas guilhotinas entreabertas para aproveitar, ainda que brevemente, as brisas frescas das noites de setembro. Em todas, não houve ninguém que testemunhasse aquela cena horrível. No interior de suas habitações, os homens se preparavam para o brilho amarelado das lâmpadas, enquanto aproveitavam o chá ou o odor de pão assado que flutuava no ar.

A mulher atravessava o passeio, apressadamente. De repente, Jack se postou diante dela. A mulher não estava bêbada, mas não teve tempo de se defender. Duas mãos nervosas agarraram sua garganta. Ela não conseguiu respirar. O rosto, congestionado, rapidamente inchou. A língua, inflada, aderiu aos dentes, cerrados pelo terror. A mulher inclinou-se, de joelhos, e logo caiu de costas, as pernas levantadas, desmaiada, semimorta.

O Estripador brandiu seu longo e vigoroso cutelo e, em um instante, cortou a garganta da mulher com um golpe tão violento que quase separou a cabeça do resto do corpo. Dedicou-se, então, ao seu ofício: eviscerar a vítima, mediante mutilações terríveis, antes de dissimular, embaixo de sua capa, um sinistro troféu; sim, ele prevaleceria!

Amarrou um lenço ao redor da garganta sangrenta, para evitar que a cabeça ficasse separada de modo evidente. Depois, arrancou furiosamente dos dedos da vítima três anéis de cobre, sem valor. Qual a natureza do empreendimento secreto a que seriam destinados?

Como finalização de seu horrível empreendimento, mergulhou as mãos no ventre mudo, pois o estômago foi exposto desde o início das coxas, para remover o baço e parte dos intestinos...

Indiferente, abandonou a cena. Na primeira luz da aurora do vindemiário, a infeliz permanecia estendida sobre a safra vermelha de seu sangue, que jorrou no muro próximo, de onde gotejava, viscoso, ao longo do contorno das pedras em círculos escarlates.

E, no suave firmamento, o sol de todos os dias prosseguiu em sua ascensão constante, para atingir o apogeu acima daquele poço sombrio no qual se realizou tão diabólica proeza.

Quando os pobres restos, que apenas as vestes negras pareciam manter unidos, foram encontrados, o horror predominou. As roupas, em desordem, revelaram um espetáculo sangrento. O rosto estava desfigurado por um grande hematoma que se estendia até o pescoço. Longas marcas de dedos eram visíveis.

O sangue escorria pela roupa. Algumas manchas alcançavam as meias e as botas. Feridas serrilhadas e superficiais, no lado esquerdo do pescoço, sugeriam que "the Ripper" mordeu a pobre mulher, cobrindo a vítima com suas carícias.

O legista afirmará que, em decorrência das mutilações do corpo, tornava-se humanamente impossível descrever o crime com precisão. Reconhecia, contudo, que a ação do assassino foi tão precisa – executada com inacreditável sangue-frio – que não seria absurdo afirmar ser ele possuidor de certos conhecimentos em anatomia. Pois, apesar do número inacreditável de ferimentos feitos por faca, nenhum deles foi inútil!

O terror, doravante, pairava sobre Londres. Do crepúsculo ao amanhecer, nenhuma mulher se atrevia a sair sozinha. As prostitutas

[*Robert Desnos*]

miseráveis do bairro estremeciam da cabeça aos pés com cada encontro casual, com cada sorriso dado por este ou aquele passante, com os ecos dissonantes de passos em ruas desertas. À noite, as mulheres observavam, das janelas, a sombra das pessoas na rua, aterrorizadas somente com o pensamento do que poderiam enfrentar. Mais de uma delas, no meio das noites insones, levantou-se para olhar a rua escura e suas luzes refletindo na umidade noturna.

Todos esses terrores, todas essas angústias e todo esse pesadelo teriam um novo auge com a descoberta posterior de mais dois cadáveres.

A extraordinária audácia de Jack, sua improvável e favorável sorte, que permitiu-lhe escapar da justiça humana, seus desejos terríveis, tudo isso se manifestou da forma mais sinistra possível, nesse dia.

Afinal, tendo apenas algumas dezenas de minutos como intervalo, Jack, o Estripador assassinou duas mulheres em plena rua, em locais relativamente bem movimentados, atirou-se com furor sobre seus corpos e se retirou sem ser visto, e sem deixar a menor indicação de como começar a investigar.

A QUINTA E A SEXTA VÍTIMAS DO ESTRIPADOR

Na manhã do domingo, 30 de setembro de 1888, uma mulher que residia em Whitechapel, na casa vizinha de onde fora achada a quarta vítima, seguia até o mercado para comprar algumas castanhas. Ao atravessar o pátio, correndo, ela encontrou Jack, o Estripador. Nunca um crime foi perpetrado com tal rapidez. Um repentino golpe de faca fez a infeliz desabar: a artéria próxima da traqueia, aberta. Logo de início, ela cruzou as pernas, uma espécie de reprodução da forma como nosso gênio do crime se curvava em sua trágica e habitual tarefa. O abdome foi, então, completamente dividido, pois a meta de retirar órgãos dessa região tornava-se mais ampla a cada novo crime. Assim, como uma marca insólita que conferia aos crimes, um selo de estranheza, Jack, o Estripador realizou uma escolha pouco habitual do ponto de vista dos sádicos, removendo o rim esquerdo. Demorou dois segundos para cortar a garganta da mulher, e cinco minutos para dotar seu crime de horror completo. Chegou o momento de partir. Fez um leve corte nas pálpebras da vítima e, pouco antes de desaparecer, contemplou sua obra por um instante.

O legista afirmou que, dadas as lesões e como elas foram feitas, a roupa de Jack não fora maculada por uma única gota de sangue.

Contudo, a vítima acaba de morrer. Quando encontrada, ainda tem o peito e o rosto cálidos. As roupas amassadas não estão desabotoadas... Ela repousa, de lado, apoiando-se no braço esquerdo, o braço direito dobrado sobre o tórax. posição usual do sono. O sangue flui lentamente pelos grandes vasos da garganta. As mãos já estão frias. O sangue, agora, começa a coagular, salpicando o rosto e gotejando devagar na mão direita. O rosto, apesar de tudo, mantém uma expressão calma, a boca ligeiramente aberta, como se a mulher estivesse adormecida.

A horrível ferida do pescoço, realizada como de costume, demonstrava que Jack, o Estripador era canhoto. Ela terminava no lado direito, logo abaixo do ângulo da mandíbula, e tinha quinze centímetros de comprimento.

E o pequeno pacote de castanhas, rasgado, deixava pela lama grãos negros e doces...

■ ■

Entretanto, Jack prosseguia seu caminho pela Londres paralisada por um domingo protestante. As ruas estavam desertas; ao fundo, os sinos das igrejas católicas; no rio Tâmisa, algumas gaivotas tentavam dar alguma animação à paisagem. Ao redor de Londres, campos de pastagens aparadas e encostas. Era domingo e toda a Inglaterra estava prestes a comemorar, com dignidade e tédio, sua alegria.

As primeiras fanfarras do exército, a preparação para a cruzada dominical. Pelas janelas das cozinhas, escapava o aroma de *roast beef* e de *plum cake*. Mas Jack sentia apenas seu tédio. A pesada melancolia da luxúria e o clima daquele domingo em particular pesavam sobre ele, a satisfação experimentada com o crime cometido apenas algumas horas antes desaparecera, como se não existisse. Sua mão permanecia no bolso, acariciando o cabo da terrível arma em repouso. O local em que estava parecia deserto... De repente, surge uma mulher.

Atormentado por sua fúria, ele brandiu novamente a lâmina. Foi a segunda vez que o golpe desfechado foi tão brutal que secionou a cartilagem vertebral. Pela veia jugular interna e pelos grandes vasos do lado esquerdo, jorros de sangue borbulhante escapavam, intensos.

O furor crescente do Estripador atingiu um novo patamar: a desfiguração de sua vítima, que teve bochechas, nariz e olhos cortados. Quando descoberto, o corpo estará absolutamente irreconhecível. Durante a execução de todas as mutilações, ele chegou a arrancar o lóbulo da orelha direita da vítima, talvez por acidente.

Em seguida, Jack, o Estripador se curvou diante de seu cadáver. Observou a saia com atenção para, através de uma incisão que partia dos seios, abrir as paredes abdominais. Em sua passagem, a faca dilacerou o fígado, dividindo-o em dois. O sulco da lâmina fez seu traçado alguns milímetros abaixo do umbigo, movendo-se horizontalmente para a direita, ao longo de uma distância de sete a oito centímetros, dividindo ao meio o umbigo, realizando uma volta sobre si que deixou o que restava do umbigo pendurado em um pequeno retalho de pele, que pendia do lado esquerdo da barriga. A ferida, na sequência, tomou uma direção oblíqua à direita, como se o assassino estivesse concentrado na realização de um estranho arabesco.

Foi então que Jack cravou a faca na virilha da mulher, atingindo o peritônio a uma profundidade de oito centímetros. Mal havia sangue. Depois, mergulhou as mãos na barriga da vítima para daí extrair todos os intestinos, que encontrariam um novo local no ombro direito da assassinada. Agiu com tal brutalidade que espalhou, a certa distância, pedaços da carne dilacerada.

Acharam o corpo por volta das duas da manhã. Novamente, ninguém havia visto o assassino. Na opinião do perito, a conclusão do crime ocorrera menos de vinte minutos antes da descoberta do cadáver. O rosto nada mais era que uma ferida sangrenta. A perna direita dobrava-se sobre a coxa, a perna direita estava invisível.

A assinatura nos dois crimes era evidente. A polícia inglesa, por sua vez, reconheceu com terror que sua capacidade de desvendar os crimes era cada vez menor.

A SÉTIMA E A OITAVA VÍTIMAS DE JACK

Um mistério ainda maior, se é que tal fosse possível, envolveram as circunstâncias nas quais Jack cometeu seu sétimo crime.

Em uma terça-feira qualquer de outubro de 1888, o torso de uma mulher em decomposição foi descoberto em um porão sombrio. O crime devia ter ocorrido entre seis a oito semanas antes.

A cabeça fora separada do tronco na sexta vértebra cervical, que tinha sido cortada de lado. A parte inferior do corpo e da pelve desaparecera. A quarta vértebra lombar fora rompida por incisões idênticas àquelas realizadas no pescoço. O braço tinha sido deslocado por cortes feitos logo abaixo da laringe. Não havia sangue no coração, o que indicava que a vítima não fora asfixiada ou afogada. O intestino estava no lugar, com exceção do cólon, que desaparecera junto com os órgãos do abdome inferior: fígado, baço, pâncreas, rins etc.

A autópsia revelou que as mutilações ocorreram após a morte e foram realizadas por um instrumento cortante extremamente afiado, que correspondia, dadas as suas características, à arma usual empregada pelo indescritível assassino.

A vítima não exalava odor desagradável. Os médicos, assim, concluíram que o assassino parecia ter um conhecimento aprofundado de anatomia e que suas ações eram dirigidas por certas preferências habituais.

Esta vítima de Jack, o Estripador nunca foi identificada. O segredo persiste a respeito de como era sua vida e quais foram as terríveis circunstâncias de sua morte. Mas aqueles que ainda recordam do crime jamais se esquecem do horror experimentado quando da descoberta do corpo – mais mutilado que as estátuas de mármore ao ser exumadas de terras antigas pelas quais os bárbaros passaram.

■ ■

Jessie era uma garota pobre, que residia em um dos bairros mais miseráveis de Londres. Toda noite, depois de beber sua ração de gim, em segredo, em um bar clandestino que servia bebidas para mulheres, ela saía, cruzando algumas ruas.

"Disponível para todos, em tudo formosa…"

Quando encontrava alguém disposto a aceitar seu sorriso e crer em suas promessas, ela se entregava, em seu quarto, às carícias brutais dos estivadores, aos amores mercenários dos trabalhadores de Londres.

Um dia, porém, ela recebeu alguém que não tinha a aparência rude de seus amores ocasionais. O tecido das roupas daquele homem era fino; em sua voz suave, predominavam as palavras agradáveis. Jessie, como seus compatriotas, temia Jack, o Estripador. Ela tinha medo de se ver, repentinamente, na presença do assassino, em uma noite escura, no meio de um beco isolado, morrendo na calçada com grandes feridas talhadas em seu flanco suave, banhando seus cabelos loiros em uma imensa poça de sangue.

Todavia, aquele que a interpelara não parecia ser má pessoa. O máximo que podia ser dito era que seus olhos carregavam certa luminosidade perturbadora, mas a sensação despertada por tal impressão fora de ternura e desejo. E era um cavalheiro. Um anel de ouro brilhava em seus dedos, seu hálito não estava contaminado pelos vapores vulgares de cerveja barata. Por fim, não era todos os dias que uma garota pobre de Whitechapel podia entregar seu corpo a um homem que bem poderia ser um lorde ou um baronete.

O quarto em que estavam era pobre e seu mobiliário, semelhante ao de tantos cômodos das casas de Whitechapel. Na cama, estendia-se uma colcha tradicional, feita de pedaços de diferentes tecidos; as paredes eram cobertas por um papel de parede desbotado, que parecia ter absorvido anos e anos de uma poeira que o atravessara, lentamente.

As trevas reinaram durante aquela visita noturna...

Na manhã de 9 de novembro de 1888, Jessie foi achada deitada, nua, em sua cama.

A garganta estava cortada de orelha a orelha por uma longa incisão. O nariz e as orelhas haviam sido amputados. Os seios, habilidosamente seccionados, foram depositados na mesa de cabeceira. O estômago e o abdome, completamente abertos. O rosto, retalhado, ficou irreconhecível. Os rins e o coração, retirados de seus nichos naturais, repousavam sobre a coxa esquerda. O assassino levara um troféu lúgubre: toda a parte inferior do abdome com os órgãos de tal região incluídos.

As roupas da vítima se encontravam dispostas, ordenadas, em uma cadeira. Nada indicava resistência ou luta. A garota pobre fora assassinada durante seu sono. Um grande jato de sangue salpicara o papel de parede, que absorvera um pouco do líquido sinistro.

Tenho diante de mim a fotografia do cadáver. O leito de mogno contém vestígios de sangue. Algumas gotas caíram no colchão e o mármore da mesa de cabeceira estava avermelhado como o avental de um açougueiro!

Jack, o Estripador esperaria, após a execução desse crime, bastante tempo para saciar suas inclinações sinistras. De fato, apenas sete meses depois, seriam descobertos, navegando pelo Tâmisa, os restos mutilados de sua nona vítima.

A NONA E A DÉCIMA VÍTIMAS

Foi pescado no Tâmisa, em 1º de junho de 1889, a parte inferior do tronco de uma jovem mulher de excelente constituição. Alguns dias mais tarde, às margens de Surrey, surgiram a perna e a coxa esquerda.

Um dia depois, encontrou-se a parte superior do tronco. A cavidade torácica estava vazia: o baço, os rins e uma porção do intestino ainda se viam presos às paredes daquele pedaço de carne. O diafragma fora cortado pelo centro com uma serra. As costelas, igualmente serradas.

Enfim, na segunda-feira, 10 de junho, foram achados um braço e a mão direita. Os detritos fúnebres não boiaram no Tâmisa por muito tempo. A morte provavelmente acontecera 48 horas antes.

O corpo fora desmembrado de forma bastante grosseira, mas com um objetivo evidente. Depreendia-se daí que o misterioso assassino tinha uma compreensão relativamente ampla do corpo humano e de suas articulações e, nas palavras de uma das testemunhas, à época, conhecia a anatomia humana como um garçom de restaurante domina o corte de uma ave doméstica. A sinistra comparação não fornece a descrição exata da atmosfera evocada pela metodologia de Jack, o Estripador?

Por fim, estava nos detalhes das mutilações a marca inegável do "Ripper".

Estavam faltando a cabeça, os pulmões, o coração, a maior parte dos intestinos e alguns órgãos internos. E como no caso das outras vítimas, um anel fora arrancado com violência para, sem dúvida, ser acrescentado a certa sombria coleção.

Os pelos do corpo da vítima, castanho-claros, as unhas das mãos bem roídas, as marcas de uma gravidez avançada e vários outros indícios permitiram identificar a vítima.

Era muito conhecida nos "barracões" dos inquilinos do setor mais pobre de Chelsea, e fora vista pela última vez em 31 de maio. O relatório final das autoridades inglesas, com sua discrição beirando a hipocrisia, relatou que ela vivia "de um dia para o outro".

Como a pobre Jessie, ela também teve de enfrentar o nefasto sedutor. Seus modos agradáveis, elegância e charme provavelmente induziram confiança. Ela se entregou a ele de olhos fechados, alegre e grata pela boa sorte inesperada, a aventura excitante da menina pobre. Ela também tinha a esperança de passar a noite com um *gentleman*. E sua cegueira ocasionara a própria morte.

■ ■

A décima vítima foi descoberta, entre meia-noite e uma da manhã, em 17 de julho de 1889, por um policial, em um beco da área preferia de Jack, o Estripador: Whitechapel. A tragédia ocorreu com essa vítima de modo semelhante ao das outras infelizes. O encontro inesperado em uma rua deserta. O terrível golpe de faca na garganta, que era a especialidade de Jack... A queda no passeio... O corpo entregue às vicissitudes do assassino: o estômago e o abdome retalhados, vestido e saiote levantados para revelar o baixo-ventre, mutilado de forma pavorosa.

O legista utilizou, nesse caso, uma linguagem bastante simples, mas horrivelmente significativa: "O rosto ainda estava quente; era uma mulher pobre de uns quarenta anos, belo temperamento (sic), cabelo castanho-escuro, ao menos um dente faltando, como no caso de outras vítimas da série. Uma unha da mão esquerda foi parcialmente arrancada. O assassinato está relacionado com outros, cometidos nos anos recentes. Havia sangue no local em que a vítima foi morta."

A ÚLTIMA (?) VÍTIMA DE JACK, O ESTRIPADOR

Em 10 de setembro de 1889, foi localizada, sob um arco da estrada de ferro, a décima primeira vítima de Jack, o Estripador. Seria, ou melhor, foi o último assassinato atribuído ao conjunto de suas obras.

Nada restou da vítima que não seu torso. A cabeça estava removida, bem como as duas pernas. Na borda do tórax e do abdome, abriam-se vários cortes, através dos quais os intestinos escapavam.

A morte acontecera três dias antes, decerto. O corpo estava praticamente nu, apenas com uma camisa rasgada e manchada de sangue, fechada por uma pequena corda. Mais uma vez, as incisões foram feitas da esquerda para a direita.

O coração fora arrancado. As pernas, amputadas com habilidade. O baixo-ventre, mutilado, além das lesões abdominais profundas. O corpo estava coberto de hematomas, como se arrastado pelo assassino após a morte, ocorrida pela hemorragia resultante de cortes realizados no braço esquerdo, sugerindo que o agressor também o quisesse amputar, mas depois tivesse desistido.

O exame dos órgãos internos indicou todos, até certo ponto, sãos, com exceção do baço e do fígado, ambos estigmatizados pelo uso do álcool, indicação certa de que a vítima tinha prolongado histórico de bebedeira. As mãos, longas e delgadas, apresentavam-se imundas, negligenciadas, mas não crispadas. A morte alcançou aquela mulher de surpresa, ou durante o sono. Ela sequer se debateu.

O corpo se via deitado, de barriga para baixo, o braço direito dobrado. Não havia sinais de luta ou sangue no cenário em que foi avistado, debaixo da estrada de ferro. A tragédia talvez não tivesse ocorrido ali, de modo que os despojos fúnebres foram trazidos depois. A camisa fora cortada de cima para baixo, a partir das axilas.

Mais uma vez, os médicos legistas reconheceram a habilidade relativa do assassino, que não parecia advir de um conhecimento aprofundado da anatomia humana.

AS HIPÓTESES

Naturalmente, os crimes de Jack excitaram a imaginação do público e muitos tentaram interpretar os assassinatos a partir de suas paixões.

Os antissemitas reconheceram neles a marca ritual dos judeus.

Os imaginativos procuraram relacioná-los com as práticas de uma seita cristã de origem russa, que teve seguidores em Londres, cuja ação principal se concentrava na mutilação sexual.

Esse grupo enxergava nas eviscerações sucessivas uma forma de vingança religiosa contra o sexo, que carregava a culpa pelo pecado original; ao mesmo tempo, o crime constituiria um tipo de aprendizado, pois o praticante poderia desenvolver a habilidade que garantiria uma autocastração bem-sucedida.

Outra possibilidade postulada envolveria associações terríveis de sádicos operando em série e desfrutando de proteção das altas rodas.

Tal linha de raciocínio supõe que o assassino tinha uma posição de destaque na sociedade aristocrática inglesa, e que, para encobrir tal escândalo, teria sido executado ou forçado a cometer suicídio.

Por fim, os artistas viram em Jack, o Estripador a imagem sedutora do herói de romance que, como Thomas De Quincey, considera o assassinato uma das belas-artes.

O QUE FOI REVELADO POSTERIORMENTE

Chegou o momento de revelar o porquê dessa última hipótese parecer, em nossa opinião, a mais próxima da realidade.

Tive, por esses dias, um encontro extraordinário com um jornalista que estava realizando certa investigação. Não vou dizer que conheci Jack pessoalmente, salvo por mistificação, uma mistificação bastante curiosa, e mesmo surpreendente, uma vez que, em plena Paris, conversei por meia hora com um homem que esteve muito perto, conheceu o nome e o destino desse indivíduo, cuja personalidade extraordinária ainda permanece um segredo para mim.

Apesar de todo o ceticismo com que tenho o direito de receber as palavras dele, não posso deixar de acreditar plenamente em tudo que me foi dito e tomar por autêntica tal história, da mesma forma que considero verídico o retrato esboçado com extremo cuidado por uma mulher misteriosa, que representaria Jack, o Estripador algumas semanas antes do primeiro crime, quando ele teria cerca de dezenove anos.

Incidentes românticos são algo raros, na vida cotidiana. Tenho, nesse sentido, o mais terno apreço pelos minutos preciosos que surgem em minha existência: encontros inesperados, coincidências extraordinárias, emoções sentimentais, melancolia, desejo. Mais raras são as aventuras nas quais as maravilhas terrestres consintam em se manifestar de forma imperativa.

A aventura que creio ser a mais instigante em todo meu envolvimento com o caso de Jack, o Estripador pertence à categoria descrita no parágrafo anterior. Se alguém sugerir que eu conheci uma fraude, recuso-me a acreditar. E, ainda que eu tenha sido enganado, guardarei em minha memória a lembrança do momento em que acreditei... e manterei minha crença.

UMA CARTA MISTERIOSA

Em 1º de fevereiro, uma quarta-feira, encontrei em minha caixa de correio uma correspondência cujo conteúdo me surpreendeu. Segue sua reprodução *in extenso*:

> Quer conhecer um pouco mais a respeito daquele que o senhor chamou de gênio do crime? Se esse for o caso, venha só [grifado no texto original] ao encontro cujos detalhes enviarei em outro telegrama, logo após, desde que seja possível a confirmação, mediante seu jornal, que deseja ver-me, realmente
> Peço que aceite, assim, a expressão de minha sincera simpatia.
>
> w.w.
>
> ps: Em uma palavra, exijo do senhor, em contrapartida às informações que fornecerei – e tudo mais o que discutiremos –, sua palavra de honra a respeito da manutenção de meu anonimato e de que não efetuará investigações a respeito de minha identidade.

O texto da carta era algo estranho, até um pouco feminino, com sua pontuação desproporcional em comparação ao tamanho das letras, salpicando literalmente pontos e acentos. De fato, tal escrita me pareceu falsa. Na quinta-feira, dia 2 de fevereiro, o *Paris-Matinal* publicou, ao final do meu artigo, minha aceitação na forma de um pós-escrito:

"PS: W.W., fiquei bastante interessado com o que disse em sua carta, dou minha palavra de honra e peço que marque nosso encontro. R.D."

O restante do dia se passou, sem novidades de meu correspondente. Na sexta-feira, dia 3, por volta das três e meia da tarde, recebi uma nova mensagem:

> Ainda hoje, no café Cardinal, às seis horas, precisamente. Leve um número do *Paris-Matinal* em suas mãos. Quando eu vier me sentar ao seu lado, faça o possível para não externar um sentimento de surpresa. Em particular, não desejo chamar a atenção sobre minha pessoa, mesmo que seja de algum desconhecido indiferente, no local.
> Sempre há os que não são indiferentes. Levarei algo para o senhor, também. W.W.

Aguardei o encontro com impaciência. Por volta das cinco horas, para matar o tempo, fui até um café localizado em certo bulevar com um camarada da redação, Serge Lucco. Às cinco e vinte, voltamos para o jornal.

Às seis, já estava no Cardinal. Seguindo o que combinamos, Lucco chegou cinco minutos antes para que não fôssemos vistos juntos e sentou-se em uma mesa afastada.

Esperei por quarenta minutos. Ninguém apareceu. Voltei sozinho para o jornal e meu amigo Lucco juntou-se a mim, cerca de dez minutos depois.

Eu expressava meu mau humor em relação ao que pensei fosse uma piada quando o gerente do *Paris-Matinal*, sr. Chartrain, trouxe-me uma carta, encontrada sobre uma mesa no saguão de entrada do jornal, sem que ninguém soubesse de onde viera. Nesse momento, um ciclista, Aubry, lembrou-se de ter ouvido, pela porta aberta, alguém dizer "Para o sr. Desnos" e desaparecer em seguida, sem que ninguém pudesse ver quem era.

Segue o conteúdo da carta:

> Creio que tenha se esquecido de meu pedido para que viesse sozinho [grifado no texto original]. Pois bem, seu companheiro, de *trench coat*, é alguém que visivelmente não está acostumado a desempenhar papéis com discrição. Isso me atingiu – mas não me surpreendeu –, vindo do senhor.
>
> Uma última vez: deseja que nós nos encontremos?
>
> Aguardarei do lado de fora do *Paris-Matinal*, segurando um exemplar do jornal em minhas mãos. Tome a direção que preferir, eu o seguirei e, se estiver sozinho [grifado no texto original], irei me aproximar. w.w.

Admito que, após ler o texto, tive ainda mais certeza de que tudo não passava de uma brincadeira de algum dos editores do *Paris-Matinal*. Terminei meu trabalho diário às oito e quinze e deixei a redação.

Fui até a Place de la Bourse, na rue Vivienne, caminhando devagar. Desci para Saint-Germain-des-Prés, não tendo visto viva alma e acreditando que a minha correspondência com w.w. era algum tipo de trote. Enfiei-me pela rue Bonaparte pretendendo chegar, pelas rues Guynemer e Vavin, em Montparnasse, onde costumava jantar todas as noites.

Cruzando Saint-Sulpice, uma mão tocou meu ombro.

AS EXTRAORDINÁRIAS REVELAÇÕES DE UM AMIGO DE JACK, O ESTRIPADOR, AO PARIS-MATINAL

O céu estava nublado. Chuviscava, de novo. O asfalto reluzente refletia as luzes da rua. As torres de Saint-Sulpice, infelizmente, perdiam-se em uma névoa de umidade. Virei-me para o homem que colocara a mão em meu ombro, sem duvidar por um instante sequer que era ele quem me esperava.

Vi-me na presença de um homem de seus sessenta anos, de compleição robusta, avermelhado e bronzeado como se o sangue estivesse congelado sob a pele por efeito da luz solar e do álcool. Ele estava envolto por um grande casaco marrom quadriculado por faixas igualmente marrons, mais claras, de excelente corte inglês, trazendo à cabeça um chapéu de feltro da mesma cor. Utilizava uma bengala cuja madeira talhada tinha uma natureza única, que eu conhecera por acaso: ela viera de um cafeeiro. Sabemos que esse tipo de bengala costuma ter origem nas Índias Orientais Holandesas e que são muito raras, uma vez que, em tais paragens distantes, a mutilação de um cafeeiro parece ser punida com a morte.

A boca do meu interlocutor estava escondida por um bigode branco e espesso. Os olhos, muito grandes e salientados por olheiras, não parecia indicar nada além de uma imensa tranquilidade e certo hábito determinado pela dominação.

Dessa forma, após me apresentar, de modo atabalhoado, seria perfeitamente natural que, depois disso, fôssemos para Montparnasse.

"Se esse for seu caminho", acrescentei com uma voz em que o sotaque inglês era pouco evidente, apesar de que essa impressão poderá muito bem ser resultado de alguma sugestão.

Caminhamos em silêncio para a rue Guynemer, cujo asfalto do pavimento brilhava como um jogo de espelhos, reverberando seus reflexos. A paisagem familiar, repentinamente, pareceu misteriosa e até malfadada, apesar da presença das árvores de Luxemburgo, do esplendor de um território tão somente mineral.

"O que tem a dizer?", questionei, com um grande esforço para quebrar o silêncio.

"Bem, creio que já deva saber. Está interessado?"

"Muito."

"Adiante, então. O que contarei é algo que ocorreu faz bastante tempo, uns quarenta anos. Eu estava na Escócia, terminando meus estudos – como pode ver, sou escocês. Foi lá que conheci aquele que todos, incluindo o senhor, denominam 'Jack', o que manterei, uma vez que não pretendo revelar a identidade dele ou a minha. Deve saber que o retrato que fez dele não está tão distante da realidade. É bem verdade que o adornou excessivamente. Certo, ele era elegante e tinha uma vida tranquila, mas estava longe de ser um lorde ou baronete. Filho de um casal escocês e galês, passava algumas semanas em Edimburgo, quando o conheci. Isso foi em 1887. O primeiro crime atribuído a ele não foi obra de sua lavra, mas sim a causa de todos os outros".

Na realidade, surpreendeu-nos o fato de o autor desse primeiro crime permanecer desconhecido e discutíamos, em 3 de agosto de 1888, ele, eu e um amigo em comum, sobre o dito mistério. Estávamos de volta a Londres. Jack, com toda a seriedade, propôs uma aposta: ele se comprometeu a cometer o mesmo crime, em circunstâncias semelhantes, que seria, igualmente, insolúvel. Realizamos a aposta, sem levá-la a sério. O valor era de três libras.

Quatro dias depois, ele veio ao nosso encontro, anunciando o que tinha realizado. Primeiro, demos boas gargalhadas... Mas, ao lermos as manchetes nos jornais, fomos dominados por uma angústia terrível. Éramos cúmplices, quase mandantes do assassinato.

Todavia, "Jack" permaneceu impassível e não cobrou a aposta. O tempo passou, o assassino não foi encontrado. Nós nos tranquilizamos – até demais, na verdade.

Na tarde de 30 de agosto de 1888, questionei o papel de "Jack" no caso, perguntando se ele não teve conhecimento do crime antes da publicação nos jornais e se jactava para nós de seus atos, em vez de cometê-los, de fato.

Jack ficou furioso com minha especulação e disse que, já que eu considerava o ocorrido dessa forma ele, como bom jogador, realizaria um novo feito, provavelmente na próxima noite.

"No dia seguinte, ficamos sabendo do segundo e do terceiro da série de crimes de Jack. Dizer algo a respeito de nosso temor me parece desnecessário. Pois, como o senhor deve imaginar, ele veio nos ver logo depois. Permaneceu em silêncio durante toda a visita. Estávamos embaraçados. E, mais uma vez, o assassino permaneceu desconhecido. No entanto, Jack, com uma vontade infernal, continuou a nos aterrorizar. Ele descreveu para nós todos os outros crimes atribuídos ao Estripador (exceto o nono e o décimo, que eu não creio que foram cometidos por ele). As circunstâncias eram bastante exatas e os detalhes, precisos, como seria de se imaginar."

"Mas ele forneceu algum motivo?"

"Ele nos disse: 'Isso vai ensiná-los a não me caluniar como mentiroso.' Outras vezes, dizia que era melhor assim, que as pobres mulheres, daquela forma, ao menos tiveram uma morte não convencional. Uma única vez disse que as mortes lhe davam prazer."

"O senhor nunca lhe disse nada?"

"Claro que não! Éramos seus cúmplices. Teríamos sido presos. Éramos jovens e estávamos com medo."

"Diga-me, ele fez amor com alguma mulher?"

"Ao contrário do que se pensa, ele amava sua esposa, uma jovem francesa que fez este desenho que entrego para o senhor [que publicamos]. Ela sempre ignorou as atividades que o marido realizou certas noites, quando chegava tarde demais para deitar--se com ela, bem como o vício terrível ao qual ele se entregara.

Ela nunca soube que o homem cuja satisfação mais terna parecia ser beijar-lhe os cabelos poderia manipular uma faca de maneira tão formidável."

"Mas o que aconteceu com ele? Já está morto?"

"Não sei se ele ainda vive, mas a esposa faleceu, esmagada por um ônibus.

Quanto a mim, nosso amigo comum e eu partimos pouco tempo depois para as Índias, com o objetivo de deixar esse pesadelo para trás. Nosso companheiro morreu de cólera. Sou, portanto, a última testemunha de toda essa tragédia."

"Mas, e ele?"

"Jack foi para a Austrália. Sei que, enquanto esteve por lá, quatro crimes semelhantes aos de Londres aconteceram, em Sidney e Melbourne. Com os oito de Londres, sua obra alcançou o total de doze assassinatos."

"Chegou a vê-lo, novamente?"

"Sim, quando estava de passagem por Londres, durante a Guerra dos Bôeres, eu o encontrei por acaso. Pretendia evitá-lo, mas ele acabou por se aproximar de mim. Pouco conversamos. Dizia lamentar a forma como 'os malditos bôeres massacravam os leais súditos de Sua Majestade Graciosa'. Insistia nessa fórmula, que parecia agradar-lhe muito."

"E isso foi tudo?"

"Nós nos reencontramos em 1910... apenas por alguns minutos. E nunca mais."

"Não sabe o que foi feito dele?"

Não houve resposta.

"Peço desculpas pela pergunta, mas", questionei, "por que me confiou seu segredo?"

"Por que o senhor continua falando dele?"

Não tinha nada para replicar.

"Posso publicar tudo o que me disse e a imagem que me deu? Com isso, não denunciarei ninguém à polícia?"

"Não se preocupe. Pensei nisso. Mas estou feliz que tenha essa preocupação. Quanto ao resto, tenho a sua palavra."

Durante nossa conversa, percorremos a rue Guynemer, retornando ao seu início, uma vez mais. Estávamos na esquina das rues d'Assas e Vavin.

"Adeus!", ele me disse.

"Adeus", respondi, um pouco constrangido, "prazer em conhecê-lo."

Enquanto observava aquele homem se afastar por um trecho tranquilo da rue d'Assas, percurso no qual logo se distanciaria no horizonte, tentei me lembrar se, ao acender seu cigarro, ele segurava a caixa de fósforos com a mão direita ou a esquerda. Refleti sobre isso e percebi que não me lembrava do fato com clareza, tanto quanto parecia impossível determinar a maneira habitual que eu mesmo empregava para segurar em minhas mãos tal objeto.

POSFÁCIO

A ENCENAÇÃO SANGRENTA DE QUINCEY E A ESTÉTICA/NARRATIVA DO ASSASSINATO

Alcebiades Diniz Miguel

GRATUIDADE E EXCESSO

O escritor britânico Colin Wilson, falecido em 2013, sempre foi fascinado pela figura do *outsider*, da mesma forma que pelo crime e pelo assassinato, buscando algo como uma síntese, fosse em seus ensaios ou seus romances, desses elementos. Na introdução de seu romance "de terror cósmico", que seguia certos moldes estabelecidos pelo escritor estadunidense H.P. Lovecraft, intitulado *The Mind Parasites* (ou, na tradução brasileira de Théa Fonseca, *Parasitas da Mente*, publicado originalmente em 1967), Wilson discutia alguns dos elementos centrais tanto da ficção lovecraftiana quanto dessa sua resposta bastante específica. Um desses elementos é a noção de um "tempo em que grande parte da humanidade parece ter enlouquecido, em que acontecem pesadelos fantásticos e crimes inexplicáveis e horríveis"[1]. Ou seja, o escritor – em termos algo vagos e amplos, mas incisivos – fala do seu tempo como uma época de crimes – e, aqui, Wilson parece ter em especial perspectiva o assassinato – dominados menos por algum aspecto imediatamente funcional e muito mais por sua possibilidade espetacular, nessa junção entre o horror e o inexplicável, derivada justamente da gratuidade e

---

[1] Colin Wilson, *Parasitas da Mente*, Rio de Janeiro: Francisco Alves, 1977, p. 14.

imprevisibilidade possível de dada atividade humana, sendo, nesse sentido, o assassinato gratuito uma atividade humana *par excellence*. De fato, a gratuidade retira do ato a contingência de determinada necessidade, impedindo que sua essência possa ser reduzida ou recuperada por algum discurso que esteja disponível; a existência desse tipo de ato, por si só, inviabiliza uma análise excessivamente moralista do crime, demonstrando a necessidade de interpretação do ato, quase como um processo de tradução no qual a identificação do perpetuador se tornaria transparente pela descoberta de seu estilo – palavra que, em Wilson, indicaria não apenas uma tendência sistemática e individual de se conceber um crime, mas o conjunto de informações e ideias que tornam esse ato dotado de significação dentro do universo mental/imaginativo do criminoso. O próprio Wilson oferece um exemplo desse processo:

> Aqui, em Roanoke, Virgínia, onde estou escrevendo isto, o corpo de uma moça foi descoberto, há algumas semanas. Ela era uma pesquisadora católica que trabalhava em um recenseamento residencial. Seu assassino abriu-lhe o estômago, encheu-o com trapos embebidos em querosene e incendiou-os. Aparentemente, ele fez isso às claras, perto de uma estrada pública, desprezando o risco de ser apanhado. Podemos imaginar que um homem tenha motivos para matar uma moça, inclusive pelo mais óbvio, para estuprar; mas por qual motivo enchê-la com trapos e atear fogo?[2]

O horror inspirado por esse crime – o autor não menciona se ele chegou a ser esclarecido, se o assassino foi capturado, se a senda de sentido foi fechada ou se permaneceu aberta, dotando-o de um poderio simbólico amplificado[3] – torna-se claro, em primeiro lugar, pelo contraste entre sua brutalidade, seus resultados imediatos,

[2] Ibidem, p. 15.
[3] Como veremos, Thomas De Quincey foi um dos primeiros autores a observar que a não resolução ou o não esclarecimento completo de um crime cria lacunas simbólicas que permitem a este uma espécie de *transcendência simbólica*, por meio de uma sensação de mistério, de um terror de vaga inspiração sobrenatural que projeta o vulgar delito em uma esfera mítica.

as escolhas de seu praticante e seu aparente desfecho, sobrecarregado de mistério, de uma aura de incognoscibilidade. Assim, em primeiro lugar, ao escolher um local perto de uma via pública, o assassino assumiu riscos deliberados. Essa forma temerária de executar uma ação, que exige discrição, configura, de início, um fator de estranhamento: o criminoso evitou um dos elementos mais essenciais à execução de um crime de qualquer natureza, a possibilidade de dissimulação, como se confiante que seu ato terrível não seria descoberto (protegido, talvez, por sabe-se lá que potência divina e/ou infernal), ou premido por tal impulso homicida que não conseguiu se conter tempo suficiente para resguardar sua segurança.

Da mesma forma, a violência essencial do ato de matar, nesse exemplo, apresenta-se ampliada por elementos que extrapolam a mera funcionalidade do crime de matar; de fato, Wilson assume que, de modo geral, o ato de tirar violentamente a vida de outro ser humano, via de regra, obedece à lógica da mais extrema funcionalidade. Assim, interpreta-se o assassinato como um meio para atingir um fim: há a conveniência em se eliminar uma testemunha potencialmente incômoda ou para que determinada meta (um assalto, um estupro) seja atingida. O assassinato anônimo cometido na Virgínia descrito por Colin Wilson, nesse sentido, possuía uma estilização formal, uma natureza celebratória muito próxima do ritual, que configura uma espécie de segundo sentido, como se um tipo de escrita automática, sub-repiticiamente, fosse traçada no escopo das escolhas adotadas pelo assassino, dando ao ato em si outros sentidos e exigindo de seu intérprete um esforço adicional de leitura, um esforço imaginativo que ultrapassa tanto a obrigação lógica do investigador policial quanto a repulsa humana diante do ultraje representado pela ação de se tirar, pela violência, a vida de nosso semelhante. O autor de *Parasitas da Mente* daria a própria interpretação para esse esforço imaginativo, mas o fato é que tal percepção foi antecipada em pelo menos 160 anos por outro autor britânico, nascido no número 86 da Cross Street, em Manchester, no longínquo ano de 1785, de nome Thomas De Quincey. Este publicaria, em 1827, "Do Assassinato Considerado uma das Belas-Artes", ensaio que se tornaria célebre tanto por seu espantoso e significativo título como pelas ideias por ele discutidas, que, como veremos, inauguram vertentes inovadoras na senda da ficção e da especulação filosófica, em um território o mais livre e feroz possível.

ÓPIO, FILOSOFIA ALEMÃ, CRIME, VERTIGINOSIDADE NOTURNA

Consta, nas biografias, que Thomas De Quincey – filho de um bem-sucedido comerciante de Manchester, que logo faleceria, deixando o jovem Thomas órfão de pai – teve um período de revelação, quando, aos dezessete anos, abandonou o conforto de seu lar para viver como um andarilho entre o País de Gales e Londres, sempre em busca de quimeras, como um encontro com um dos autores das célebres *Lyrical Ballads* (1798), William Wordsworth. O jovem de grandes esperanças, que impressionou seus preceptores por seus profundos conhecimentos em grego, viveu no limite da privação, quase morrendo de fome. Esse momento terrível aparentemente marcou De Quincey com a percepção que a realidade estabelecida pelas coisas visíveis e palpáveis, pelas percepções convencionais de nossos sentidos, é bem mais fluida e ilusória do que gostaríamos de admitir. Em seu ensaio mais célebre, *Confessions of an English Opium-Eater* (originalmente publicado em caráter anônimo, em 1821, receberia tradução parcial para o francês de um dos seus discípulos, Charles Baudelaire, com o título *Un Mangeur d'opium*, em 1860), De Quincey descreve a jovem prostituta Ann, que, como um milagre, surge nesse período de negra privação para salvar sua vida, quando ainda vivia fugido de casa. Essa salvadora, após tornar-se a única amiga íntima do autor – que logo seria resgatado das ruas de Londres por seus familiares –, desaparece em meio à multidão perpetuamente móvel da metrópole para nunca mais reaparecer. O desaparecimento dessa estranha amiga por um universo ao mesmo tempo abarrotado de pessoas e vazio – pois tais pessoas, dedicadas aos próprios afazeres, ignoram-se e transformam o tecido da grande cidade em uma espécie de deserto – é descrito de forma extraordinária:

> Se ela ainda estiver viva, não tenho dúvidas de que, muitas vezes, estivemos procurando um ao outro ao mesmo tempo, através dos todo-poderosos labirintos de Londres; talvez estivéssemos a apenas alguns passos um do outro – uma barreira tão delgada e frequente em Londres que significa, na maior parte dos casos, uma separação pela eternidade![4]

Não é preciso muito esforço para perceber como essa visão da essência vertiginosa que governa uma cidade e que nos impede, muitas vezes, de ter qualquer ponto de referência perene – como havia quando as cidades eram menores e os seres humanos e a natureza dispunham de uma comunhão mais efetiva – serviria, nesse contexto, para a separação de almas tão próximas. De Baudelaire a Edgar Allan Poe, de August Strindberg a J.G. Ballard, é perceptível como essa visão da cidade torna a sensação de distância nas relações humanas, ainda que não correspondente a um distanciamento espacial, de fato, muito mais angustiante e dilacerante: "Ela [Ann] se torna um emblema não apenas da necessidade perdida nas ruas da cidade, como também dessa proximidade mesma de coisas que permanecem fora do alcance."[5] Por outro lado, e isso é o que faz a escrita de De Quincey tão característica e fará a celebridade de seu ensaio sobre o assassinato

---

4 Thomas De Quincey, *Confessions of an English Opium-Eater*, London: Walter Scott, 1886, p. 41.

5 Deborah Epstein Nord, *Walking the Victorian Streets: Women, Representation, and the City*, Ithaca: Cornell University Press, 1995, p. 5.

como uma das belas-artes, essa peripécia do autor e da prostituta anônima – que Baudelaire entendeu como a "passante", que surge em alguns de seus sonetos, aquela que é lembrada por sua "beleza fugidia" – surge em um ensaio a respeito das experiências do autor com o ópio; De Quincey, de maneira premeditada e bastante eficaz, utiliza a fluidez do ensaio, forma estilística que consegue se situar entre diferentes fronteiras, para deslocar seu texto por sucessivos gêneros, entre o narrativo, o autobiográfico, o especulativo e o paródico. Essa construção flutuante, contudo, aprofunda os limites entre o verídico e o verossimilhante, entre a verdade narrativa/especulativa e a verdade dos fatos – uma preocupação romântica que De Quincey não apenas desenvolveu com raro talento, mas que levou a extremos (muitas vezes, pela necessidade de adaptação de suas elaboradíssimas elucubrações às exigências do mercado das revistas vitorianas) que antecipam a articulação que certos autores dão de seus temas, a aproximação que realizam entre material narrado, especulação e fato histórico.

Assim, após esse período inicial de miséria e descoberta, em Londres, Thomas De Quincey se matriculou em Oxford, mas não concluiu seus estudos. Por fim, aproximou-se de seus ídolos da adolescência, tornando-se amigo íntimo de S. T. Coleridge, o outro autor das *Lyrical Ballads*, sendo admitido no estrito círculo de poetas que viviam às margens do lago Grasmere, como o próprio Coleridge e Wordsworth. Logo, em 1821, escreveu aquele que seria seu trabalho mais conhecido, o extraordinário registro sobre o vício em láudano (mistura de ópio e álcool), *Confessions of an English Opium-Eater*. Não nos ateremos muito à obra, pois já muito foi dito e escrito a respeito desse poderoso escrito, um dos primeiros a descrever, por uma perspectiva subjetiva, o efeito do vício em drogas e um antecipador com considerável folga de obras assemelhadas de William S. Burroughs ou de Jean Cocteau – no caso deste último, o célebre *Ópio, Diário de uma Desintoxicação*, publicado em 1930, que trabalha diretamente as referências de De Quincey. Mas mesmo o sucesso desse ensaio inicial – que, de forma injusta, colocou algo na sombra outros ensaios de De Quincey, além de sua fértil e bem realizada obra narrativa, em especial na forma de contos e novelas breves – não foi impulso suficiente que o livrasse do apuro econômico. Nem sua facilidade de aprender idiomas, notadamente o alemão – habilidade que permitiu a ele conhecer, estudar, resenhar e recriar em ensaio e ficção filósofos do idealismo alemão, como Immanuel Kant, auxiliariam em suas finanças. Seus problemas de saúde e a perseguição de credores, de uma forma ou de outra, levaram-no a Glasgow e à Escócia. Faleceria em Edimburgo, em 8 de dezembro de 1859, sendo enterrado em St Cuthbert's Churchyard. Em sua lápide, próximo à parede mais ocidental do cemitério, não há nenhuma indicação de sua fértil carreira como escritor.

Retomemos, brevemente, essa imagem de De Quincey como tradutor, uma senda na qual houve diversos momentos de considerável importância e brilho, além de um programa no qual o foco era a prosa do romantismo alemão. Ao analisar a relação de De Quincey e de outro germanista britânico da época, Thomas Carlyle, Walter Y. Durand afirma que a meta de De Quincey ao trazer material da literatura alemã para o público inglês era, justamente, destacar a qualidade da prosa (literária e filosófica), uma vez que o interesse do público, muito centrado na poesia alemã, acabaria deixando de lado um gênero no qual "se revelava o vigor e a originalidade da mente alemã"[6]. Nesse sentido, um dos trabalhos mais curiosos de De Quincey – que, por sua vez, traduziu autores tão díspares quanto Ludwig Tieck e Jean-Paul Richter – jogaria diretamente com a noção da autoria de determinado texto, confundindo os limites entre tradução, edição e obra original: trata-se do ensaio "The Last Days of Immanuel Kant", publicado na mesma edição da *Blackwood's Magazine* de sua especulação sobre o assassinato como expressão artística – como o título indica, lidando de novo com a morte, só que, dessa vez, por causas naturais. Embora visto como "uma longa citação

[6] Walter Y. Durand, De Quincey and Carlyle in Their Relation to the Germans, *PMLA*, v. 22, n. 3, 1907, p. 521.

traduzida para o inglês" da obra sobre Kant de Ehregott Andreas Wasianski, *Immanuel Kant in Seinen Letzten Lebensjahren* (1804), sendo De Quincey mais um editor/tradutor que um autor[7], tal posição, contudo, não é universa. Marcel Schwob, no texto introdutório à sua tradução de "The Last Days of Immanuel Kant" para o francês, afirma que o trabalho de pesquisa, citação e composição de De Quincey foi ainda mais extenso:

> Este diário dos últimos dias de Kant foi composto graças aos detalhes que De Quincey extraiu das memórias de Wasianski, Borowski e Jachmann, publicadas em Könisberg, em 1804, ano da morte de Kant, mas também utilizou outras fontes. Tudo isso foi reunido de modo fictício, em um único relato, atribuído a Wasianski. Na realidade, é unicamente, linha por linha, obra de De Quincey: por meio de um artifício admirável, e consagrado por Defoe, em seu imortal *Diário da Peste de Londres*, De Quincey revelou-se, ele também, um "falsário da natureza", lacrando sua invenção com o lacre forjado da realidade.[8]

Embora cometa o equívoco de afirmar que a obra de Wasianski teria sido "inventada" por De Quincey[9], Schwob percebe, em sua breve introdução ao ensaio sobre a morte de Kant, de forma bastante precisa, como a construção textual daquele autor britânico emprega

[7] Justin Erik Halldór Smith, Immanuel Kant and His Man-Servant Lampe, disponível em: <http://www.jehsmith.com/>.

[8] O texto de Schwob foi publicado originalmente (em conjunto com a tradução propriamente dita) na revista *La Vogue*, de 4 de abril de 1899; a tradução em português foi consultada em Thomas De Quincey, *Os Últimos Dias de Immanuel Kant*, Rio de Janeiro: Forense Universitária, 1989.

[9] Entre outros que citam o relato de Wasianski como importante referência a respeito dos dias finais e do extraordinário e imponente funeral de Kant, em Königsberg, temos Karl Popper, que cita textualmente Wasianski em nota de rodapé de sua descrição, muito semelhante àquela apresentada por De Quincey em seu ensaio/tradução: "Entretanto, esse filho de artesão foi enterrado como um rei. Quando o rumor de sua morte se espalhou pela cidade, as pessoas acorreram em massa à casa do filósofo, exigindo vê-lo. No dia do funeral, a vida de toda a cidade parou. O cortejo foi seguido por milhares, ao som do repicar dos sinos de todas as igrejas da cidade. Nunca algo assim acontecera na cidade, disseram os cronistas." (Karl Popper, *Conjectures and Refutations: The Growth of Scientific Knowledge*, New York: Routledge, 1989, p. 237.)

um processo de apropriação de suas fontes, transmutando-as por sua leitura complexa e pela habilidade em forjar e distorcer tais fontes em um novo material, de originalidade inconteste, embora, de forma subversiva, dialogando com certa tradição existente de fato ou pura e simplesmente inventada. É também verdadeiro que o modelo dessa inventiva prosa foi estabelecido por autores britânicos do século XVII e XVIII, como Daniel Defoe, mencionado por Schwob, ou Jonathan Swift, mencionado textualmente por De Quincey em seu "Pós-escrito de 1854" e "Do Assassinato Considerado uma das Belas-Artes". De fato, esses dois autores foram pioneiros da apropriação onívora de fontes diversas, da justaposição complexa de referências em novas construções, da criação flutuante que vagava entre a imaginação narrativa e a factualidade histórica. Defoe escreveu, por exemplo, um pioneiro relato objetivo, quase jornalístico, da grande peste que acometeu Londres, em 1665, como um observador em primeira pessoa, mesmo tendo nascido em 1660, tendo portanto apenas cinco anos quando do evento; já Swift tornou-se célebre por sua provocativa e irônica "modesta proposta" de utilizar as crianças pobres da Irlanda como comida para diminuir as mazelas daquele país, acossado pela fome[10]. Com efeito, De Quincey seria o primeiro a reconhecer as influências que sofreu dos textos de Defoe e Swift – o uso criativo que fazem das citações como forma de ampliação de efeitos de sentido diversos, que vão da ironia ao reforço da verossimilhança, por exemplo –, empregando esse arsenal já explorado, contudo, de forma nova, original, complexa, trazendo os dados de sua biografia (real ou inventada?) para o pequeno universo de seus ensaios, espécie de mundo flutuante e dúbio, no qual a segurança das afirmações, ideias e fatos parece apenas ilusória. A sátira ainda permite o reconhecimento de seus pressupostos, de seu jogo; a objetividade, mesmo que construída de

---

10 No caso dessa sátira de Swift (publicada em 1729), que tomou a forma de breve discurso/ensaio, é notável o próprio título (que apresentamos a seguir na tradução de Dorothée Bruchard): "Modesta Proposta Para Evitar Que as Crianças dos Pobres da Irlanda Se Tornem um Fardo Para Seus Pais ou Para Seu País, e Para Torná-las Benéficas ao Público." (Ver Jonathan Swift, *Modesta Proposta e Outros Textos Satíricos*, São Paulo: Editora Unesp, 2005, p. 17.)

forma ficcional, ainda permanece mais ou menos fiel aos fatos que a pressupõem; na realidade dequinceyana, todo e qualquer elemento reconhecível torna-se dúbio, como que obliterado (de modo parcial ou total) por uma névoa, por um efeito que tornasse o espaço e o tempo – grandezas ao que parece tão solidamente percebidas por nossos sentidos – substâncias plásticas; de certa forma, a experiência da leitura dos ensaios de De Quincey funciona como uma replicação das experiências do autor com o ópio, em seu mais famoso texto, mas vai além, antecipando até a experiência fornecida por obras de vanguarda do século XX, destaque para Virginia Woolf[11].

Assim, com seu estilo peculiar de construir as especulações ensaísticas, De Quincey, em 1827, debruçou-se sobre a questão das possibilidades de interpretação do crime mais horrendo possível, o ato de tirar a vida de um semelhante, de violar o sexto mandamento da lei mosaica e o segundo da nova lei cristã: amar o próximo como a ti mesmo. Fascinado pela breve e intensa carreira do suposto assassino John Williams e começando, em primeiro lugar, com uma metáfora shakespeareana, De Quincey mergulhou no universo de um tipo extremo e violento de crime que, aparentemente, fascinava-o de forma perversa.

ASSASSÍNIO: UMA AMPLIAÇÃO DE ESCOPO

A partir do final da Idade Média, as cidades na Europa iniciaram um acelerado crescimento, tornando questões como higiene, saúde pública, alimentação e segurança

[11] "Nessas passagens (em que descreve, nas suas *Confessions of an English Opium-Eater*, os efeitos do ópio na percepção do espaço-tempo), De Quincey está mais próximo de Virginia Woolf que de Wordsworth, especialmente a concepção modernista de tempo como um caminho bifurcado, como postulado por Woolf, em *Orlando*, em 'tempo do relógio' e 'tempo da mente'." (Ver Colin Dickey, The Addicted Life of Thomas De Quincey: Chasing The Dragon Into A New Literary Realm, *Laphan's Quaterly*.) Disponível em: <https://www.laphamsquarterly.org/roundtable/addicted-life-thomas-de-quincey>

fundamentais. Entretanto, a abordagem pelos administradores de todas essas questões permaneceu, em grande parte, medieval até quase o século XX. Observemos a segurança pública: por muito tempo, as cidades não contavam com serviços policiais ou jurídicos constituídos, dependendo em larga medida, nesse sentido, das ações de alguma igreja (católica ou protestante) organizada. No caso particular de Londres, a primeira força de segurança pública estabelecida e profissional (embrião daquilo que seria a Polícia Metropolitana da cidade) foi fundada pelo escritor e magistrado Henry Fielding, em 1749, e atendia pelo nome de Bow Street Runners; antes dessa data, o serviço de polícia era realizado a partir de iniciativas locais e individuais, nas quais era frequente a corrupção e os mais diversos equívocos, que levavam inocentes à prisão ou à execução[12]. Aliás, a metodologia investigativa desses primeiros rudimentos de polícia era bastante precária: sem nenhum suporte técnico ou científico, no que tangia à aplicação de procedimentos investigativos, as primeiras forças policiais se concentravam basicamente em realizar buscas, incursões e batidas. Boa parte do processo de solução de um crime ainda atravessava as instâncias medievais de inculpação, confissão e condenação por eventos ou provas circunstanciais – regime de condenação que estava na base, por exemplo, dos processos inquisitoriais, nos quais a culpa era percebida a partir de uma somatória vaga de elementos, alguns deles, inclusive, de natureza sobrenatural. Em tal contexto, a criminalidade nas grandes cidades era de extensão considerável, algo que logo se refletiu na ficção, em um âmbito moralizante e religioso, de início, em panfletos como *Triumphs of God's Revenge* (1621-1635), de John Reynolds. Mas essa abordagem moralista de espantosos crimes logo seria acompanhada de outra, mais minuciosa e fascinada: os almanaques de crimes e condenações. Robert Morrison destaca que volumes como os do *Newgate Calendar* (1773) e *Annals of Newgate* (1776) alimentavam a feroz demanda pública por atro-

[12] Na França, bem antes – ao final da Idade Média –, o corpo de policiamento militar batizado *la Maréchaussée* já constituía um rudimento de serviço público de segurança.

cidades, ganhando dezenas de imitações igualmente baseadas na elaboração narrativa que reconstituía os crimes mais horríveis e comentados do momento[13]. Nessas circunstâncias, um crime como o ocorrido em Ratcliff Highway, na véspera de Natal, em 7 de dezembro de 1811, no qual a jovem família dos Marr, de poucos integrantes, foi trucidada – na lista de vítimas, havia até uma criança de três meses – por um invasor que pretendia, essencialmente, roubar-lhes as economias não era algo tão extraordinário. No entanto, a violência do ataque, a contrastante honestidade e simplicidade da família e um elemento cênico único – acrescentado pela criada da casa, que escapou por um fio – dotaram o caso de uma aura tenebrosa, única, da qual um autor imaginativo e provocativo como De Quincey dificilmente escaparia.

Mas o crime ocorrido em Ratcliff Highway logo – doze dias depois – seria sucedido por outro, ocorrido na mesma vizinhança, de novo tendo por alvo uma família inteira, agora os Williamson. O segundo crime, contudo, não seria completo, uma vez que o inquilino, um artesão de nome John Turner, e uma criança, que também estava na casa, conseguiram escapar, mais uma vez dentro de um contexto notavelmente cênico, se bem que terrivelmente verídico. As armas nos dois crimes impressionaram sobremaneira a opinião pública: um pesado malho de carpintaria naval – que podemos ver em uma reprodução do *London Chronicle*, por J. Girtin – e uma ordinária (mas de igual eficácia) barra de ferro. O nome do criminoso logo seria sussurrado por pessoas dominadas pelo pavor: John Williams, aliás, John Murphy. Entretanto, é preciso destacar que os homicídios ocorridos nas casas dos Marr e dos Williamson nunca foram esclarecidos por completo[14].

Na sequência, uma narrativa se construiu ao redor do assassinato: a família honesta atingida de forma profunda, com uma violência inaudita que não pouparia ninguém, mas da qual a Providência

[13] Ver Robert Morrison, Introduction, em Thomas De Quincey, *On Murder*, Oxford: Oxford University Press, 2009, p. VIII.

[14] John Williams foi declarado culpado após ter cometido suicídio na cela em que estava preso, ainda antes dos procedimentos formais de um julgamento, em 28 de dezembro de 1811.

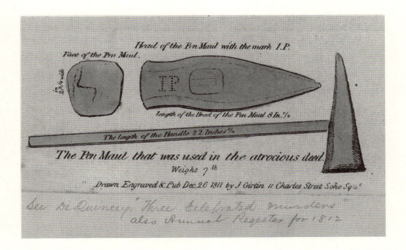

permitiu que uma vítima escapasse incólume (no segundo caso, a Providência agiu de maneira mais eficaz e duas vítimas conseguiram escapar). Esse enredo moralista recebe um tratamento especialmente irônico da parte de De Quincey, no "Pós-escrito", em que descreve os dois múltiplos homicídios em seus pormenores, permitindo ao leitor saborear as inúmeras notícias sensacionalistas que correram à época e que foram a base do ensaio. Assim, mídias ainda incipientes replicavam notícias e boatos a respeito daquele assassino que usava um malho para despachar suas vítimas e nem ao menos diante de um bebê de três meses recuou, eliminando-o em seu berço, ao lado da cozinha. Nesse sentido, Robert Morrison acerta no alvo, ao declarar que Williams atualizou e concretizou um dos "Provérbios do Inferno" que William Blake publicou em seu *The Marriage of Heaven and Hell* (1790-1793)[15]: "Antes matar um bebê em seu berço que acalentar desejos não realizados."[16]

Havia mencionado que os sobreviventes de ambos os crimes acrescentavam uma espécie de elemento cênico ao caso, transformando-o em uma espécie de tragédia encenada na realidade de um violento

---

15 Ver Robert Morrison, op. cit., p. x.
16 "Sooner murder an infant in its cradle than nurse unacted desires." (Ver William Blake, *The Marriage of Heaven and Hell*, Boston: John W. Luce and Company, 1906, p. 20.)

subúrbio londrino; no assalto à casa dos Marr, a sobrevivente foi a criada da casa, Margaret Jewell, que foi enviada para comprar ostras, tendo em vista o jantar da casa ter passado das onze da noite. Ao regressar de sua busca, vinte minutos depois da meia-noite, chamou os patrões usando o duplo sistema de aldrava e campainha da casa. Contudo, ninguém atendeu à porta, que permaneceu trancada, embora ela tenha conseguido distinguir o ruído de passos que se dirigiram à entrada: assim, um breve momento de suspensão aconteceu, com a vítima e seu provável algoz estando cara a cara, separados pela porta de entrada da casa, que se transformou em uma metáfora materializada da oposição entre dois universos distintos. Mas tal momento foi breve: logo a moça começou a desferir golpes violentos na porta, que chamaram a atenção de vizinhos e de vigias noturnos na rua, além de espantar o criminoso em sua via de escape.

Esse detalhe do crime, tão saborosamente cênico em meio ao horror real dos fatos, foi o que chamou a atenção de De Quincey: o assassinato, de modo geral, e o estilo prototípico da atrocidade, como concebida por esse criminoso imaginário, dono de uma carreira exemplar, que era John Williams. Seu ensaio "On the Knocking at the Gate in Macbeth", publicado pela *The London Magazine* (a mesma revista que publicara, dois anos antes, seu *Confessions of an English Opium-Eater*), em outubro de 1823, aproxima a obra literária de Shakespeare do assassinato perpetrado por Williams, exatamente através desse breve ponto de contato. Em *Macbeth*, na terceira cena do segundo ato, Macduff e Lennox batem à porta do castelo de Macbeth, logo após esse último ter assassinado, em conluio com sua esposa, o rei Duncan; de forma engenhosa, Shakespeare interliga duas ações distintas, envolvendo personagens diferentes em situações diversas: as batidas na porta são ouvidas, plenas de presságios, por Macbeth e sua esposa, em um primeiro momento (ainda na segunda cena), culminando com a evocação de Macbeth (na tradução para o português de

Manuel Bandeira): "Bate! Desperta o Rei! Ah, se o pudesses!"[17] Apenas na cena seguinte é que surge a explicação racional para essas poderosas batidas, plenas de certa ressonância que beira o sobrenatural, com a chegada dos dois outros personagens. São essas batidas que tornam a analogia entre o crime em Ratcliff Highway e a tragédia escocesa possível – uma ação fortuita que desencadeia efeitos formidáveis de sentido e que permitiu um diálogo entre realidade e ficção em um nível complexo por seu sentido solene: "esse bater na porta, que sucede a morte de Duncan, produz em mim sentimentos que nunca pude compreender: o efeito, que se desdobra a partir do crime em si, atinge-me com um peculiar horror e certa profunda solenidade"[18]. Essa coincidência entre fato e ficção, entre realidade e imaginário, forneceu a De Quincey sua primeira intuição de que o assassinato poderia ter uma apreciação estética[19]. Posteriormente, mergulharia no tema (sempre recuperando, de uma forma ou de outra, a performance homicida de John Williams) em seus três célebres ensaios sobre o assassinato, publicados, respectivamente, em 1827, 1839 e 1854. O tema do assassinato de modo geral e o caso de John Williams em particular, contudo, alimentariam outras elucubrações do autor, na forma de manuscritos nunca publicados, além de outros ensaios mais ou menos conectados ao tema, como seu conto "The Avenger" (1838), sobre a vingança praticada por um ex-soldado judeu após a perseguição de sua família, na forma de múltiplos homicídios.

Mas, é claro, não se trata de qualquer apreciação estética: a necessidade de conjugar aspectos morais à percepção de dado objeto estético estabelecia um escopo teórico que se situava muito aquém daquilo que De Quincey buscava. Em 1836 – ou seja, nove anos após

---

17 William Shakespeare, *Macbeth*, São Paulo: Brasiliense, 1989, p. 40.
18 Thomas De Quincey, *On Murder*, Oxford: Oxford University Press, 2009, p. 3.
19 O outro elemento imediatamente cênico surge na fuga de John Turner da pavorosa cena do crime, algo de cômico e insólito – pois o homem escapou, apenas com sua camisa de dormir, do segundo andar, por uma corda improvisada com lençóis e cobertores, a popular "*teresa*" – contrasta com o horror dos assassinatos e esse contraste é rigorosamente explorado por De Quincey em seu Pós-escrito.

a publicação do primeiro ensaio da série sobre o assassinato como uma das belas-artes – o filósofo Victor Cousin publicaria seu tratado *Du vrai, du beau et du bien*, um verdadeiro *best seller* à época, com numerosas reedições e traduções. Como o título indica, a obra de Cousin baseia-se em uma visão de que a fruição estética se estabelece a partir de relações diretas com os domínios da verdade e do bem: "a ideia de verdadeiro, explica ele, é a psicologia, a lógica e a metafísica; a ideia de bom é a moral pública e privada; e a ideia de belo corresponde àquela ciência que, na Alemanha, chama-se 'estética' – Cousin havia sido aluno de Friedrich Hegel"[20]. Contra esse modelo platônico, De Quincey empregou as reflexões sobre o sublime e o posicionamento contemplativo de um observador no fruir do objeto estético. É bem verdade que, nesse sentido, o próprio Platão já avançara algumas posições importantes: no livro VII de *A República*, Platão relata como Leôncio, filho de Aglaion, luta entre o desejo de ver corpos de criminosos após sua execução e a repulsa diante da avaliação moral desse desejo. É evidente que a virtude, que obrigaria Leôncio a passar ao largo da execução, foi derrotada ao fim e ao cabo: "Lutou durante algum tempo e cobriu os olhos, mas, por fim, o desejo foi excessivo para ele. Abriu bem os olhos, correu até os corpos e gritou: 'Pronto, aí está, olhos malditos, regalem-se à vontade com essa bela visão'."[21]

Assim, seguindo essa primeira observação platônica – cujo foco era justamente menos a fruição e muito mais a necessidade de vigorosa repressão desses impulsos psíquicos formidáveis –, temos as investigações sobre o sublime. As mais célebres, realizadas por Edmund Burke, retomam e elaboram de forma mais ampla as especulações de Longino (ou Dionísio) na obra *Tratado do Sublime*, datada de I d.C.: "Não é à persuasão, mas ao arrebatamento que os

[20] Jan Adrianus Aertsen, A Tríade "Verdadeiro-Bom-Belo": O Lugar da Beleza na Idade Média, *Viso: Cadernos de Estética Aplicada*, v. II, n. 4, jan.-jun./2008, p. 4

[21] Susan Sontag, ao citar essa passagem, comenta que "Platão parece ter como líquido e certo que nós também temos um apetite por cenas de degradação, dor e mutilação". (Ver Susan Sontag, *Diante da Dor dos Outros*, São Paulo: Companhia das Letras, 2003, p. 81.)

lances geniais conduzem os ouvintes; invariavelmente, o admirável, com seu impacto, supera sempre o que visa a persuadir e agradar."[22] O conceito de sublime postulado por Burke ultrapassava as questões relacionadas tão somente com a fruição do objeto de arte ao propor que os efeitos da tragédia são resultados de uma imediata e relativa aproximação da representação mimética para com a realidade, embora essa construção imitativa, simulada, jamais se equiparasse ao poder evocativo e à fruição proporcionada pelo objeto real, de forma que a mais bela e bem representada tragédia não seria páreo, em termos de público, para a execução pública de um criminoso notório: "Acredito que a crença de que sentimos apenas uma dor na realidade, mas um deleite na representação deriva de não distinguirmos suficientemente aquilo que em absoluto ousaríamos fazer daquilo que arderíamos para ver se um dia fosse feito."[23] Por outro lado, Kant – filósofo ao qual De Quincey nutria genuína admiração – também estabelecera as bases de um sublime estético que aproximava a imaginação da catástrofe de sua eventual concretização; a segurança do observador, nesse aspecto, torna-se um parâmetro, uma vez que não pertencer ao cenário desolador contemplado tornaria tal desolação um objeto que poderia gerar o efeito estético desejado do sublime: "Mas a visão de tais eventos [raios e trovões, vulcões, tornados, as corredeiras de um poderoso rio] torna-se mais atrativa quanto mais assustadora for, uma vez que estejamos em segurança."[24]

De Quincey utilizaria todas essas noções, percepções e observações, acumuladas desde o distante Platão, para construir a sua teorização estética do crime, no qual o fator moral seria suspenso, substituído pelo princípio da contemplação arrebatada de uma catástrofe, cujo horror pode ser controlado, e assim apreciado, quando observado de uma segura distância. Tal apreciação controlada do horror, por sua vez, forneceria esse sentimento de exaltação

22 Aristóteles; Horácio; Longino, *A Poética Clássica*, São Paulo: Cultrix, 2005, p. 72.
23 Edmund Burke, *Uma Investigação Filosófica Sobre a Origem de Nossas Ideias do Sublime e do Belo*, Campinas: Papirus/Editora da Unicamp, 1993, p. 55.
24 Immanuel Kant, *Critique of Judgment*, New York: Hafner, 2008, p. 100.

proporcionado pelo sublime. Ainda assim, De Quincey, de forma deliberada – como as numerosas notas de nossa tradução indicam –, modificaria suas fontes para, convenientemente, aproximar o ato de se contemplar a erupção de um vulcão do fruir de um assassinato a sangue frio. Se essas numerosas glosas e alterações, por um lado, ressaltam a natureza farsesca do empreendimento (algo que De Quincey sempre reforça, em quase todas as versões de seu ensaio), por outro, indicam claramente que a percepção estética pode ser retorcida e ultrapassar as seguras fronteiras estabelecidas pelo neoplatonismo aplicado à estética. Bem antes de Friedrich Nietzsche, De Quincey implodiu o modelo estético que alinhava a virtude à beleza, mas foi bem mais longe que aquele filósofo alemão ao perceber que a estetização de certos elementos da vida cotidiana, quando levados às últimas consequências, teriam efeitos terríveis, embora sua base continuasse vinculada a tranquilizadores pressupostos filosóficos gerais. Voltaremos a esse ponto posteriormente; por ora, basta observar que, ao desvincular o crime de seu jugo moral, De Quincey não apenas abriu novas frentes de reflexão em termos de arte e estética, como possibilitou uma nova visão do crime em si mesmo, distante de qualquer funcionalidade no escopo desta ou daquela visão teológica, religiosa. Em poucas palavras, a investigação estética do assassinato realizada nesses três ensaios inaugurou não só a ficção policial, mas certo princípio investigativo – baseado na leitura ampla do crime – que se desenvolveria até os dias atuais, nos procedimentos policiais mais avançados. Quando vemos especialistas das forças de segurança decifrando elaborados padrões em manchas de sangue ou emulando, de maneira imaginativa, os procedimentos de assassinos em série – elementos presentes em duas séries recentes de televisão, *Dexter* e *Hannibal*, respectivamente – percebemos o longínquo eco dos *connoisseurs* do assassinato da imaginária Sociedade para o Encorajamento do Assassinato.

DISCÍPULOS, NA TEORIA E NA PRÁTICA

Os numerosos discípulos de De Quincey, em especial dos três ensaios sobre a estética do assassinato, começam a se contar ainda em vida do autor. Em 1841, Edgar Allan Poe publicaria, na *Graham's Magazine*, de Filadélfia, o conto "The Murders in the Rue Morgue", inaugurando a ficção policial. A influência indireta de De Quincey é evidente na caracterização do detetive que consegue decifrar corretamente os signos do pavoroso crime, ocorrido no interior de um quarto trancado, com posterior e misteriosa fuga do assassino: C. Auguste Dupin, o detetive ficcional de Poe, emprega um método, batizado *ratiocination*, que repousava não tanto "na validade da inferência quanto na qualidade da observação"[25]. A palavra-chave aqui é observação, os atributos do crime são captados por uma mente contemplativa que, após esse primeiro momento de fruição, passará ao desenvolvimento de uma teorização do ocorrido não tanto lógica ou ética, mas pura e simplesmente funcional, como uma vaga estrutura narrativa, que pode ser, aliás, por completo alucinada. Após os primeiros passos de Poe na construção da ficção policial de seu protagonista mais comum, o detetive dono de intelecto investigativo, a senda foi rapidamente preenchida por vários outros autores, de Arthur Conan Doyle a Agatha Christie, de G.K. Chesterton a Jorge Luis Borges e Adolfo Bioy Casares. Por outra via, ensaístas os mais diversos, de Wyndham Lewis a George Orwell, retomariam as questões éticas, estéticas e a chave satírica de De Quincey em suas reflexões, nas quais o assassinato, outra vez, tomava o centro dos acontecimentos, estabelecendo seus escritos como os primeiros de uma longa tradição de percepção da atrocidade histórica dentro de novos parâmetros. Entrementes, a celebração intelectual do assassinato postulado por De Quincey facilitaria a liberação de outros crimes de seu jugo exclusivamente moral, ou de sua brutal

---

25 Edgar Allan Poe, *The Collected Works of Edgar Allan Poe*, New York: Walter J. Black, 1927, p. 79.

explicação sociológica. Um filme como *Pickpocket* (O Batedor de Carteiras), de 1959, de Robert Bresson, ilustra algo desse deslocamento sutilmente dequinceyano ao documentar a jornada de um batedor de carteiras como um elaborado e belo jogo de mãos, uma coreografia anônima das ruas. O mesmo processo de liberação permitiu a elaboração de complicadas e labirínticas narrativas, nas quais o crime toma proporções transcendentais e metafísicas, como nos romances *Śledztwo* (A Investigação), de 1959, de Stanisław Lem, em que cadáveres se movem provocando crimes impossíveis, na Inglaterra do pós-guerra, ou *Hawksmoor* (1985), de Peter Ackroyd, centrado em uma visão apocalíptica que relaciona a Londres do século XVIII com a atual.

Essa ampliação da percepção estética do crime alimenta o conto "Un Crímen Científico", de José Fernández Bremón (1839-1910), com suas personagens dúbias em ações que lembram visões de torturas medievais (arrancar os olhos, ser abandonado para os lobos devorarem). O madrileno Bremón foi um discípulo espanhol de Poe e, como tal, trabalhou uma ficção especulativa bastante próxima de seus contemporâneos, Jules Verne e H. G. Wells, em narrativas de prosa clara e saborosamente satírica. Talvez, nesse caso, a influência de De Quincey tenha sido indireta, através de Poe; de qualquer forma, a concepção ampla de crime permite a desconstrução de certa ignorância diante da ciência (porventura, a meta central da narrativa), que alimenta os mais diversos estereótipos, ao mesmo tempo que a própria ciência, em seus excessos idealistas, vê-se alvo da sutil e suave sátira de Bremón. O crime científico não se concretiza na trama, sendo apenas sutilmente evocado, mas alimenta imagens poderosas de horror que, no breve período de permanência de sua ambiguidade, projetam-se na imaginação por um calculado efeito de sublime, que envolve até a ambientação da trama, nos desolados campos espanhóis. Assim, a brancura dos ossos do macaco devorado, que serviriam de exéquias fúnebres na igreja, ou as nunca exatamente descritas operações para extirpar e transplantar olhos ressoam na imaginação do leitor, bem como esse tétrico castelo cercado por lobos e por uma vegetação que se transforma em uma massa torturada, a evocar a humanidade em seus momentos primevos.

Outro caminho surgido a partir dos ensaios sobre assassinato de De Quincey foi aquele que Wyndham Lewis identificou como uma "exaltação do assassinato" realizado por esse insigne cavalheiro, pertencente ao grupo seleto de "distintos demonistas", parafraseando Mario Praz, que dominaram o panorama estético da passagem do século XIX para o XX[26]. Tal exaltação do crime não teve ressonâncias profundas apenas nos autores decadentes, mas atingiu mesmo o surrealismo e sua celebração de uma constante percepção exaltada, não determinada pela racionalização filosófica e/ou moral. Seguindo esse contexto, um acontecimento abalaria a sociedade de Londres e do mundo, configurando, tantas décadas após os crimes de John Williams, o modelo definitivo do assassinato como objeto estético. Trata-se, evidentemente, de Jack, o Estripador e seus crimes até hoje não solucionados, ocorridos entre 1888 e 1891 (embora aqueles confirmados como pertencentes, de fato, ao assassino denominado "Jack" sejam cinco, realizados no ano de 1888). Há uma infinita e crescente bibliografia a respeito desse caso, por isso sobre ele não nos debruçaremos, mas basta termos em vista que Jack trouxe todos os elementos da estética do assassinato, postulados por De Quincey, para a realidade – da ritualização representada pela gratuidade do crime, bem como do risco assumido pelo criminoso, ao escopo mítico evocado por sua não resolução. Com as atividades de Jack em Whitechapel, foi como se as teses de De Quincey ressurgissem de seu estabelecido limbo como obra satírica de um autor há muito morto. Até hoje, nas vizinhanças da estação de metrô de Aldgate, em Londres, é possível realizar um tour pelos pontos em que Jack realizou seus trabalhos, acompanhado de um guia que, por algumas poucas libras, pode inclusive mostrar a faca empregada pelo assassino em suas atividades noturnas. O bairro, com efeito, continua

---

26 Trata-se do longo ensaio sobre o decadentismo e seus efeitos, batizado The Bad Lands. (Ver Wyndham Lewis, *Men Whitout Art*, Santa Rosa: Black Sparrow, p. 143-148.)

soturno, dominado pela imponente e algo misteriosa igreja de Christ Church Spitalfields, projetada por Nicholas Hawksmoor e construída entre 1714 e 1729. Até a população islâmica, maioria nesse antigo bairro periférico, afamado no século XIX por suas prostitutas e pela criminalidade, soube se adaptar à sombra de Jack, o Estripador, empregando eficazes estratégias de marketing para convencer os turistas, que buscam vestígios do grande assassino e de suas *chefs-d'œuvre*, a comer saborosos *kebabs* entre uma exploração e outra, enquanto o som dos minaretes locais colabora, de forma insólita, na atmosfera geral de estranheza da região.

Assim, gradativamente e ainda antes da literatura e da arte tê-lo como foco, o estripador que atacava na região de Whitechapel saltou da esfera humana para o mito. Permanecer impune, como um fantasma, uma entidade quase sobrenatural cuja ubiquidade permitia deslocar-se rapidamente pela Inglaterra e logo por todo o mundo – esse foi um elemento fundamental na construção de tal mito moderno. Mas havia outros: as cartas que enviou, por exemplo, plenas de provocações, um curioso domínio primário – talvez deliberado – da língua inglesa. Tais missivas enigmáticas eram mandadas às autoridades policiais; nelas, o assassino em série fazia troça dos esforços dedicados à sua captura, descrevia certos detalhes dos corpos mutilados recém descobertos e anunciava novos crimes. De certa forma, ao registrar seus crimes, Jack tornava-se o modelo de um criminoso letrado, consciente de seus atos e que mergulha "no inferno" – uma das cartas, de fato, tem por abertura "Do Inferno", segundo seu remetente, aparentemente o próprio assassino –, carregando fragmentos arrancados de suas vítimas. E se esse criminoso, que rapidamente passou para a esfera do imaginário, escapou da polícia britânica, não seria de se imaginar que sua localização poderia ser qualquer lugar do mundo? E que, em seu exílio, não recomeçaria a matança de novas vítimas locais?

Na Espanha, Jack, o Estripador tornou-se uma estranha lenda local, completamente adaptado ao novo clima. A cobertura minuciosa de noticiários a respeito das atrocidades cotidianas provocou na população um medo histérico de assassinos imaginários. Era uma cobertura diária de casos escabrosos feita tanto pela imprensa espanhola tradicional como pela nascente imprensa de *fait diver*, sensacionalista, interessada em *true crimes*, expressões dos principais idiomas da época a indicar a influência e o peso do crime como elemento sensacional. Um exemplo dessa disseminação fascinada do crime é o periódico de nome *Los Sucesos: Revista Ilustrada de Actualidades, Siniestros, Crímenes y Causas Célebres*, fundado em 1882 e desde então desfrutando de considerável fama. Com essa atmosfera paranoide, com esse fascínio pelo crime, era comum crises de pânico coletivas na Espanha convulsionada por conflitos que levariam à Guerra Civil. Assim, diante de estranhos em ruas mal iluminadas, a imaginação corria solta dando ao desconhecido a forma do célebre assassino inglês. Uma notícia do jornal *La Correspondencia de España*, em 5 de janeiro de 1889 diz o seguinte:

> Faz alguns dias desapareceram de suas casas duas meninas [...], uma de dez e outra de dezessete anos, e ainda outra de dois anos e meio [...]. As investigações de seus pais e das autoridades foram, até o momento, infrutíferas. Por conta disso, passaram a circular as mais estapafúrdias versões, entre as quais predomina a crença de que o autor dos raptos seria o célebre estripador inglês que tanto pânico produziu no bairro de Whitechapel em Londres.[27]

No Brasil, no início do século XX, houve a chamada "epidemia de sherlockismo". Com a instabilidade social e política agravando-se na República Velha, a busca sensacionalista por crimes ao mesmo tempo nutria jornais e alimentava certa crítica sistêmica à sociedade, notadamente da parte de autores decadentes consagrados, como Medeiros e Albuquerque, ou realistas e marginalizados, como Lima Barreto.

27 Citado por Servando Rocha, Sinceramente Suyo, Jack el Estripador, *Jack el Destripador en España*, revista *Agente Provocador*, 2. época, n. 2, Madrid, 2020.

Jack, o Estripador surgia no Brasil como uma cifra, o símbolo de uma sociedade convulsionada por problemas sociais tão amplos que a paranoia coletiva em torno dele, que vicejou na Espanha, não encontrou por aqui grande espaço. Em *O Mysterio*, obra coletiva de acadêmicos vinculados ao decadentismo – Coelho Netto, Afrânio Peixoto, Medeiros e Albuquerque, dono do jornal *A Folha*, no qual o romance foi publicado em forma de folhetim, e Viriato Correa –, indica-se com cinismo saboroso e brutal certa teoria jurídica possível para a investigação de crimes no Brasil naquela época, o que não permitia que as minúcias investigativas do célebre caso inglês ambientado em Whitechapel fossem consideradas no país: "Tanto mais misterioso é um crime, quanto mais pressa tem a polícia de lhe achar o culpado. Se não o acha, nomeia alguém responsável. O sujeito, daí por diante, que trate de se defender. A tranquilidade pública não pode estar à mercê de criminosos soltos. A polícia não cumpriria sua missão, se não apanhasse imediatamente um bode expiatório."[28]

Não é preciso muito esforço para perceber que a conexão entre os ensaios de De Quincey e as atividades de Jack, o Estripador era possível; os decadentistas, simbolistas e surrealistas franceses, assim, procederiam nessa aproximação em admiráveis construções narrativas e artísticas. Esse é o caso tanto do conto "Le Matelot d'Amsterdam", de Guillaume Apollinaire, como de "Jack l'Éventreur", de Robert Desnos. O primeiro, publicado na coletânea *L'Hérésiarque et cie* (1910), faz parte das incursões do autor em um universo violento, reflexo de referências diversas que alimentavam sua prosa e que, nesse caso, pareciam ser a mídia sensacionalista da época, cuja delícia eram justamente os casos ambíguos, não solucionados[29]. O caso relatado na narrativa de Apollinaire teria acontecido na

[28] Afrânio Peixoto, A Voz da Ciência, em Henrique Maximiano Coelho Netto et al., *O Mysterio*. São Paulo: Companhia Editora Nacional, 1928, p. 58-59.

[29] Utilizando premissas semelhantes, teríamos outras narrativas do autor, como os contos Le Juif latin, Un Beau film, La Rencontre au cercle mixte, além do crime no trem Orient-Express, no romance *Les Onze mille verges*. (Ver Daniel Delbreil, La Actualité dans l'œuvre de fiction, em Michel Décaudin (ed.), *Apollinaire en son temps: Actes du quatorzième colloque de Stavelot*, Paris: Sorbonne Nouvelle, 1990, p. 69.)

Inglaterra, a terra de Jack, algo que fornece um elemento de mistério e fascínio extra à trama. A história, que gira em torno de um crime passional executado de forma engenhosa, logo realiza no leitor aquele efeito conhecido, proposto por De Quincey em seus três ensaios sobre o assassinato, uma vez que os resultados não práticos advindos do crime – a mulher amarrada e amordaçada na cama em uma alcova, as fálicas armas que se projetam e cruzam no quarto fechado, o pequeno macaco abatido por amedrontados policiais, o papagaio que, como um mecanismo quebrado e em *loop* infinito, repete as palavras finais da vítima –, essas imagens construídas em torno do crime, desnecessárias para seu desfecho, permanecem vivas na memória do leitor.

Também dentro desse mergulho fascinante em uma perversa visão da cultura inglesa temos o ensaio jornalístico de Robert Desnos. De todos os discípulos que acompanhamos até aqui, este é aquele que mais está próximo de De Quincey, chegando mesmo a citá-lo e aos seus ensaios. A opção por um relato jornalístico parece aproximar ainda mais as visões de De Quincey e Desnos diante do assassinato enquanto conceito, como se *Jack l'Éventreur* fosse uma espécie de atualização dos textos originais, tão voltados ao trabalho de Williams. Longe de ser um vulgar *ripperologist*, um especialista em Jack com alguma teoria provável ou estapafúrdia para solucionar o caso, Desnos elabora uma espécie de guia poético e surrealista dos subúrbios de Londres, dos pontos em que o assassino realizou seus ataques, muito mais numerosos que o estabelecido pela narrativa canônica do Estripador. Ao final, seguindo certos procedimentos usuais do *fait divers*, apresenta uma entrevista, obtida novamente durante um passeio, desta vez em Paris, com alguém que conheceu, em pessoa, o assassino de Whitechapel. No desfecho do conto, temos a sutil inferência de que o entrevistado poderia ser o assassino, por um quase imperceptível jogo de mão ao acender seu cigarro.

AS VÍTIMAS E A ESTÉTICA DO EXTERMÍNIO

Luiz Nazário analisa de maneira exemplar, em um de seus ensaios, a teoria estética do crime exposta nos filmes policiais da Alemanha nazista. Nessa sociedade, moldada por uma visão ideológica apocalíptica e dominada por um racismo que encontrava sua expressão na figura de um inimigo biológico da sociedade e da civilização, o judeu, a ideia de crime se modificou, sendo os filmes ótimos registros dessa transformação.

> A separação dos casais pelas leis raciais é transportada para as telas alemãs sob a forma de crimes aparentes, isto é, de crimes que não são considerados como tais. Suspeito da morte da esposa, o marido é magicamente inocentado no final da trama, frequentemente transcorrida num tribunal. Pela constante reiteração do esquema, o filme criminal nazista torna-se uma propaganda do crime, reforçando, por meio de fórmulas que desculpam os assassinos, a boa consciência que se devia manter, enquanto se agia em conformidade com as leis raciais vigentes, desfazendo-se de seus cônjuges judeus, indiferentes à morte a que se os destinavam.[30]

Assim, os nazistas empreenderam uma teoria e uma prática do assassinato, seguindo, de certa forma, os preceitos dequinceyanos. Há o tema do risco, da gratuidade, da impossibilidade de decifração, a projeção no mito – elementos reaproveitados na visão do mistério envolvendo o inocente (ariano) e o culpado (judeu), nos furos e na falta de lógica, na resolução dos conflitos pelo Estado que se projeta sobre o cidadão como uma continuidade perfeitamente estável, nos moldes do mito. O processo de estetização do crime, que preparou todo um imaginário para a rotina

[30] Luiz Nazário, A Propaganda do Crime em Filmes Policiais Nazistas, *Arquivo Maaravi: Revista Digital de Estudos Judaicos da* UFMG, Belo Horizonte, v. 3, n. 5, out. 2009, p. 55.

de assassinatos e massacres perpetrados pelas tropas hitleristas na Europa ocupada – ou seja, os resultados conhecidos e amplos em sua atrocidade do genocídio, notadamente do povo judeu, mas também de ciganos e mesmo de doentes mentais.

> Pode-se argumentar que mortes assim ocorriam igualmente nos filmes *noir* e nos *disaster movies* do cinema norte-americano, alheio à ideologia nazista. Contudo, o que fazia com que as mortes violentas integrassem, no cinema de Goebbels, a propaganda nazista latente do regime era a natureza simbólica de sua estilização.
>
> Como nos filmes dirigidos e escritos por Thea Von Harbou, essas mortes, apresentadas como "necessárias" para a purificação da sociedade, não deveriam despertar sentimentos de compaixão nos espectadores.³¹

Nesse sentido, cabe questionar se a "exaltação ao assassinato" de Thomas De Quincey não teria, ainda que inadvertidamente, alguma relação com esse exemplo posterior de estetização do crime. Esse questionamento torna-se ainda mais relevante uma vez que – diferente de seu modelo, Jonathan Swift, que jamais abandonou os limites formais e estilísticos da sátira – De Quincey, como vimos, buscou construir uma espécie distorcida de sistema que, de certo modo, justificasse seu fascínio pela violência. Nesse aspecto, Michel Foucault percebe em De Quincey não apenas a paternidade do gênero policial, mas também um processo erudito de apropriação da crueza do crime, que se transforma em um divertimento de salão, como todo e qualquer jogo estético:

> E desapareceram [os folhetins que exploravam as "emoções do cadafalso"] à medida que se desenvolvia uma literatura do crime muito diferente: uma literatura em que o crime é glorificado,

---

31 Ibidem, p. 56.

mas por ser uma das belas-artes, porque só pode ser obra de naturezas de exceção, porque revela a monstruosidade dos fortes e dos poderosos, porque a perversidade é ainda uma forma de ser privilegiado: do romance negro a Quincey, ou do *Castelo de Otranto* a Baudelaire, existe toda uma reescrita estética do crime, que é também a apropriação da criminalidade em formas aceitáveis.[32]

Poderíamos, a princípio, alegar que as afirmações de Foucault não são inteiramente exatas – os folhetins de cadafalso apenas se transmutaram em *fait divers* e o próprio De Quincey reconhecia e homenageava seu poder no "Pós-escrito". Por outro lado, o centro da argumentação de Foucault é sólido: perverso e privilegiado, o erudito De Quincey se apropriou do crime apenas para gozar a fruição do objeto de seu fascínio, que se concentrava no mistério do crime, seja de suas motivações, seja de suas consequências, que visualizava como elementos de uma tragédia bem representada. Por isso, o *connoisseur* dequinceyano dá de ombros para as motivações dos crimes que relata, mesmo as mais torpes: seu foco está na forma como essas motivações resultam em um crime, no grau de estilização na crueldade do ato. Mas tal percepção, além de imprecisa, também não é inteiramente justa: embora fascinado pela posição do assassino e pelo mistério sangrento do crime violento, De Quincey não ignorava as vítimas e as testemunhas nem as anulava diante de possíveis justificativas que dotassem o crime de algum sentido último. Seu apego ao mistério, de certa maneira, mantinha a justiça com todos os personagens dos crimes que descreve, não negando ou reduzindo a humanidade de nenhum deles. A perversidade de sua fruição estética do crime, dialeticamente, acabou por impossibilitar a entronização de uma ideologia explicativa que reduzisse os hieróglifos que ele tanto valorizava, presentes em cada um dos casos que analisava, porque tal procedimento equivalia a um novo processo de

---

[32] Michel Foucault, *Vigiar e Punir: História da Violência nas Prisões*, Petrópolis: Vozes, 1987, p. 61.

simplificação explicativa que, no início do século XIX, era fornecido pela moral. Apesar de tudo, a "exaltação estética" do crime, em De Quincey, resultou menos em uma ideologia assassina e muito mais no desenvolvimento de meios de compreensão do crime para além de camisas de força explicativas, meios esses que admitem as possibilidades conceituais mais ousadas.

Nesse aspecto, De Quincey — como Sade, quem sabe seu mais acabado precursor — alargou as possibilidades de racionalização da realidade do crime ao custo tremendo de sua subjetividade, envolvida na contemplação estática de espetáculos sangrentos ou, ao menos, na mística dessa contemplação. De certa forma, ainda há uma rota de saída dos textos de De Quincey, fornecida justamente por sua ironia, por sua sátira, por suas citações manipuladas, pela reprodução tão elaborada das descrições nos jornais sensacionalistas da época. É o caminho da sublimação estética, tão importante no exorcismo de nossos demônios, exatamente por invocá-los, não por justificá-los. Mesmo ambivalente e problemática, a estética do crime de De Quincey está longe de "alimentar" outros crimes e, ainda que concordemos com Foucault, é necessário ter em mente que o processo de abandono de premissas moralistas e religiosas na abordagem do crime possibilitou, com todas as suas contradições, um salto imenso seja em termos de literatura, seja nos termos dos conceitos da filosofia. No monólogo final de James Stewart, em *Rope* (Festim Diabólico, 1948), filme de Alfred Hitchcock, há uma brilhante reflexão sobre a leitura nazista da filosofia nietzschiana: "Eu posso ter dito algo assim [sobre a superioridade da elite intelectual em relação às massas]", diz o professor, chocado com os crimes perpetrados por seus supostos discípulos, "mas nunca pensei que minhas ideias pudessem levar a um assassinato... Fui irresponsável, mas, dentro de mim, nunca houve o desejo de matar... Você distorceu minha filosofia para justificar algo de ruim que já existia dentro de você..."

De Quincey, se pudesse contemplar sua obra, desdobrada no final do século XIX, de Jack, o Estripador aos estetas que justificaram o nazismo[33], talvez tivesse uma reação muito semelhante.

[33] Gottfried Benn, um dos poucos escritores do expressionismo alemão a aderir ao nazismo – já em 1933 –, justificou a *escolha* em uma carta-resposta ao indignado Klaus Mann, em que afirma: "É a minha fanática pureza, de que V. fala na sua carta em termos para mim tão honrosos, a minha pureza de pensamento e de sentimento que me leva a esta concepção." (Citado por Vasco Graça Moura, Breve Nota Sobre Gottfried Benn, em Gottfried Benn, *50 Poemas*, Lisboa: Relógio D'Água, 1998, p. 10.)

NOTAS SOBRE OS TEXTOS

Do Assassinato Considerado Uma das Belas-Artes

Ensaio publicado, de início, na *Blackwood's Magazine* de número 21, em fevereiro de 1827. Curiosamente, nesse mesmo número, constava outro ensaio de De Quincey, "The Last Days of Immanuel Kant", de tema e abordagem bem distintos da primeira abordagem ensaística que o autor realizou sobre o assassinato. Por questões de adequação do texto ao formato da revista (e talvez para ampliar o caráter labiríntico do jogo entre as identidades do narrador, do editor e do autor), há diversas intervenções e interações do editor da *Blackwood's*, William Blackwood, e de seu principal redator, John Wilson. A clara demonstração disso é a "Nota dos Editores", muito provavelmente inserida pelos dois, não sendo possível determinar se tal inserção teve o consentimento do autor.

Segundo Artigo Acerca do Assassinato Considerado uma das Belas-Artes

Publicado na edição de número 46 da *Blackwood's Magazine*, em novembro de 1839. O ensaio foi enviado para o editor à época – Robert Blackwood (filho de William Blackwood) – por De Quincey, em 24 de setembro de 1839, como comprovam os manuscritos do autor, mantidos na National Library of Scotland, empregando o argumento de que se tratava de uma "continuação do texto publicado muitos anos antes".

Pós-Escrito de 1854

Foi publicado, inicialmente, na coletânea de ensaios *Selections Grave and Gay*, editado em 1854, por James Hogg, em Edimburgo. Esse volume também incluía edições revisadas dos dois outros ensaios de De Quincey sobre o assassinato.

Um Crime Científico

Publicado, originalmente, no jornal madrileno *El Globo*, entre os dias 20 e 29 de junho de 1875. Anos depois, o conto foi incluído na coletânea *Cuentos*, publicada em 1879, na mesma cidade, pelas oficinas de *La Ilustración Española e Americana*.

O Marinheiro de Amsterdã

Conto publicado na célebre coletânea de contos de Apollinaire, *L'Hérésiarque et Cie*, (Stock, Paris) em 1910.

Jack, o Estripador

Os textos dessa longa crônica foram publicados em etapas, entre 29 de janeiro e 7 de fevereiro, no *Paris-Matinal*, em 1928. Posteriormente, a crônica em sua totalidade foi republicada na série *Carnets*, (L'Herne, Paris) em 2010.

Este livro foi impresso na cidade de São Bernardo do Campo,
nas oficinas da Gráfica e Editora Paym, em abril de 2021,
para a Editora Perspectiva Ltda.